D1997992

Het hout

Jeroen Brouwers

Het hout

Uitgeverij Atlas Contact
Amsterdam/Antwerpen

FSC
www.fsc.org
MIX
Papier van
verantwoorde herkomst
FSC® C004472

Eerste druk oktober 2014
Zestiende druk november 2015

© 2014 Jeroen Brouwers
Dank aan het Nederlands Letterenfonds
Omslagbeeld Giovanni Bellini, *De opdracht in de tempel*, detail
Omslagontwerp Roald Triebels
Foto auteur Annaleen Louwes
Typografie binnenwerk Perfect Service, Schoonhoven

ISBN 978 90 254 4225 5
D/2014/0108/763
NUR 301

www.atlascontact.nl
www.jeroenbrouwers.be

Want indien zij dit doen aan het groene hout,
wat zal met het dorre hout geschieden?

Lucas 23:31

I

De pij irriteert mijn huid.

Het lompengewaad van Franciscus van Assisi die met wolven sprak.

Kloosterlingen die in zijn orde zijn getreden dragen zijn habijt dat de vorm van een kruis heeft. Voorzien van een capuchon hangt het zwaar aan de schouders, reikt tot de voeten en hult het hele lichaam in faecaal bruin, de stof is ruw en schrijnt. Men moet er kleding onder dragen om niet zinneloos te worden van jeuk, die het naakte vel teistert als termieten.

Wat draagt een kloosterling onder zijn pij? Een tot het middel reikende kiel, een trainingsbroek, een onderbroek, dit lijfgoed is voorzien van verstelbare elastieken.

Over de pij wordt het scapulier gedrapeerd. Dit is een baan stof van dezelfde lengte, materie en kleur als de pij met een gat erin om het hoofd door te steken. Te dragen over borst en rug, zoals een celebrant het kazuifel. Alles van uniforme snitloze makelij, alles in dezelfde forse maat, waardoor iedereen alles hoe dan ook past.

Op zaterdag moet alles in de was, het taakdomein van Plechelmus, die er schoon goed voor in de plaats levert. Wij ordebroeders houden er naar voorbeeld van onze stichter geen persoonlijke bezittingen op na, dus ook geen eigen kleren. Zo dragen wij al naar het toeval wil om beurten het hemd, de onderbroek, de hobbezak die een confrater een week tevoren aan zijn lijf heeft gehad. Ik overtreed de orderegel door nooit de gemeenschappelijke kloosteronderbroek te dragen.

De lompenjurk van Franciscus wordt rond het middel bijeengegord door een wit koord met drie knopen erin, die ons zijn leefmotieven in herinnering houden. Knoop een: armoede. Knoop twee: gehoorzaamheid. Knoop drie: onthouding of kuisheid. Ga er maar aan staan. Il poverello heeft er gedichten over nagelaten, ze hangen ingelijst in de kloosterrefter.

Begin april, dinsdag in de goede week. Omdat het eergisteren palmzondag was hangen er verse buxustakken achter alle kruisbeelden en wijwaterbakjes. Nauwelijks lente en het is al etmalen zo agressief heet alsof mijnheer broeder zon woede uitbraakt. Vlammende hitte als kokende kots, die overal doorheen dringt, zelfs door de muren van de gewoonlijk koele, zelfs kille kapel. Daar dendert de zon door de gebrandschilderde ramen met de Franciscustaferelen, waarvan de kleuren verbleken in het als brand inslaande licht. Zo heet als in de keukenfornuizen van Severinus en zijn juvenist die nog geen kloosternaam heeft. Als het zelfs in de kapel al zo moeilijk te harden is, waar dan te blijven in mijn kamertje onder het dak, waar ik in mijn broeiende gewaad als slaapzaalsurveillant de wacht zit te houden, om mij heen is het rumoeren van de jongens in hun chambrettes.

Het ruimtetje waar ik me ophoud is twee bij vier tussen triplex wanden, zonder plafond. Zolang op mijn tafeltje het gloeipeertje brandt dat uit de lampenkap is gezakt en eronder bungelt, werpt het een rechthoekige lichtvlek tegen het plafond van de slaapzaal boven mijn cel. Een lichtbolletje van weinig sterkte. Niets naast het daveren van de zon en toch lijkt de hitte, die ook ’s nachts niet uit mijn pij trekt, door dat bolletje te worden veroorzaakt. Ik staar in de matte gloed ervan en heb dorst, maar de thermosfles, door Severinus' koksmaat gevuld met thee, is tot de laatste druppel leeg. In tegenstelling tot mezelf. Wat ik met kleine teugen aan koude bittere thee heb gedronken plenst met bolle droppels mijn lijf uit, nietswaardig lijf, ik druip van hoofd tot helemaal beneden. Kiel en broek heb ik van me af gestroopt, scapulier ook, koord ook, de pij natuurlijk niet. Ook voor mijn kamertje hangt maar een kort gordijn tot zowat een halve meter boven de vloer. Wie zijn bed uit komt, streng verboden tenzij stringente reden, kan mijn blote voeten in de franciscaanse sandalen zien, aan meer bloot kan ik mij hier als toezichthouder niet overgeven. Zo zit ik naakt in de pij, overal gebeten door de stugheid ervan, alsof ik in een juten zak woon. Ik probeer niet te bewegen en de kemelharen tent op zo weinig mogelijk plaatsen met mijn vlees in aanraking te brengen, verachtelijk vlees, dat ik met het knopenkoord zou moeten geselen. Ik kijk wel uit.

Ik heb het lampje uitgeknipt. Met lichtkringen achter mijn ogen tuur ik door het raam, dat openstaat, hoewel ik het beter gesloten zou laten om de hitte buiten te houden.

De nacht is een zwarte massa explosieve broeierigheid. Geen sterren te zien. Ook zuster maan is er niet. Beneden mij ligt de speelplaats met de kastanjebomen. Aan de overkant van de betegelde vlakte is het schoolgebouw, waar nog licht brandt in het meest rechtse raam van de tweede verdieping. Daar zit Mansuetus die zijn naam uitspreekt als Mansoeweetoes. Hoofd van de middelbare klassen. Knapen van twaalf tot zestien, zeventien jaar, over wie ik in deze slaapzaal moet waken.

Ik hoor je wel Bruinsma! Zodra ik mijn gloeipeer doof en de lichtvlek van het plafond verdwijnt, komt het janhagel tot leven. Bruinsma doet of hij nadrukkelijk kucht. Ahèmm ahùmm. Uit een andere chambrette komt geknor. Jou ook

Weytjens! Ga slapen, man, het is hier geen varkensstal. Ik tik met het kruis van mijn rozenkrans op het tafelblad. Ik heb het ding in mijn hand om iets in mijn hand te hebben. Wij dienen dit kralensnoer dagelijks ten einde te prevelen daar wij zijn toegewijd aan de heilige maagd volgens de regel van Franciscus, zelf een gebeten vrouwenhater, al had hij volgens apocriefe bronnen iets met de heilige Clara.

In de voorlopig weergekeerde stilte lijkt de hitte te gonzen. De atmosfeer als dreigend beest. Achter het schoolgebouw gloeit het schijnsel van de buitenwereld, zoals wij het autistisch noemen. De buitenwereld omspant de hele planeet en het universum. Onze gebouwencomplexen vormen een gesloten enclave, wij leven separaat van de buitenwereld, waar wij niet bij horen, onze terreinen zijn afgegrensd door muren. Wij vormen een autonome mannenkloostergemeenschap met jongenspensionaat, ons instituut heet Sint Jozef ter Engelen, gesitueerd in het afgelegenste zuidoosten van Nederland. Om ons heen ligt het mijndorp Blijderhagen, waar soms fanfaremuziek vandaan komt, gedempt door verte. Soms stemmen en gelach van mensen zoals ik aan de andere kant van de muren. Ik zit met zondige opstandige gedachten en met heimweeërige verlangens die in strijd zijn met knoop drie. Naar rechts loopt de straat dood op de grensboom met Duitsland. Ongeveer op dat punt brandt het licht in Mansuetus' kamer. Twee tl-buizen. Het raam waar dat licht schijnt is een gele lap in het pastoorzwart van de nacht, te zien door de takken van de kastanjes. Hij van daaruit zal het povere schijnseltje van mijn lampje wel niet zien als het brandt.

Als je nu niet onmiddellijk ophoudt met die smerige geluiden, Weytjens! Schreeuwen doe ik niet. Het heeft hier alles van een strafinstelling. Broeder? Ja Weytjens? Mark Freelink is er nog altijd niet. Knor knor. Ahômm. Besmuikte geluiden in verschillende slaapcoupés. Stilte! Iedereen slapen! Ik produceer opnieuw een roffel met het kruis van het weesgegroetensnoer met de houten kralen. Daar rinkelt de lamp van in de fitting, het resoneert in de thermosfles.

Ik kom niet van mijn stoel en word weer onbeweeglijk. Druppels aan mijn oren en neus. Er glibbert er een van nek naar stuit. Nog een van borstbeen naar daaronder, waar het jeukt. Kloosterzakdoek om te vegen en te deppen was vanmorgen al doorweekt. De lap hangt achter mij aan het bed te drogen nadat ik hem onder de kraan heb uitgespoeld. Medebroeders op de aardappel- en groenteakkers opzij van de gebouwen leggen een knoop in de vier punten van de zakdoek en spannen hem zo over het hoofd. God weet wat de confraters nog meer met hun zakdoeken doen. Naast God weet ik dat ook, ik doe er hetzelfde mee, waartoe het weefsel bij voorkeur droog zij, nat is niet prettig.

Mark Freelink moest nablijven na de avondstudie.

Mansuetus verscheen in de deuropening van de studiezaal en commandeerde met die snorkende stem van hem, na eerst dat schraapgeluid: Freelink! Als hij opdoemt slaat meteen absolute stilte in. Als hij weer in de gang is opgelost, deur geluidloos achter zich gesloten, zoals hij hem ook opeens geluidloos heeft geopend, blijft iedereen nog seconden verstijfd. De leerlingen, maar wij, zijn kloosterbroeders, evengoed, die Mansoeweetoes ook buiten het schoolgebouw meemaken.

Een stronk van een kerel, die door zijn gestalte boven alles uitsteekt, ook als hij zit of knielt. Het franciscuskleed bergt een zo omvangrijk lichaam dat het hem niet tot de voeten maar tot halverwege de behaarde onderbenen reikt. Daar verplaatst hij zich niet mee met dreunend misbaar als de kolos die hij is, maar onhoorbaar, zonder te sluipen, of hij met grote stappen zweeft. Opeens is hij er, opeens staat hij voor of achter je en je schrikt. Die schrik is angst. Dat bolle kale hoofd met de kleine loerende ogen boven pofferige wangen. Broeder ever. Hij zet een stem op die wel altijd dreunt. En voordat hij iets zegt altijd eerst dat bijna rochelende aggrômm. Alleen al bij de klank daarvan verstommen mens en natuur, terwijl de mens er ook nog bij verbleekt. Onze broedergemeenschap ziet hem alleen in de kapel, niet altijd bij alle diensten, en in de kloosterrefter in het slot. Het slot is in het hoofdgebouw de afdeling die alleen voor de broeders is, verboden te betreden voor ieder ander. In het slot, afgezonderd van de leerlingen, hebben wij broeders onze gemeenschappelijke eet- en ontspanningsruimten en ieder onze eigen cel met bed, wijwaterkuipje met palmtak aan het hoofdeinde, tafel, stoel, bidbank, kruisbeeld, kast. Ik woon ook in zo'n cel zonder ramen, behalve als ik zoals nu nachtsurveillance heb.

Mansuetus heeft zijn eigen vertrekken met de buislampen aan de overkant, werkkamer, slaaphok. Gezagvoerder in het schoolgebouw en daar dag en nacht aanwezig, inspecterend, spiedend, controlerend, boekje bij zich waar hij de dingen in noteert. Ben jij lui, jongen? Hij trekt aan een oor dat hij een keer of tien als een lichtschakelaar naar links en rechts wringt. Wat doe jij tijdens de les op de gang, knaap? Klas uit gestuurd? Hij slaat met vlakke hand in het gezicht, wat in alle lokalen is te horen. Knijpt als een ijzeren tang in het vel van de hals en draait het met halve slagen de ene kant de andere kant op. Jij moet maar eens een middag in de put. Om na te denken over je gedrag. Nog erger treft het de leerling van wie hij alleen de naam uitspreekt. Freelink! Die dient zich na de huiswerk- en studie-uren in zijn kantoor te melden. Het schoolhoofd houdt van blond waar hij zelf geen haar meer heeft, behalve roestige wimpers en wenkbrauwsprieten. Als hij zelf lesgeeft, Duits, schrijdt hij in het klaslokaal tussen de banken door en als hij niet loopt te meppen legt hij, tot doodschrik van wie het overkomt, zijn zware hand op het hoofd van een strogele oppassende pupil. Die voelt zijn zorgvuldig gedrapeerde haar met een paar harde aaivegen in het ongerede gewreven. Mansuetus' affectiebetuiging. Mark Freelink is honingblond. Een tengere jongen, kinderlijk nog, net veertien jaar.

In de trapsgewijs oplopende studiezaal stond ik toevallig naast zijn bank. Door alleen mijn wenkbrauwen en kin te bewegen vroeg ik hem wat er gebeurd kon zijn, dat zo ernstig was dat hij op audiëntie bij de ever moest. Die zoekt er dagelijks wel een, ook wel twee, of drie, uit voor onderhout, dit is een woordspeling, waar de jeugd krom en naar adem happend van het schreeuwen en de verwarring van terugkeert. Toch al romig bleek als een cherubijn op schilderijen, was Mark nog witter geworden, tegen het vale aan. Hoofd tussen zijn schouders, ineengedoken boven zijn schrift. Opende zijn handen, de binnenkanten naar boven, als gebaar van nietweten, geen idee van fout of overtreding. Schudde er zijn hoofd bij en keek mij benauwd aan. Scherpblauwe ogen. Mijn arm om zijn frêle schouders leggen? Niet doen. Om het ventje te bemoedigen? Niet doen. Ik raak de leerlingen niet aan. Ik niet. Ik zag zijn gebogen dunne nek met de liggende accolade van zijn haargrens. Pensionaatsbloes reglementair tot bovenaan gesloten, pensionaatsstropdas in een veel te strakke knoop. Bij deze temperaturen. Zweet in zijn gezicht, zijn haar, zijn handen, net als bij de andere jongens, die allemaal naar hem keken, ingewijd en op de hoogte, maar bij hem vloeide en droop het en hij kreeg het niet met zijn mouwen weggeveegd. Heb je geen zakdoek? Nee, had hij niet. Door een zijsleuf in de pij diepte ik de mijne uit mijn broekzak op en legde die voor hem neer. Iets kleiner dan een keukendoek. Er kan veel in. Ik had het textiel in de loop van de dag al eerder onder de waterstraal gehouden en uitgewrongen, zelf ook wasemend van hitte en de doek gebruikend om hoofd en nek te dweilen. Trouwens ook voor dat andere, denkend aan de onbereikbare. Hij was zo goed als weer droog toen ik hem aan Freelink gaf en opnieuw danig nat van watersnot en zweet toen ik hem na de studie van hem terugkreeg.

Naast Mark Freelink zit Wil van Lanschot. Niet janken! Dat zei hij hardop terwijl hij zijn schouder tegen die van zijn buurman schoof. Legde zijn hand op Marks hand met de zakdoek en kneep erin en hield hem omklemd. Ik jank niet, klonk het piepend terug. Laat hem doodvallen. Ook straks niet janken, daar geniet hij van. Alles hardop in de studiezaal, waar hooguit bij dringende noodzaak mag worden gefluisterd. Met het kruis van de rozenkrans, waarmee ik voor de vorm had rondgelopen, beide handen achter mijn rug, tikte ik hard op het blad van de bank, Van Lanschot treffend met bestraffende blik. Elders in de ruimte haalde iemand met bekend knorgeluid zijn neus op, maar voordat het gesnuif en gegiechel hierom losbrak, stond de verwoestende stilte opeens opnieuw in de deuropening, waar ik met mijn rug naartoe stond. De verkramptheid sprong van beneden uit de zaal tegen mijn schouderbladen en joeg elektriciteit door me heen. Daar was hij terug, Mansuetus, de voorflap van zijn scapulier over zijn schouder geslagen, het knopenkoord afgezakt tot onder zijn puilbuik, in de te korte pij waren deels zijn blote onderbenen te zien. Een nattig opgezwollen Übermensch.

Eerst jij dan maar, Von Lansjot, snorkelde hij. Grômm. De naam is Van Lanschot, mompelde de toegesprokene. En tegen Mark, fluisterend: Nu! Straks bij de haag. Duidelijk ook door mij verstaan. En hij stak er heel even zijn duim bij op.

Hier! De medebroeder richtte zijn gestrekte wijsvinger

dwingend naar zijn tenen. De Gestapo hield er honden op na die bij dergelijk bevel, zó gegeven, spontaan begonnen te pissen van angst. Met zijn andere hand stond de medebroeder ongeduldig klapjes opzij van zijn bovenbeen te geven. Dat kan schneller! Hij schreeuwde het, met holle galm door de verstarde ruimte.

Wil van Lanschot, bovenste overhemdknoopje niet gesloten, stropdas niet tegen de keel, was traag opgestaan, de korte uniformbroek waar hij begint uit te groeien bij de pijpen en van achter fatsoenerend, en haastte zich langzaam trede na trede omlaag. Daar zou hij van de medebroeder een dreun tegen zijn hoofd hebben gekregen, als hij niet op de nanoseconde af op tijd door zijn knieën was gezakt. Mansuetus' hand stootte door leegte, al brulde hij: Die heb je alvast te pakken, mislukkeling. De jongen werd aan de stropdas overeind getrokken. Kreeg toegeschreeuwd: Jij heet Will? Jij hebt geen will. Geen will en niks. Jij bent gar nieks met die lelijke tronie van je mit diese rote en gele poisten. Met Mansuetus' vuist aan zijn keel werd Wil van Lanschot naar de zaal gedraaid waar iedereen bleek als beelden de dingen volgde, behalve Mark Freelink die het niet wilde zien, kin op zijn borst. Hier, laat je kameraden mal goed kijken wie hatelijk lelijk je bist knor met je poistenbaard. Iedereen verafschuwt je zo weerzinwekkend als je bent. En dat heet Will. De nageboorte van een stinkdier dat ben jij. Een slijmprop. Jij bestaat helemaal niet. Lucht ben jij, stinkende lucht. Ramen open, wij willen jou niet ruiken. Jij een will? Ik heb hier de will. Niet jij. Jij doet wat ik will.

Zijn hoofd omlaag werd het slachtoffer de gang op gesleurd, zicht biedend op zijn achterwerk als de spiegel van een hert. De te kort geworden broekspijpen. Bevroren in de hitte hoorde men het geschreeuw van de eerwaarde opvoeder.

Het verplaatste zich naar het eind van de gang, daar verstomde het achter de andere deur. Vol van genade, de heer is met u. De naziterreur is nu acht jaar voorbij. Ik heb het gegil, gebeuk, gestamp nog in mijn hoofd. Nu staan overal vrijheidsmonumenten.

Drie vingerknippen boven mijn hoofd. De studietijd was om. Niet volgde hierop het gebruikelijke rumoer van opgeluchte zuchten en dichtgeklapte boeken en lessenaarsdeksels. Het bleef gespannen stil in algemene bedruktheid. Toen iedereen de zaal was uit geschuifeld bleef Mark Freelink achter, ineengekrompen klein en alleen, wit tussen al die donkere banken, zo goed als in het midden van het wijde vertrek, acht treden boven de vloer. Zijn vingers tussen zijn hals en de boord van het overhemd, zijn hals en de knoop van de das, alsof de drenkeling zich vastklampte aan zijn eigen kleren. Wat hem wacht nu iedereen is vertrokken voltrekt zich altijd eender:

De ever, die je niet hoort aankomen, doemt op in de deuropening en wenkt met zijn behaarde vinger. Als de delinquent voor hem staat schroeft onze medebroeder zijn klauw rond diens nek of oor of vat hem bij de stropdas en dwingt hem diep voorover naast hem mee te strompelen. De lange gang door. Het strafkabinet binnen, Mansuetus' kamer, waar de zondaar met het bovenlichaam over het ijzeren schrijfbureau wordt gedwongen. Daar ligt het werktuig gereed. Iedereen weet knor knor van deze gang van zaken, zeker de helft van de schoolbevolking heeft het ondergaan. En mij is het door Mansuetus zelf gedemonstreerd. Zo hou je ze eronder, Bonaventoera, du bist allzu unmännlich weekhartig.

Als het weer plaatsvindt, zoals vanavond, blijft het stiller op de speelplaats waar men nog wat rondhangt tot het tijd is om te gaan slapen. Tweede verdieping het rechterraam, het enige waar het licht blijft branden in het verder uitgedoofde schoolgebouw, dat als een vijandige oorlogsbodem in de schemer drijft. Al schopt men wat tegen een bal, de ogen blijven wegdwalen naar dat raam. Van beneden af kan je de lichtbuizen zien hangen. Bevind je je daar onder die buizen, hoor je dat ze een hoog ritselgeluid geven. Men is te bedrukt en het is te warm om echt te voetballen. Altijd voetballen, altijd alleen maar voetballen.

Wat heeft Mark uitgehaald dat moet worden bestraft? Niemand die het wist of zich iets kon voorstellen. Aardige, verlegenachtige stille schoolgenoot. Bij het samenstellen van elftallen wordt hij nooit gekozen, hij draaft wel mee in de horde, aan welke kant, op welke plek dan ook, zonder iemand voor de voeten te lopen. Weet jij het ook niet, Wil?

Wil van Lanschot was na tien minuten, een kwartier, langer duren Mansuetus' tuchtondernemingen doorgaans niet, op de speelplaats verschenen. Hij haalde bokkig zijn schouders op, hoofd gebogen. Huilde hij? Wil van Lanschot en janken als een meisje, nog liever gaat hij zoals Jan van Speijk met een donderknal de lucht in. Achter de dasknoop, nu keurig in top, het overhemd tot bovenaan gesloten, bewoog zijn grote adamsappel. Hij slikte. En slikte. Ik mag in de klas en de studiezaal niet meer naast Mark zitten, mompelde hij, en wij mogen niet meer met elkaar praten. Een vriendschap als die van David en Jonathan, loyaal met elkaar tot over bergen en ravijnen. Verboden, verdacht. De pensionaatsjeugd moet altijd ten minste met zijn drieën zijn, nooit met zijn tweeën en men mag elkaar niet aanraken.

Er stond een kring van schoolgenoten om ons heen. Heb je prugel gekregen met het hout, vroeg Roelof Smits van Waesberghe. Prugel. Woord als een brandnetel. En het hout. Alleen die aanduiding al is verschrikkelijker dan een hoeftrap van een keiler van honderdvijftig kilo. In de groep klonken varkensgeluiden. Hou daarmee op, zei ik. Wil van Lanschot bleef naar de tegels kijken, naar het rooster rondom de voet van een kastanje. Onderlip die er wit van wegtrok tussen zijn tanden. Maar wat heeft Mark gedaan, vroeg ik opnieuw. Die had nu toch ook al terug moeten zijn. Wil draaide zich om en liep weg. Zijn broek begint heus te kort en te krap te worden en spant om zijn achterste. Wat Mansuetus een handeling heeft bespaard. Met zijn ene, dan met zijn andere hand wreef de jongen zich daar met een vluchtige, strelende beweging. Aan de achterkant van zijn bovenbeen een rode striem. We zagen hoe hij zich stoer liep te houden. Niet doen. Niet Wil van Lanschot uit compassie tegen mijn franciscuslompen trekken. De medebroeders zouden het kunnen zien. In de kloostergemeenschap heerst niet de liefde die de ordestichter in een lied bezong als de Heilige Liefde, die alle duivelse en lichamelijke aanvechtingen en lichaamsgebonden angsten verdrijft. Opeens was het even doodstil op de speelplaats. In die paar seconden reed aan de andere kant van de muur een auto voorbij en overviel mij immense melancholie. Toen klonk het stuiteren en knallen van de bal weer.

Medebroeder Wiro, ook nachtsurveillant, kwam tevoorschijn. Het is weer zover, zeiden we tegen elkaar, of zeiden we niet en spraken alleen onze blikken. Wie? vroeg Wiro. Hij rook naar iets. Verbaasd bracht hij uit: Mark Freelink? Iedereen hier zie ik in staat tot alles, maar die brave Freelink toch niet? Hij stak een verfrommeld sigarettenstompje aan, de lucifervlam overbodig binnen de beschutting van zijn handen. Die waren witbestoven. Hij zoog een ferme trek zijn longen in. Markje Freelink ach jee, jaja. Dit kwam met rook zijn mond uit. Na nog een haal kneep hij de peuk weer uit en borg hem op borsthoogte weg in het lucifersdoosje met de zwaluw.

Mocht ik een zwaluw zijn. De lente zuigt aan mij. Olla uogala, hinase hic. Wat let me eigenlijk nog? In het ijslicht op de bovenverdieping schoof het silhouet van Mansuetus langs het raam. Lichaamsgebonden angsten. Sla hem niet de ziekenboeg in, zei Wiro. Hij had daar waarschijnlijk dezelfde associaties bij als ik. Die Johannes Vianney van de ziekenboeg, kijk daar ook maar voor uit. Waar ruik je toch naar, zei ik. Wat is dat voor wit aan je handen en daar aan je mouw. Je ruikt misschien deeg, zei Wiro, en zich afkloppend: Dit is bloem of vanillesuiker. Hij had corvee bij Lebuinus en Hubertus in de bakkerij. Die hebben overwerk vanwege het hoge bezoek overmorgen.

Wil van Lanschot leunde met zijn rug tegen de muur van de kapel. Duimen achter de broeksriem, ogen onafgebroken op het raam met de buislampen gericht. Langs zijn onderlip probeerde hij het haar uit zijn gezicht vol acne te blazen, maar het bleef plakken. De baard begint door te komen, ook in zijn stem. Het tegendeel van blond. Wil is de ravenzwarte. En ook verder het tegendeel van zijn tengere schuchtere boezemkompaan, van wie hij verschilt zoals steen van ether. Altijd als eerste gekozen bij het samenstellen van voetbalelftallen. Niet janken. Van Christus is ook niet opgetekend dat hij brulde toen ze hem geselden en spijkerden. Hij stond steeds even zijn achterwerk tegen de steen te drukken, om de pijn te neutraliseren die nog wel een paar etmalen voelbaar zou blijven. Maar opeens kwam hij los van zijn achtergrond toen hij de bal op zich toe zag rollen. Hij zette er zijn voet op en legde hem stil. Zonder aanloop, duimen achter de riem, lanceerde hij geblesseerd en al een hengst tegen het ding dat het echode. O jee, hoorde ik Wiro zeggen. De bal loeide onbedoeld richting Mansuetus' raam als naar een verlicht doel. Op een paar decimeters ernaast klapte het projectiel tegen de gevel en bleef, doîng doîng, een paar keer op de vensterbank kaatsen voor het naar de aarde terugsprong, waar het stil was geworden als tijdens de consecratie. Wil slikte. En slikte. Al was hij kleurloos geworden van schrik, aan de riem spanden zijn handen zich tot vuisten die hij in zijn buik drukte, het bovenlichaam in een hoek vooruit begon hij naar het raam te roepen, waarbij het spuug uit zijn mond sprong. Mark! Wat hij nog meer riep verstonden we niet, want ik redde hem door de bel. Daar stond ik juist onder, mijn hand al om het leertje aan de klepel. Boven het slaan van de bel bleef te horen dat hij met schorre stem stond te tieren, maar zijn woorden gingen verloren. Blijf met je gore zwijnspoten van Mark af. Schreeuwde hij dat? In het raam was geen reactie merkbaar. Heeft broeder ever de klap van de bal tegen de buitenmuur van zijn kantoor en het stuiteren op de vensterbank niet gehoord, niet gezien? Is hij niet in die kamer? Waar dan. Waar blijft Mark?

Op het belsignaal splitsen de leerlingen zich in de twee groepen en de afzonderlijke rijen om naar de slaapzalen te stommelen. Wil van Lanschot hoort bij de groep van Wiro, die over de stenen trap naar slaapzaal Pius XII gaat, ik en mijn kudde gaan de houten trap op naar Innocentius III. Hommage aan het pausdom. Pius is de nu regerende, van Innocentius kreeg Franciscus in twaalfhonderdzoveel de zegen voor zijn organisatie. Mark Freelink bleef ontbreken. Hou op met die geluiden! Het morrende volk. Er dient vanaf hier silentium te heersen tot morgenochtend, maar de vlerk Bruinsma durfde op fluistervolume te zingen: Is het niet fijn om een varken te zijn. Anderen produceerden het refrein: Knorknor. Ahûmm! Agrômm! Met iedere trede hoger leek de hitte op te lopen. De jongens trekken hun stropdassen al los en beginnen aan het openknopen van hun bloezen. In de oude trapschachten uit de vorige eeuw bleef de zweetlucht van al die bonkige puberlijven hangen. Natuurlijk ook van mijn lijf, ik rook mezelf terwijl de hitte als stoom onder mijn rokken drong, het kruis van mijn broek was klam, mijn opgedolven zakdoek idem.

In de waszaal stond men elkaar in ondergoed nat te gooien. Hoofden onder de kraan, voeten onder de kraan. Ik verzamelde water in mijn handen en wierp het in mijn gezicht en haar, maar zuster water, die zeer nuttig is en nederig en kostbaar en kuis, zoals onze stichter zong, schonk geen verkoeling, alsof ik koortsig ben. Ik spoelde de zakdoek, wrong hem uit, hing hem aan mijn bed te drogen.

Er is onrust in de atmosfeer, de jeugd blijft langer klieren dan gewoonlijk, ik kan op de tafel blijven roffelen. Dan kom ik, het lampje weer aan, toch maar overeind, de stoel zo luidruchtig achteruitschuivend en verplaatsend dat duidelijk is dat ik langs ga komen. Op mijn licht krakende sandalen loop ik onder de nachtlampen langs de chambrettes, rozenkrans voor de vorm tussen mijn vingers, de weesgegroeten vervelen me. Ik zie en hoor ze heus wel als muizen uit elkaars kamertjes wegstommelen, waar ze hebben zitten mompelen of kaarten bij een zaklampje of dingen hebben gedaan die in de biechtstoel zullen moeten worden verteld, al is het verstandiger als iedereen er zijn mond over houdt. Was het met jezelf of met iemand anders, vraagt de geile clericus de biechteling. Gelieve het hem zo ampel mogelijk te beschrijven. Hoe vaak met jezelf, meermaals per dag, per nacht, wat fantaseer je daar zoal bij. Met iemand anders, was dat iemand van hetzelfde of het andere geslacht? Waar zou men binnen de bepantserde klooster- en kostschoolmuren het fabelwezen met het andere geslacht vandaan moeten halen. Wie is degene met wie de zonde is bedreven? De biechtbeluisteraar behoort niet tot de orde van Franciscus, maar is een wereldheer in het zwart. Zijn toog is altijd groenig van het zeveren van de soep en kledderandijvie die hij erop morst aan zijn eigen tafel in onze slotrefter. De eerwaarde godgeleerde heer Van Santen, bijgenaamd Sneef, niemand weet waarom, zoals ook niemand weet waarom deze kwijlende stiekemerd van tegen de zestig door zijn oversten is aangewezen als de geestelijke leidsman van ons klooster en de jeugdige pensionaatsbevolking. Hij moet prof aan een of ander seminarie zijn geweest, waar iets is voorgevallen. Onkuisheid, zo leert de catechismus, is doodzonde tegen het zesde en het negende gebod. Het zesde gebod luidt: Gij zult geen onkuisheid doen. Het negende: Gij zult geen onkuisheid begeren. Het zesde gebod, men dient het allemaal uit het hoofd te kunnen opdreunen, verbiedt zegt de catechismus: alle uitwendige zonden van onkuisheid, het verbiedt ook onzedige handelingen, blikken, gesprekken, gezangen en lectuur, toneel- en filmvoorstellingen, die tot onkuisheid kunnen leiden. Wat verbiedt het negende gebod? Antwoord: Alle inwendige zonden van onkuisheid, namelijk onkuise begeerten en vrijwillig behagen in onkuise gedachten. Duidelijk? Vanaf het altaar predikt Sneef bij voorkeur zo niet altijd over onkuisheid. Om het inzichtelijk te houden schildert hij dat het de doodzonde is die men bedrijft met de lichaamsdelen welke men bij het zwemmen met de zwembroek bedekt. Daar ik sedert mijn intrede geen zwembad of strand meer heb bezocht en ook de onderbroek rond de aangegeven delen niet draag, houd ik voor me wat Sneef zo belust wil weten. Nooit onkuis? vraagt hij me in zijn bedompte biechthok. Niet in woord, daad, voornemen of gedachte? Na lang zwijgen fluister ik terug: Zelden, werkelijk hoogstzelden, besluipt me een enigszins troebele gedachte. Waarop hij slurpend informeert: Is dat een gedachte betreffende het eigen vlees, dat van een medebroeder of een van de jongens of van iemand van het andere geslacht? Zo iemand heet een vrouw, denk ik steeds, alleen dat woord wordt al tot onkuisheid gerekend en overigens had ik tot voor kort geen idee hoe dat andere geslacht er zou moeten uitzien. Ik antwoord de viezerik dat dergelijke ingeving altijd dermate kortstondig is dat ze al vervluchtigt voordat zich een voorstelling heeft ontvouwd. Dan hoor ik hem teleurgesteld zuchten, een draad speeksel tussen zijn grauwe ondertanden en borstknopen. Wat zal ik het hem allemaal aan zijn druipneus hangen.

Hier en daar sla ik voor een chambrette het gordijn opzij. Pyjama's zijn verplicht, maar de meesten liggen naakt onder de lakens. Ik zeg er niets van. Mij is veel om het even en zoals het gespuis ook weet mep ik er niet op los zoals andere opvoeders in onze communiteit. Met de vlakke hand, met de vuist, met beide vuisten, een kleerhanger, een sandaal, de rozenkrans, de rug van een handveger, de knopen in ons boetekoord, Mansuetus met het hout. Ik loop er misselijk aan te denken, rillend in mijn pij alsof ik het in de zware hitte opeens koud heb.

Alard Haagen ligt weer te snikken, gezicht in het kussen. Nog drie nachten, over vier dagen ben je weer thuis, zeg ik. Kom, wees een kerel. Ik ga zijn kamertje niet binnen om hem zittend op zijn bed over het stoppelhoofd te aaien. Ik niet. In het raam achter zijn bed is de buitenwereld zwart, maar de ijzeren toren van de steenkoolmijn met bovenin het draaiende wiel, verderop en toch dichtbij in het donker, is verlicht als een visioen. Daaromheen de raampjes van woonhuizen waar lampjes branden, uit de distributieradio komt een hoorspel of muziek. Daar woont ze. Hunker overheerst door tristesse naar ik weet niet wat, al weet ik het wel. Ik sta besluiten te nemen, ik durf de besluiten niet te nemen, ik aarzel maar en pieker, weeg, verwerp, besluit opnieuw te besluiten, nu definitief, met de angst in mijn keel, die daar al maanden hangt. Is het nu eindelijk stil! Weet ik zeker dat ik het niet tegen mezelf roep?

De nachtlampen hangen zeven voetstappen van elkaar. Mijn schaduw, dat ben ik, drijft voor mij uit. Halverwege verschrompelt hij en zie ik mezelf onder mijn sandalen verdwijnen. Achter mij ontsta ik opnieuw, alsof ik mezelf aan mijn enkels voortsleep. Dan doem ik als spook weer vóór mij op, groter dan ikzelf ben, tegen de muur waar ik me omdraai om er niet zo goed als radeloos met mijn hoofd tegenop te lopen en in mijn schaduw te verdwijnen. Ik besta zoals mijn schaduw.

De chambrette van Mark Freelink. Het gordijn is niet gesloten. Bed stipt naar de voorschriften opgemaakt, maar het is beangstigend dat hij er niet in ligt. Van het kastje ernaast staat de deur op een kier. Volgens mijn schaduw lijk ik te sluipen als ik de enclave betreed waar geen lichaam ademt. Correctie: ik adem er. Licht hijgend naar zuurstof in de compact opgestapelde hitte tussen de houten wandjes. Tegen de zijkant van het kastje het wijwaterbakje. Dit is een mollig porseleinen engeltje van het andere geslacht met voor haar buik een schelp. Daar vouwt ze haar blote armen omheen terwijl ze scheef in de veel te grote verse palmtak hangt die achter haar rug is gestoken. Er is geen water in de schelp. Men wordt geacht 's avonds voor het inslapen zowel als 's morgens onmiddellijk na het ontwaken zijn vingertoppen in het bakje te dopen en zich met het heilige water te bekruisen. Van voorhoofd naar borst, de linkerschouder, de rechterschouder. Dat heeft Mark dus twee dagen niet gedaan. Ik doe het nooit. Waar blijft hij toch. Van het kastje is de inhoud eveneens conform de reglementen in orde. Kleren keurig aan hangertjes en op stapeltjes. Potje Brylcreem. Aangebroken rolletje Venco-drop. Verboden! Snoeperij moet worden bestraft en al helemaal in de vasten. Tussen de handdoeken steekt iets uit dat kennelijk verstopt moet blijven. Een boekje? Ik heb het al in mijn hand. Alle lectuur, niet bestemd voor klaslokaal of kapel: verboden! Zeker een uitgaafje als dit. Een beeldverhaal. Mijn rozenkrans valt tussen de smoezelige bladzijtjes terwijl ik op het bed ga zitten. Mark, Mark, wat een overtredingen.

Een tijd geleden heeft op het prikbord in de recreatiezaal van de broeders een krantenknipsel gehangen, rood omkaderd door Benedictus, onze overste, de enige in onze gemeenschap die de Volkskrant, dagblad voor katholiek Nederland, op zijn bureau krijgt. Een krant is iets uit de wereld waar wij van buitengesloten blijven, behalve het opperhoofd dat uitknipt wat hij van grote nieuwswaarde of stichtelijk acht voor zijn parochie. Wat betreft het eerste: Er is sprake van een watersnoodramp in de Zeeuwse en Zuid-Hollandse eilanden, door onze geëerbiedigde vorstin bezocht in waterlaarzen. Ook mochten we weten dat sedert begin vorige maand Jozef Stalin dood is, de antichrist, Beëlzebub in mensgedaante. Wij hoeven niet voor zijn zielenheil te bidden. Het rood omlijnde knipsel, waar Benedictus bovendien een palenwoud van uitroeptekens bij had geplaatst, behelsde een artikel waarin werd betoogd dat plaatjesverhalen verderfelijk zijn voor de jeugd. Die wordt er leeslui van en, erger, raakt er moreel door op de dool. Dergelijke lectuur leidt tot normloosheid, imitatie, agressie, criminaliteit. Zelfs tot zelfmoord, dikwijls door ophanging. Geloof ik dit? Ik geloof sowieso niet zoveel meer. Stripboekjes en -blaadjes zijn in ons instituut dus helemáál taboe. Ook het onschuldige, onlangs opgerichte kinderweekblad waarin een eend in matrozenhemd maar met ontbloot onderlijf avontuurtjes beleeft met drie eender afgebeelde neefjes. Van vroeger weet ik dat er een beeldfeuilleton bestaat over een beer in ruitjescolbert die de naaktheid van de rest van zijn gestalte onverhuld laat. Deze heeft een poesvriend die zelfs geheel ontkleed door het leven gaat. Tarzan, de aapman uit een andere strip, struint zo goed als naakt door het oerwoud, van onder slechts voorzien van een lapje pantervel. Weet een kreet te slaken die door tien achtereenvolgende plaatjes heen blijft golven tot achter in de jungle. Het kan niet anders of de jeugd komt hiervan op nefaste gedachten.

Wat dit voor boekje is valt in het geringe licht niet te ontwaren. Het is zo verfomfaaid en gescheurd dat het duidelijk al door vele andere zweetvingers is gegaan voordat ik het vastpakte. Ik berg het te confisqueren vod in de binnenzak achter de borstsplit van mijn pij, waar ook de rozenkrans hoort. Maar die glibbert langs de binnenkant van mijn kloosterjapon over mijn lichaam omlaag tot onderaan. Kralen tussen mijn dijen.

Tegen de wand van de chambrette zijn foto's van het gezin Freelink geprikt. Vader met schipperspet en snor tot voorbij zijn wangen op een terras. Moeder vrolijk lachend in rubberlaarzen waar een hondje tussendoor kijkt. Ze laat een emmer aan een touw buitenboord naar het water rondom de rijnaak. Twee zusjes, ouder dan Mark, in een bloemenwei. Het ene ligt op haar buik, onderbenen verticaal, blote voeten verstrengeld, het andere, bloem in het haar, zit met de benen in een krul naast het lichaam. Ernstige lachjes. Datzelfde hondje. Op de achtergrond in de diepte een brede rivierbocht. Ik bekijk het in het gloedloze nachtlamplicht, waarvan een slagschaduw schuin als een guillotinemes de wand in twee vlakken snijdt. De kiekjes hangen in het vaal beschenen gedeelte, waar Mark ze ook 's nachts vanuit zijn bed kan blijven zien, naar het donkere vlak verglijden de ansichtkaarten uit steden en oorden waar de boot een paar dagen ligt aangemeerd. Grüße aus Köln. Antwerpen. Ach, Rotterdam. De hef. Daar ben ik nog eens tegenop geklommen. Wiesbaden. Marseille. IJmuiden. De plaatjes hangen in stroken onder en tegen elkaar als een stripalbum in het groot. Kuifje hangt ertussen. Blond als Mark Freelink. Netjes gekleed in plusfour altijd, maar bevriend met een vloekende dronkenlap, als scheepskapitein een collega van Mark Freelinks vader. Verdachte vriendschap. Al die mannenrelaties in al die beeldverhalen. Altijd een ouder iemand met een aanzienlijk jeugdigere wijsneus. Waar duidt het op? De schrijver van het krantenartikel, een bleke pater redemptorist, paarse groeven onder zijn ogen, is daar voor ons, broeders opvoeders, nog een referaat over komen geven, waar hij parochiehuizen en kloosterpensionaten mee langsgaat. Duits accent. Lichtbeelden, waarin de geslachtloze naaktheid van strippoppetjes werd getoond, welke op een of andere manier in relatie zou staan met de boezemvriendschappen die mannelijke strippoppetjes elkaar toedragen. Verwarrend voor de jongensjeugd in zijn jaren van storm en rijping. Grote vriendschappen dienen met argwaan te worden bespied. Het verband tussen de matrozenmuts van oom Donald en de gezagsdragerspet van zeebonk Haddock, zo sprak de prediker, is beider sentimentaliteit en woedeontploffingen. Haddock, die uitzinnig van kwaadheid met voorwerpen smijt en daar mensonvriendelijke verwensingen bij uit. Zijn vriendje Kuifje is een al even opvliegend karakter. Ook oom Donald weet zijn drift nooit te beheersen. De ontvankelijke jeugd ontleent hieraan uiteraard voorbeelden tot onbeheerst abject gedrag. De ondeugendheid en brutaliteit van die eendenneefjes, weten wij daar op deze kostschool niet van mee te praten? Weg met comic strips, deze tot misdaad en agressie aanzettende vuiligheid voor het oog en de geest, die verboten, ja verbrannt zou moeten worden. Und wer nicht hören will... Hier toonde de gewijde spreker het laatste lichtbeeld: de volwassen eend, het maritieme hoofddeksel scheef op de bol, heeft de drie kwajongenseenden buikelings over zijn knieën gedrapeerd, hun achterwerkjes als schuimgebakjes onder zijn ogen, en ramt erop los met een kleerborstel. Mansuetus dankte de pedagoog voor de stichtelijke auseinandersetzung.

Mijn ogen zijn bij de meisjes gebleven, vooral bij die met de margriet achter haar oor. Jaar of twintig? Hoe zou ze heten. Gusta, besluit ik dat ze heet. Haar hals, haar golvende aanblik. Haar zusje doop ik Paulien in de naam van de vader, de zoon en de heilige geest. Poserend als in maanlicht kijken ze naar me terug en dat verdriet zakt weer in me, het verlangen, de besluiteloosheid. Aan de andere kant van de fotowand, die ervan beeft, werpt een lichaam zich in een andere houding. Misschien heb ik daar iemand in zijn sluimer gestoord door met te veel geluid uit te ademen, zuchtend om Gusta, maar met een andere vrouw in mijn gedachten, waar ze niet vervaagt. Als ik weer overeind kom, blijft de rozenkrans aan mijn onderbuik hangen alvorens langs mijn knieën nog verder omlaag te zakken, hij ratelt tussen mijn voeten op de vloer. Erectie. Levend kunstwerk aan het lichaam des mans, ook aan dat eens kloosterlings. Mijn paal leunt tegen de prikkende pij die als een hittestolp over me heen hangt. Ik verlaat de chambrette, waar mijn schaduw me weer opwacht en tegen me op klimt om me te wurgen. Werd onze ordestichter bezocht door een zinnelijke prikkel, daar iedere heilige nu eenmaal als mens is begonnen, dan wierp hij zich naakt in ijskoud water, dat hier niet voorhanden is, ik zou er nu onmiddellijk in duiken. Een overwonnen aanvechting is als een verlovingsring waarmee de Heer zich inniger om onze ziel sluit, zei Franciscus. Hij zei en deed wel meer idioots. In het begin van zijn carrière als heilige trok hij midden in de stad, geen water in de buurt, exhibitionistisch zijn kleren uit. Hij wilde bloot zijn en beginnen. De aanvechting daartoe op dit moment moet ik bedwingen.

Het is nu rustiger. Men slaapt of doet alsof. Ook Alard Haagen, wang op het natte kussen, mond bewegend als een vis. Weer staar ik naar de toren met het wiel in het oranje licht, naar de opgloeiende raampjes in het donker boven het dorp. Armen voor mijn romp omlaag. Ik denk aan je. Handen tegen mijn geslacht waar de pijstof aanvoelt als schuurpapier. Denk jij ditzelfde moment ook aan mij? Ik ben over mijn hele lichaam nat van het zweten in dit kloosterwambuis, waarin ik stik bij alles wat ik doe en denk. Trek het dan uit. Hoor ik jou dit zeggen daarginds vandaan uit de zwarte hitte, Tricia? Blijf achter mij, Satan, ben ik nu verplicht te denken. Als ik achter me kijk zie ik alleen mezelf in negatief onder de nachtlampen. Ik ga terug naar mijn eigen verblijfje, waar ik zelf ook naar bed zou kunnen gaan, uitgestrekt onder mijn eigen wijwaterbakje met palmtwijg, het orgasme in de zakdoek opjagend tot vlak voor de ontlading, dan ophouden en opnieuw tot vlak voor. Een van de schaarse plaatsen in het instituut en op aarde waar ik onbespied alleen ben, zelfs zonder schaduw want in het donker is alles schaduw. Met mezelf dus, achterbakse Sneef, en met mijn hoofd vol andere geslachten.

In plaats hiervan besluit ik op Mark Freelink te wachten. Waarom duurt het onderhout met Mansuetus zo lang, waar blijft de jongen. Hout met een t. Het strijkhout. Wee de obstinate leerling die daaronder komt om te worden bespeeld als een knieviool. Maar Mark Freelink en obstinaat? Ik schuif het boek uit het kloosterboekerijtje, Geschiedenis der Pausen, waarin ik heb geprobeerd te lezen naar de rand van het tafeltje. Op de openliggende pagina het portret van Luther door Albrecht Dürer waar de hervormer nog eenzelfde pij draagt als ik. Er komt iets stiekems over me als ik het in beslag genomen stripding uit Mark Freelinks kastje voor me leg. De eerste bladzijden ontbreken, veel van de volgende zijn gescheurd, gekreukt, plakken tegen elkaar, alles bont van vlekken en bijschriften in verschillende handschriften en kleuren. Korrelig oorlogspapier. Een incunabel uit de tijd van de bombardementen of nog van daarvoor. Geen dierfiguren met kleren aan die het onderlichaam onbedekt laten. Het personage is een heer in double-breasted kostuum met stropdas die per pagina andere personages door de lucht werpt, tegen de grond smijt, slagen toedient. Bonk! Pats! Hier schoft, pak aan! Whamm! De held heet Dick Bos en ik lees opeens onomatopeeën en kreten die ik op de speelplaats en elders ook hoor. Ook: Die heb je alvast te pakken, stuk ongeluk!

Met een schok kom ik los uit het meeslepende verhaal en kijk opzij naar het raam aan de overkant, waar bijna in dezelfde seconde het licht uitgaat. Ik ruik de bomen en hoor het onhoorbare dat toch hoorbaar is als verre branding, de stilte kolkt. Als ik over de vensterbank naar buiten leun is er niets te ontwaren in het totale donker. Loopt Mark Freelink daar nu rond te tasten? Ik roep zijn naam, zacht, er komt niets terug, tussen de bladeren verschuift een duif. Wat nu te doen. Eerst maar in de kranenzaal de thermosfles vullen tegen mijn schurende dorst. Het lauwe water dat ik over mijn hoofd laat stromen veroorzaakt daarna trekkerigheid of mijn gezicht in aanraking is geweest met iets als vernis dat in de hitte van me afbladdert. Uit mijn haar druipt het de pij in over mijn rug en borst, waar het meteen verdampt. Dorst als het hijgend hert, maar hoeveel ik ook naar binnen zwelg, het blijft schuren.

Ik moet die jongen Freelink gaan zoeken. Het gevolg daarvan is uiteraard de feestelijke keet die in de slaapzaal zal losbreken voordat ik halverwege de trap ben. Daar bevind ik me al in mijn opbollende losse kloosterkleed zonder iets eronder, wat merkwaardig aanvoelt aan benen en hoger. Licht aan in het trappenhuis, al heb ik geen licht nodig, ik vind de treden en neem de draaiingen zo wel, hand aan de leuningen met de erop vastgeschroefde ijzeren knoppen. Schrijlings van de leuningen roetsjen laat het jonge volk vanwege die knoppen vanzelf buiten beschouwing. Boven blijft het rustig. Ik denk Mark Freelink misschien op de trap al te kunnen tegenkomen. Geen Mark Freelink. Beneden laat ik de deur naar de speelplaats wijd open als lichtbaken, mocht hij op het donkere plein misschien uit kompas zijn geraakt. Zoontje van een schipper. Ik blijf hem gedempt roepen, zelf het donker in gelopen, waar ik klink alsof er een zwart kussen tegen mijn gezicht plakt. Aan de andere kant van de muur drijft het dunne schijnsel van een straatlantaarn verderop. Ik zou willen dat ik daar nu liep. Er komt geen reactie. Boom. Volgende boom. Ik ken deze speelplaats als mijn kerkboek, maar heb er na al die honderden keren nooit 's nachts gelopen, laat staan dat ik me er de bizarre stilte bij kon voorstellen waar ik nu doorheen schuifel. Freelink waar ben je? Waar is die jongen. Misschien nog in het schoolgebouw? Waarom zou hij. Ga ik niet beter terug naar de honderd schapen die ik volgens het evangelie in hun kooien heb achtergelaten om dit ene verdoolde exemplaar te zoeken? Wat zou Wiro of een andere oppasser in deze situatie doen?

Het schoolgebouw is onzichtbaar in al het donker, maar natuurlijk weet ik dat het er staat. Het ademt. Grommend. Een stenen ongenaakbaarheid met ingewanden die ik blind kan beschrijven, iedere ruimte afzonderlijk, ook het hol tweede verdieping eind van de gang rechts waar de ever zit verschanst. De toegangsdeur kraakt en piept als ik hem open. Wist ik niet, nooit eerder gehoord. In het gebouw is stilte binnen in stilte. Ook nooit eerder gehoord op deze plaats van constant rumoer. Waar is het ooit nog stil. Hier, op dit tijdstip, waar ik niet mezelf ben. Ben ik dat anders dan wel? Mark Freelink! Ik roep het, met ingehouden stem, nu bijna smekend terwijl ik het zweet voel glijden en er tegelijkertijd met schokjes trillingen door me heen gaan. Angst. Heviger dan de angst van iedere dag. Vanaf het uur dat deze pij over mijn lijf werd gehangen. De echo komt naar me terug, niet Mark Freelink, van wie ik eigenlijk zeker weet dat ik hem hier niet hoef te zoeken. Waar dan. Toch ga ik alle lokalen af, overal het licht aan het licht weer uit. Trappen, de hoge gangen met de foto's in zwarte lijsten van alle schoolbevolkingen sedert de oprichting van het instituut. Op twee ervan zie ik in het langslopen het angelieke smoel van Mark Freelink, het blonde haar licht golvend als een aureool eromheen, waar hang je uit, matroos? De studiezaal. Ik ga daar zelfs de treden op naar de bank waar hij twee drie uur geleden nog zat met mijn zakdoek. Wat verwacht ik er te vinden. Dat hij eronder zit, armen rond zijn opgetrokken knieën, daar zijn voorhoofd op? Niet janken. De klas waar in de ochtend- en middaguren de lessen plaatsvinden, waarover 's avonds in de studiezaal huiswerk moet worden gemaakt. Mark Freelink en Wil van Lanschot zaten ook hier naast elkaar. Achterste bank bij het raam. Vanaf morgen mag dat niet meer. Op die plaats is een stukje van de muur rondom de terreinen te zien en kan men er zelfs overheen kijken. Daar ligt Duitsland. Parallel aan de grens klingelt er pünktlich om de zoveel kwartier aan Duitse kant de Straßenbahn voorbij. Alleen al dit signaal uit de buitenwereld tijdens de lessen waar geen eind aan komt. Elkaar soms aanraken met de knie of elleboog en vaag glimlachen. Ieder zijn eigen heimwee naar wat, wanneer en waar dan ook. Overal waar ik een deur open, licht aan, is het leeg en stil, al blijf ik roepen, steeds gejaagder, ongeruster. Die dekselse kwajongen! Dit komt uit een boek als Pietje Bell of Dik Trom. Het schiet me te binnen. Dick Bos zegt zoiets niet. Licht uit. Zelfs de toiletten ga ik langs, waar hij ook niet is, wat ik met een oogopslag kan vaststellen. De latjesdeuren voor de pleeën reiken tot schouderhoogte, beneden tot halverwege de benen. De urinoirs daartegenover hangen te gapen of ze dorst hebben als ik. Het sanitair is niet voorzien van stromend water. Aan het eind van de dag is het de taak van de jongste novice de pisbakken te schuren met een groen bijtend poederproduct, de volle potten waarin uitwerpselen en papierproppen zich in het afvoergat hebben opgehoopt moeten met een armdikke knuppel door dat gat worden leeggestampt, daarna met een vod uit een emmer sop afgeschraapt. Mij viel dit met hartstochtelijk kokhalzen begeleide corvee een poos te beurt, soms kon ik het afkopen met sigaretten. Maarten Luther in zijn kloosterjaren werd tot dezelfde werkzaamheden veroordeeld, waar hij de abt zelfs om zou hebben gesmeekt om zichzelf tot nederigheid te dwingen. Ik ben niet nederig. Het joch houdt zich allicht niet schuil in deze stinkende krocht, waar ik me onwillekeurig afklop om de strontlucht niet mee te dragen in mijn habijt in bijpassende kleur. Hij zal toch niet in de put zijn gestopt en toen vergeten? De put is de kolenkelder onder de hoofdtrap. Als het meezit schemert daar alleen een glimp daglicht uit het stortgat. Via dat gat de kelder ontvluchten kan niet want er zit een rooster voor, bovendien onbereikbaar over de schuivende en instortende kolenberg. Wie in de put belandt kan niet anders dan op de bovenste traptreden staan of zitten, omdat de bunker tot halverwege de trap is volgestort met de zwarte eieren. Geen elektrisch licht. Voordat hij de deur op slot draait schroeft Mansuetus de lamp uit de fitting en legt die buiten de deur ergens neer. Denke hier mal über je gedrag! In het stinkende donker, 's winters schokkend van zeisscherpe kou, blijft de gestrafte in de put, urenlang, al raakt hij het besef van uren kwijt, schreeuwend, brullend, al is er niemand die het hoort, zijn gezicht en kleren ten slotte zwart als al het donker waarin hij onzichtbaar is geworden. Zoals bij ganzenborden moet hij daar blijven tot hij wordt verlost. Mansuetus wil dat soms vergeten. De angst te zullen worden vergeten is dezelfde als stervenspaniek. Ze zullen me hier dood uit de kolen opgraven. Een oud-leerling, Arjaan Vleutens, heeft smerig en verdwaasd in de put opgesloten gezeten van 's morgens het eerste lesuur tot hij 's avonds in de slaapzaal werd gemist, zoals nu Mark Freelink wordt gemist. Mansuetus was die dag verstrooid. Mark Freelink zit niet in de vergeetput. De deur naar de kelder, waarvan Mansuetus de sleutel in zijn kleren meevoert, is open en de gloeipeer brandt. Als ik zijn naam roep kaatst het geluid over de kolen, die mat liggen te glinsteren als gestold water.

En opeens voel ik dat de hitte die buiten door de zolen van mijn sandalen is gedrongen verandert in kou rond mijn tenen in de stenen gang waar ik nu ben. Het ademen van het gebouw komt uit mijzelf. Ik hoor me hijgen nadat de lucht uit mijn keel is geslagen in de vriesdiepe stilte die ik loop te verstoren. Ikzelf versteen en mijn zweet wordt ijs van de schrik die angst is, al wist ik van tevoren dat zou gebeuren wat al is gebeurd. Aan de horizon heeft zich een deur geopend. In de felle lichtplas op de gangtegels ligt als getekend met oostindische inkt de schaduw van een golem. Niet van een kloosterling, hij draagt geen kloosterkleren. Een ruw geboetseerd groot lichaam waarvan die schaduw op de vloer is beginnen snauwen. Het bekende gerochel, de bekende intonatie, het bekende volume dat resoneert langs de muren en tegen het plafond. Zelfs over de vloer, waar de galm over mijn voeten strijkt en onder mijn rok langs mijn knieën. Ja Bonaventoera?

Wat machste hier? Hijzelf blijft onzichtbaar en moet mij om de deurlijst hebben begluurd. Ik zoek Mark Freelink, breng ik uit. Mijn stem is schraal. Wablieft? Mark Freelink, zeg ik. Droge keel. Wat is er met Mark Freelink. Ik antwoord: Die is weg. Wieso weg, brult hij, met toch een ontsporinkje van onzekerheid in de toon. Mark Freelink is niet terug nadat hij. Ik ben de lichtplas genaderd, waar mijn stem er helemaal mee ophoudt. Nu zelf op de plaats van de schaduw zie ik medebroeder Mansuetus gekaderd in de deursponning onder de ritselende lichtstaven. Waar te kijken. Het schoolhoofd is ongekleed op de kloosteronderbroek na, die onder de planeet van een buik rond zijn lendenen knelt. Overal haar als een bosvarken. Dat gromt: Nadat hij watwatwat? Na de studie bij u moest komen. Ik krijg het schraperig tevoorschijn, u tegen hem zeggend waar wij broeders onderling jij zijn omdat hiërarchieën in onze gemeenschap niet bestaan. Wij zijn communisten en dragen allemaal dezelfde onderbroek. Ik zie dat ook hij schrikt als hij mij voor zijn deur ontdekt, terwijl hij waarschijnlijk dacht dat ik op eerbiedige verte in de gang zou zijn gebleven. Hij verdwijnt achter de deur met zijn zwetende rodekoolhoofd, zijn bolle tors, zijn navel waar het haar omheen groeit als bewolking die een kringspier vormt om zuster maan. Ga weg! Ik hoor hem zelden sordino iets zeggen zoals nu, hij snorkt bijna fluisterend. Die jongen is hier niet mehr. Die jongen grômm. Geh weg Bonaventoera. Jouw pflicht is op de slaapzaal, waar is je verantwortungsbesef. De deur sluit zich. Geruisloos. Niet voordat ik ook nog heb gezien dat het hout scheef tegen het bureau staat waarop de ever bezig is geweest met de paasrapporten. Terug op de speelplaats zijn mijn voeten meteen weer warm. Bij iedere stap herhaal ik in mijn hoofd Tricia Patricia Tricia. Ik neem besluiten.

Op de slaapzaal is niet de janboel zo verschrikkelijk losgebroken als ik had verwacht. Dat mijn afwezigheid ongemerkt zou zijn gebleven is natuurlijk een naïeve gedachte. Er zal iemand op de uitkijk hebben gestaan. Ivar Oostrom steekt uit de slaaphut van Roeland Henegauwen haastig trippelend over naar de zijne. Er is gesmiespel, gemompel, iemand zegt iets hardop waar besmuikt om wordt gegrinnikt. Ik met dorre stem: ik heb je gezien, Oostrom, ik hoor je, Weytjens. De nachtlampen. Mijn schaduw. Voor me uit. Achter me aan. De chambrette van Mark Freelink is leeg. De toren met het wiel in oranje licht. Ik denk bij iedere stap aan jou, jou, aan jou. Het is nu stil mijne heren, roep ik. Morgen weer proefwerken. Iedereen slapen. Ik wil niets meer horen. Ergens klinkt nog Knor! Ja wij zijn erg leuk, reageer ik gelaten.

Terug aan mijn tafeltje te onrustig voor wat dan ook. De hitte gonst als het dreigende beest. Aan de overkant is het licht weer uit. Achter het onzichtbare schoolgebouw de zwakke gloed van het stuk buitenwereld waar de Straßenbahn rijdt. Overal is buitenwereld. Ik zit hier. In het donker. In de dwangbuis van Franciscus die mijn huid raspt.

Wekkertje.

Meteen na het onder mijn hoofdkussen te hebben gehoord, moet ik met natte vingertoppen het kruis over mijn lichaam tekenen en naast mijn bed op mijn knieën zinken om de oppermeester te danken dat ik er nog ben. Laat maar. Ik constateer dezelfde erectie als gisteren. Natuurlijk niet dezelfde maar een nieuwe, zoals in de bakkerij hetzelfde brood steeds vers wordt gebakken. Een verse erectie, warm als een puntbroodje in mijn eromheen gesloten hand. Alleen om hem even met trots te voelen, voor meer is 's morgens, het is vijf uur dertig, geen tijd. Hij verslapt onmiddellijk als al het overige van gisteren mijn hoofd binnengiert. Als een hoos van grauwe vlokken. Ikzelf ben een grauwe vlok. In de van zweetlucht doortrokken trainingsbroek en kiel naar de waszaal om me op de tast met het krabbertje te scheren en zo veel mogelijk van mezelf te reinigen met het blok franciscusbruine zeep waar zand in zit. Water over mijn hoofd en armen, waar het meteen opdroogt. De hitte is gebleven. Ik zet de thermosfles, gisteren hier in mijn verwardheid achtergelaten, terug op het tafeltje, waar de keukenjongen hem straks ophaalt en vanavond weer neerzet met dat barre kloostervocht. Pij aan, koord om, scapulier eroverheen, ik zweet alweer als een trekdier. Zakdoek, vannacht niet gebruikt om in eenzaamheid te zondigen, steek ik bij me. Het is vijf uur vijftig. Buiten staat helder licht alsof er geen nacht is geweest waar ik heb lopen roepen. Er landt een duif in mijn raam, creator spiritus, alleen om te schijten en flappert weer weg. In de kastanjes begint het wit van de kaarsbloemen al te roesten. De brave keukennovice moet Dick Bos maar niet op het tafelblad aantreffen. Bàf! Die voel je, makker! Maarten Luther ook maar niet, al staat zijn portret in Geschiedenis der Pausen, waar door onze oversten bladzijden uit zijn weggesneden en passages onder zwarte balken gecensureerd. Dat was een monnik als ik, die zijn augustijner vodden aan de kapstok achterliet en trouwde met een non die er ook geen zin meer in had. Die twee wisten van besluiten. Ik klap het boek dicht. Op de voorkant het vaticaan, omgeven door een pauwenstaart van stralen. Ik doof de nachtlampen en loop door de slaapstilte naar het kamertje van Mark Freelink. Daar ligt hij gewoon in bed, hoop ik, maar het is nog steeds strak opgemaakt. Een ondiep dal in de dekens waar ik heb gezeten. Dick Bos moffel ik terug tussen Marks handdoeken, met mijn vingertop streel ik Gusta, ik vind op de vloer mijn rozenkrans terug. Grote ongerustheid. Woelig geslapen in de afmattende temperatuur vol droomgedachten, waarin Mark Freelink bleef terugkeren. Als een porseleinerig naakt jochie. Waarom naakt? Ik droom nooit van naakte jochies. Ik niet. De angst die van hem uitging sloeg over op mij. Ik werd zijn angst. Wat was de oorzaak van onze angst? De mijne ken ik wel. Op mijn kloosterhorloge volg ik het verspringen van de secondewijzer over het laatste streepje tot zes uur. Nu word ik geacht de horde te wekken met een luid uitgeschald: Geloofd zij Jezus Christus! De horde dient hierop spontaan te antwoorden: In alle eeuwigheid amen. Ik maak ervan goedemorgen heren, dit handenklappend herhalend terwijl ik tussen de chambrettes door loop. Ik heb hierover al aanmerkingen gekregen van Julianus, de prefect. Wij dienen ons aan de ons gestelde regels te houden, Bonaventura, ik zal dit moeten melden. Altijd moet alles worden gemeld. Dood- zowel als pekelzonden. De broeders verklikken elkaar. De leerlingen hebben het consigne dat over elkaar ook te doen, sommige staan erom bekend. Het gebruikelijke gerommel en geloop. Er is op de zaal maar één wc uit een vooroorlogs jaartal, alleen om te wateren, waar iedereen meteen gebruik van wil maken om zich dringend te legen, wat ik al heb gedaan. Het veroorzaakt duwen en stompen voor de deur. In de waszaal staan er een paar in de zinken goot te plassen waar het kraanwater in neerklettert en wegstroomt aan het eind ervan, zodat anderen gele stroompjes onder hun gezicht zien langskabbelen, daar valt soms per ongeluk een washandje in. Gatverdàmme! schreeuwt Johan van Straten. Ga ergens anders staan zeiken goorlap. Ik zie en hoor het allemaal en wend er mijn rug naartoe. Silentium Van Straten, zeg ik gepast bars. En zulke woorden bezigen wij hier niet. Iemand fluistert: Waar is Mark? Waar is Mark Freelink, broeder? Wat hierop te antwoorden. Ik antwoord dan ook niet. Het bovenste knoopje moet dicht, Van Beinum, en de das in top. Jij ook, Landeweerd, en je broek staat nog open. Zes uur dertig stommelt en dreunt alles de trap af, in de rij over de speelplaats naar de kapel. Aan het altaar raffelt Sneef de mis bij elkaar ad deum qui laetificat juventutem meam. In de knielbanken de lege plaats waar Mark Freelink hoort te knielen. Wiro en ik wisselen grimassen. Hij: zijn ogen gaan van de lege plek vragend naar mij, opwaartse kinbeweging. Ik: kleine schouderbeweging, ogen kort omhoog. Er is een wak ontstaan in het egale verloop van de dingen, dag in dag uit, uur na uur onveranderlijk eender, iedereen op zijn vaste plaats dan wel een bij ieder bekende reden waarom die leeg blijft. Ook waar Frits Oldenampsen zou moeten hangen is de plek onbezet. Oldenampsen heeft iets uitgehaald waarvoor hij zolang de mis duurt in het middenpad moet staan, onbeweeglijk als een militair, het lichaam als een plank, de hele week. Er is onrust, waar het verloop van de dingen in de kapel onveranderlijk uit geeuwen en verveling bestaat. Meer gefluister. Wat er met Mark Freelink kan zijn gebeurd nadat hij van Knorremans met het hout heeft gekregen. En waaròm hij van Knorremans met het hout heeft gekregen. Wil van Lanschot draait zich zelfs helemaal om in de bank, sissend in gesprek met de twee achter hem. Ik doe of het mij ontgaat. Sla als verdiept in devotie een bladzijde om in mijn Missale Romanum en kom het verdroogde bloemblaadje tegen. Heiligen kijken van alle pilaren naar mij omlaag. In het gewelf boven het altaar Christus aan de kruisbalken, zijn ogen open, gevestigd op iedereen beneden hem. Afleiding voor iedereen is het loopje naar de communiebank waar men geknield zijn tong mag uitsteken. Sneef legt er de hostie op, zijnde het lichaam van onze heer Jezus Christus. Wie niet ter tafel nadert en op zijn plaats gedoken blijft, verraadt zich. Die heeft de smet van doodzonde op zijn ziel en blijft uitgesloten van het mystieke kannibalisme tot hij zijn walgelijke verderfelijkheden heeft gebiecht. Met jezelf? En had je daar gedachten bij aan iets of iemand die misschien nog zondiger zijn dan de daad zelf? Natuurlijk ga ik iedere dag vanzelfsprekend ter communie, hoofd achterover, ogen gesloten, tong als een wimpel naar buiten. Ik bega nooit doodzonden. Wat heb ik in de biechtstoel Sneef te vertellen waarvan ik vind dat hij het wel mag weten? Hij heeft een saaie klant aan mij. Dat ik drie keer verstrooid ben geweest tijdens het gebed, zelfzuchtig op zondag reuzel op mijn brood heb gesmeerd ten nadele van een medebroeder, dat ik een medebroeder in gedachten liefdeloos heb verwenst en een leerling onrecht heb aangedaan door hem onverdiend uit te maken voor stomme kadee, een keer verzuimd de rozenkrans te bidden. Nooit gezondigd tegen het zesde en negende gebod? Die vraag laat ik onbevredigd. Zou hij zelf nog in staat zijn daar beneden iets klaar te maken? Dat deze gedachte in me opkomt is al zondig. Op de hostie mag niet worden gekauwd. Het lichaam van de zaligmaker moet ongekreukt naar binnen. En men moet nuchter zijn voor deelname aan dit sacrament der sacramenten, opdat de zaligmaker niet terechtkomt tussen raapsteeltjes en gekookt spek. Als het lichaam van de zaligmaker tegen het verhemelte of aan de tanden blijft plakken mag men het niet met de vinger lospulken, men raakt god niet aan met onwaardige tengels, hij weekt zichzelf wel los. Als ik me met samengelegde handen van de communiebank wegdraai en de kapel in kijk, valt me op dat ook Mansuetus' plaats leeg is. De ever troont altijd bovenin op het oksaal bij het orgel. Daar buigt hij zich over de balustrade naar de zee van jongenshoofden onder hem om te controleren wie van de pupillen niet naar voren loopt om het heilig brood van het eeuwig leven te ontvangen en zich dus aan de doodzonde heeft overgeleverd zonder die nog te hebben gebiecht. Dat schrijft hij met het kleine potloodje in het zwarte boekje. Toch ter communie gaan in staat van doodzonde is heiligschennis en nog een andere doodzonde erbovenop. Wil van Lanschot blijft zitten. Is genoteerd. Zelf gaat Mansuetus dagelijks ostentatief zondeloos ter communie. De broeders doen dat na de leerlingen. Al is het gebruik om na het nuttigen van het lichaam de ogen af te dekken met de handen om in stille afzondering de vreugde van de intieme eenwording met het lichaam te beleven, ik kijk tussen mijn vingers door. Ook Plechelmus schuift altijd aan, en Hyacintus, en Johannes Vianney van de ziekenboeg, die is er vanmorgen ook niet, en de oude parkieten Silvester en Ambrosius, en Laurentius van de boekhoud en administratie. Doen nooit doodzonden, indien wel biechten ze die meteen of niet, om ze daarna te blijven praktiseren. Met zichzelf zoals dat nu eenmaal heet. Met elkaar. Met de leerlingen. Wat doet Mansuetus op dit moment? Geselt hij zijn vette lijf met het koord? Schaamt hij zich? Voor zichzelf? Voor mij? Voor iets anders? Heeft hij dispensatie om de mis te verzuimen? Hij als enige geniet veel dispensaties. Ite, missa est, zegt Sneef, wat betekent: Gaat, het is ten einde. Goddank! antwoordt iedereen. Deo gratias.

Zeven uur dertig. In twee groepen de kapel uit, opnieuw de speelplaats over naar de eetzaal. Wiro loopt voorop naast zijn landerige volk. Ter hoogte van de Lourdesgrot doorbreekt hij het silentium, ik hoor hem roepen, in zijn gelederen is muiterij. Wil van Lanschot maakt zich met maaiende armen en stotende ellebogen los uit de rij en rent de open ruimte in, richting het gebied naast de speelplaats, de kloostertuin, de aardappel- en groentepercelen, de boomgaarden. Streng verboden terrein. De speelplaats is daar begrensd door een manshoge haag waar men niet overheen kan kijken, maar de voetbal regelmatig overheen vliegt. Wil neemt de hindernis met een soepel omhooggezwaaid been, zoals Walt Davis, hoogspringer, twee meter vier, olympische zomerspelen vorig jaar. Yes Buddy! wordt Wil achternageschreeuwd. En als Wiro schreeuwend de sprint inzet om de jongen terug in de rij te krijgen: Hup Zátopek! Bijgenaamd de locomotief, drie keer goud. Hup Fanny! De vliegende huisvrouw. Vijf jaar terug vier keer goud. De litanie van alle heiligen kennen jullie niet, betoogt Sneef in een regelmatig terugkerend sermoen, daarentegen wel de namen en verrichtingen van sportbeoefenaars. De begeestering voor sportidolen van hetzelfde of het andere geslacht die worden aanbeden als nieuwe heiligen is afgoderij. Hetzelfde voor filmspelers en liedzangers van eender welk geslacht. Het woord geslacht moet er altijd bij, al mag men niet aan de differente lichaamsdelen denken.

Wiro komt hijgend, zonder Wil, terug bij zijn peloton, waar geen orde meer in is te krijgen. In het mijne ook niet. De jongens lopen opgewonden kakelend door elkaar, in euforie door de ongekende sensatie: Er is er weer een ontsnapt! Waar is die nu naartoe. Wiro vraagt het mij, zijn gezicht vloeibaar. Ik zeg: Die is Mark gaan zoeken, wed ik. Waar is die dan? Don't know, zeg ik. Ben hem vannacht nog gaan zoeken. Vertel ik je straks. Wiro brengt de kap op zijn rug in orde, die scheef over zijn hoofd is komen hangen. Trekt het knopenkoord strakker om zijn lichaam. Van zijn ene sandaal is het hielbandje gebroken. Wij zijn in de middeleeuwen achtergebleven in onze carnavalsuitmonsteringen.

Als we de horde in de eetzaal tot bedaren hebben gebracht, zit onze surveillance erop en zou de prefect het moeten overnemen, maar Julianus is er niet. Ook al anders dan gewoonlijk. Wiro zet zijn stem op. In de naam van de vader! Iedereen slaat een kruis. Wij danken u, heer, voor deze maaltijd en smeken uw goedertierenheid af voor de slachtoffers van de watersnoodramp. Amen. Smakelijk eten. Na dit gebed is het silentium opgeheven en barst aan de lange tafels het stemmengeklater op, druk, hard, de onrust slaat tegen de kale muren met aan de ene kant het kleuterhoge kruisbeeld, aan de andere kant het portret van Pius. Deze wordt nog niet genoemd in Geschiedenis der Pausen, waar de vorige nog niet dood is. Wiro sloft op zijn kapotte sandaal tussen de tafels door. De lege plaatsen van Mark Freelink en Wil van Lanschot. Geen boter in de goede week. Roggebrood met kaas en een mok karnemelk.

Ik blijf bij een van de ramen treuzelen. De zon verblindt, maar ik wil staren naar de terril boven het landschap. Een vulkaan die niet kan braken, al walmt er rook uit zijn flanken. Steenkoolresten en ander mijnafval, dat over steile rails door kiepwagentjes almaar blijft worden opgehoogd. In de rook groeien distels met paarse bloemen. Daar een paar straten en een pleintje vandaan. Winkeltje in tijdschriften en schrijfwaren. Woensdag vandaag.

Julianus komt binnen, zijn ascetisch getekende Tooropgezicht nog strakker dan gewoonlijk. Achter hem Wil van Lanschot. Die schuift bleek aan tafel, terwijl in de zaal de gesprekken verstommen en iedereen het hoofd in zijn richting draait. Hij heeft een schoen bij zich, niet van hemzelf, legt die naast zich op de zitbank. De prefect zegt: Breng je das in orde, Van Lanschot. De rest van de week geen voetballen voor jou. In plaats daarvan schrijf jij iedere dag honderd keer wat ik je straks zal dicteren. Vlegel. De stropdas van de jongen hangt los om zijn nek, gekruist voor zijn borst. Met beide knuisten, de armen ook gekruist, heeft hij de uiteinden beet of hij de das in een lus tegen zijn adamsappel strak zal trekken.

Julianus kijkt mij aan met zijn kleurloze ogen. Schudt zijn hoofd, zeer zorgelijk, zeer verontrust. Voegt mij toe: Of de duivel is ontketend, Bonaventura. Juist nu. Juist nu als morgen de bisschop.

Dan begint hij van de enveloppen, alle opengesneden, die hij in zijn handen houdt, de namen op te lezen van de gelukkigen voor wie er post is. Jochem van Kol. Leo Mastenbroek. Dolf Koningsbrugge. Alard Haagen. Ritsaert Stassinon. Roelof Smits van Waesberghe. Alsof met deze litanie van namen, die minuten voortduurt, op dezelfde toon afgeroepen, het voelbare onheil lijkt te worden afgewend.

En hier nog iets voor Wil van Lanschot, zegt Julianus met andere stem. Een ansichtkaart. Van mama aan haar lieve zoontje. Die bekijken we niet eens. Daar doen we dit mee.

Jammer van de mooie postzegel. Oostenrijk. Hij begint met de hoek waar de postzegel zit van de kaart te scheuren, de postzegel kan nog dienen voor de missie, hij stopt hem in de omslag van zijn mouw. Dan ritst hij de hele kaart doormidden. De helften nog eens doormidden. Nog eens doormidden. Gezien, Van Lanschot?

Zo'n anderhalf jaar terug was er een concert in de gymzaal. Tussen de klimrekken en naar het plafond opgehesen ringen musiceerde een gezelschap uit Rodakerken ter gelegenheid van het zestigjarige professiefeest van Lambertus, die vooraan mocht zitten.

Lambertus bespeelde het orgel in de kapel, onderwijl het zangkoor van leerlingen en medebroeders dirigerend. Tot zijn handen, hoofd en denkwereld zo beefden dat het niet meer ging en Eduardus zijn taken overnam. Altijd de vrome zangwerken van don Lorenzo Perosi, de hofcomponist van de Piussen. Altijd het bezwerende gregoriaanse gegons. Ikzelf kan geen wijs houden, zing dus niet mee, maar ben ontvankelijk voor muziek. Die hier niet klinkt. Alleen Sneef beschikt over een radio en op de kamer van Benedictus staat er ook een, die is verbonden met een luidspreker in de recreatiezaal van de broeders. Wij krijgen het katholiek nieuws te horen en zondags een apologetische cursus door een geleerde pater, waar niemand naar luistert, ingeleid door het Ave verum van Mozart. Op pasen de paus met zijn urbi et orbi, dat wij geknield beluisteren. De rest is buitenwerelds en gaat ons niet aan. Ik ben niet geschikt voor het kloosterleven. Te laat beseft. Soms denk ik voor geen enkel leven.

Tijdens het concert klonk gewonemensenmuziek. Humoresque van Dvořák, de Moldau van Smetana, een polka van

Johann Strauss, een lied van Franz Lehár, vertolkt door een tenor met artistiek haar, die aan het eind terugkwam met Wie sjoen os Limburg is. Ik verlangde naar Dizzy Gillespie en Louis Armstrong met zijn All Stars. Lambertus werd in zijn wielstoel naar voren gereden voor een gemummeld dankwoord. Met de strijkstok van een van de cellisten begon hij zielig de maat scheef te slaan bij het door publiek en muzikanten staande gezongen Aan u o koning der eeuwen. Deze hymne geldt als het Wilhelmus van de roomse kerkgemeenschap. Alleen Lambertus kwam niet tussen zijn houten wielen overeind, hoe hij het spartelend ook probeerde, bij het meezingen vertrok zijn mond en bracht hij geluiden voort als het huilende kind dat hij weer was geworden. De strijkstok wilde hij niet aan het orkestlid teruggeven en hij bleef ermee zwaaien terwijl hij over de speelplaats werd teruggeschoven achter het slot. Later die dag had Mansuetus er zich meester van gemaakt. Op weg naar zijn eigen optrek in het schoolgebouw gaf hij er zichzelf tikjes mee in zijn handpalm, dan snellere tegen de zijkant van zijn been, de stok lag prettig in zijn vuist.

Het hout.

Dit was het definitieve hout, door de schoolbevolking nog meer gevreesd dan het hout dat het schoolhoofd tot gisteren nog hanteerde.

Zo'n strijkstok is van pernambukhout. Zo'n stok is licht elastisch, je kan ermee zwiepen. Als je ermee door de lucht slaat veroorzaakt het een zoefgeluid.

Dit is mij door Mansuetus, naamdag 19 februari, voorgedaan. Zoef. Klap. Schreeuw. De jongen voorover, de hand van Mansuetus als een bankschroef rond de nek van de gestrafte of rond diens tegen de schouderbladen gedraaide arm om hem tegen het bureaublad onder bedwang te houden, zijn andere hand omhoog om het hout met opperste kracht op het zitvlak te laten neerkomen. Daar trok hij, tanden ontbloot op elkaar, een grimas bij, die nog grotere afkeer in mij opriep, ik keek weg van wat er gebeurde, mijn keel verstopt omdat ik tegelijk in- en uitademde en slikte of zoiets.

Het gebeurt zo: De jongen schreeuwt en blijft schreeuwen naarmate de medebroeder, volgeling van onze stichter, de zachtmoedige Franciscus, blijft slaan, hard, nog harder, de voorflap van zijn scapulier over de schouder gegooid om er niet door te worden gehinderd bij zijn inspanning en bewegingen. Hij schreeuwt ertegenin. Meer geluid dan de ruimte in het dode licht lijkt te kunnen bevatten. Gehoorzaamheid en tucht! Jij hebt geen wil! Ik heb een wil! Jij doet mijn wil! Bij ieder woord een steeds fellere klap met het venijnige hout. Hoe de jongen ook kronkelt, de opvoeder blijft met bestudeerde precisie op dezelfde plek van het achterwerk slaan, twintig keer, meer dan twintig keer. Toen ik er getuige van moest zijn bracht ik ertegen in, zonder mijn eigen stem in het geschreeuw te horen: Het is genoeg, broeder. De jongen jankte als een hond, water, snot, speeksel waar zijn hoofd tegen het meubeloppervlak geduwd bleef, schoppend met zijn benen als een kikker.

Jongetje op het prentje van Hans Holbein in Erasmus' Lof der zotheid. Krijgt met een takkenbos een aframmeling op zijn blote achterste. Een vergroting ervan hangt tussen twee kasten in Mansuetus' kantoor, die heeft hij recht voor ogen als hij opkijkt van zijn bureau.

Er gutste zuur en goorheid mijn mondholte binnen. Mansuetus reikte mij de stok. Noe jaai, Bonaventoera. Zijn vingers achter de broeksriem van het joch, gaf hij er een ruk aan omhoog en hoger, tot de korte broek strak over en tussen de frêle billen spande en de pijpen de achterkant van de dijen niet meer bedekten en inkijk boden. Dat deed hij nu voor de tweede keer, hij had hetzelfde al gedaan voor hij aan de tuchtiging begon.

Zoals men iemand een mes aanreikt met het heft naar voren, zo stak de ever mij het hout toe met het handvat op mijn borst gericht. Handvat is niet het juiste woord, had hij mij al eens didactisch voorgehouden, in de muziekspraak, zei hij, wordt een strijkstok gehanteerd bij de slof. Pack hem bij de slof en geef deze broetale batraaf op zijn eigenwaise hier, zijn blik op de geëtaleerde lichaamsdelen. Ik schudde resoluut mijn hoofd, de stok niet aannemend, waar het oudewijvenhaar in slierten van omlaag hing, en keek hem aan. Zei niets, al stond ik op het punt om veel te zeggen. Ik slikte het in als iets dat naar roest leek te smaken. Naar ijzer. Als onder Gestapolaarzen en trouwens onder de schoenen van iedereen om zolen en hakken te sparen. Met minachting in zijn stem, hij, snorkend: Allzu unmännlich weekhartig. Mijn minachting voor hem was groter. Ik zou mijn haat jegens deze medebroeder moeten biechten, maar wil er geen vergeving voor. Mij uitnodigend om de ranseling in zijn plaats voort te zetten, zag ik Mansuetus zijn hand op de gespannen broek leggen en met krimpende vingers bevoelen als vruchten. Dan een soort aai over de hoog ontblote dijen, zijn vingers langs het binnengebied van de broekspijpen, alles terwijl hij de slof naar mij uitstak. Alsof het niet om een stuiptrekkende leerling ging maar om een object. Zonder gêne voor een beschouwer als ik, die zich even vernederd voelde als de jongen, maar zonder diens lichamelijke pijn. Met zichzelf, dacht ik, waarbij hij zich verlustigt met een ander van hetzelfde geslacht, aanzienlijk jonger, zonder diens instemming. Sneef zal er wel van op de hoogte zijn, zoals veel anderen het weten die het aan den lijve hebben ondervonden of er zoals ik bij aanwezig moesten zijn om de pedagogische methode ter harte te nemen. Zo hou je ze in het gareel, onderwees Mansuetus. Hoe harder ze schreeuwen hoe beter ze het onthouden, Bonaventoera! Want gezegend is het hout door hetwelk gerechtigheid geschiedt. Boek der wijsheid, zei hij erachteraan. Dat boek kende ik niet.

Mijn medebroeder trok de jongen van achter bij overhemdboord en daaronder spannende stropdas overeind. Ga onder mijn ogen vandaan labberdoedas, voordat ik, voordat ik grômm! riep Mansuetus, zijn andere hand nog eens over de dijen en de broek, kwansuis zonder opzet of bedoeling, toch gericht, hoe kort en snel het ook gebeurde. Al wilde ik het niet zien, ik zag het en ik wist het voorgoed. Op een of andere manier medeplichtig. De jongen, hardop huilend, steunde tegen het bureau, waar de strijkstok onder handbereik was neergelegd, en bewoog trekkerig zijn benen opzij, achter zijn rug bezig de snijdende broeksnaad uit zijn kruis te verwijderen en het kledingstuk bij de korte pijpen weer op gangbare wijze omlaag te sjorren. Het schoolhoofd bracht zijn scapulier in orde. Stak zijn hand naar de leerling uit. Die moest zijn eigen hand daarin leggen en zeggen: Dank u voor deze tuchtiging die mij rechtvaardig werd toegediend tot eigen lering en inzicht. Dat heeft Mansuetus zo als regel gedecreteerd. Om zijn gewetensstormen te temperen, vermoed ik. De jongen negeerde de plichtpleging en glipte langs de kolos naar de deur, waar ik was blijven staan. Ik deed een stap voor de vluchteling opzij, had ook de deur, die openging naar de gang, al op een kier voor hem geopend. Verblind in paniek hoefde hij dus niet eerst een paar keer naast de klink te graaien, wat seconden zou vergen, maar kon meteen rechtdoor maken dat hij wegkwam. Wij hoorden hem rennen op zijn ijzertjes door de stenen gang. Mansuetus nog met de armen grijpgereed voor zich uit, de lippen weggetrokken van zijn tanden, rimpels in zijn neus. Ik zag zijn smalle enkeltjes in de sandalen, zoals ook een log everzwijn op slanke pootjes staat.

Wiro kijkt mij grootogig aan.

In zijn onderbroek?

Wij fluisteren. Andere medebroeders delen onze tafel in de refter, waar het ontbijt op houten borden voor ons staat. Hompen roggebrood zonder iets in deze week dat wij het smartelijk lijden van onze zaligmaker gedenken. Naar beneden te wringen met het enigszins naar een theevleug smakende lauwe water uit de ijzeren kannen. Mij slaat het op de blaas.

Wiro trekt een verbijsterde mond bij wat ik hem over vannacht vertel. Het hout stond tegen het bureau, de slof naar boven. Alsof hij hem zo kon pakken en meteen goed in zijn hand had. Dit laatste zeg ik niet, ik denk het erbij. Van de strijkstok zijn mettertijd de haren afgeknipt. Hij deed nogal schichtig, zeg ik in Wiro's oor. Der jungen ist hier nicht, geh weg! Ik imiteer het neus- en keelgesnork dat erbij hoort. Fluisterend is dit moeilijk te reproduceren. Ik snork te hard, zodat een paar confraters gealarmeerd opkijken. Is de gevreesde opgedoemd? Hij zit niet aan tafel en hij was ook al niet in de mis. Is hij ziek? Hopelijk is hij ziek.

Bartholomeus klost binnen. Praat weinig en dan doorgaans uitsluitend over de stand van de gewassen op de kloosterakkers, waar hij het bewind voert, voet aan de schop, zakdoek rond het hoofd geknoopt. Potig, krachtig, gelijkmoedig bedaard. Ik zoek weleens zijn gezelschap. Kom jij maar eens niet met de schoffel maar met je vingers de grond loswoelen rondom de radijzen, kan hij zeggen. Hervind je je rust. Nu is hij uit zijn doen. Iedereen lijkt uit zijn doen vandaag, ook vanwege morgen, maar Bartholomeus?

Besmeurde zakdoek in zijn harkvormige handen, de knopen zitten er nog in. Daar veegt hij mee langs zijn gezicht, hals, nek. Legt hem naast zijn eetplank. Hij krijgt thee. Verbrokkelt het zwarte brood, maar brengt de fragmenten niet naar zijn mond, als een gesloten ritssluiting in zijn verweerde kop. Iemand vraagt: Is er iets, Barto?

Bartholomeus staat nog vroeger op dan andere medebroeders, om voor dag en dauw zijn landerijen te inspecteren. Konijn in een van de strikken, wat hebben de vogels uitgehaald die zich niets aantrekken van de kruislings bevestigde latten omkleed met monniksvodden in het pas ingezaaide veld, er zit een mol in de sla, hoe staat het met de bloesems in de boomgaard. Hij spreekt niet van broeder mol of zuster rat die haar jongen heeft geworpen in de hooimijt. Alles onder de noemer rotbeest spietst hij aan zijn riek. Franciscus die tegen vratige vogeltjes sprak, had geen benul van landbouw en fruitteelt.

Vanmorgen heel vroeg, begint hij eindelijk. Bij het poortje.

Dat is in de vestingmuur rondom het kloosterbolwerk de enige in- en uitgang behalve de hoofdpoort van Domitianus de portier. Een verweerde tuindeur waar aan onze kant een wilg staat. Zomers verborgen achter de bladerenslierten tot vlak boven de grond. Bartholomeus heeft een sleutel om leveranciers van buiten tot ons heiligdom toe te laten. Voor mijn intrede had ik ook een sleutel.

De schemer was nog donker, mompelt Bartholomeus, ogen in de verte. Bij het poortje. Daar was die jongen. Die blonde jongen. Met die meisjesstem. Zingt weleens alleen in het koor.

Solo, verduidelijkt medebroeder Andreas. Mark Freelink? Ik voel die sidder over mijn rug, mijn stemgeluid weer klankloos als toen vannacht de golem zijn schaduw vertoonde. Solo, dat is het woord, dank je Andreas, zegt Bartholomeus. Tegen mij: Weet ik niet, Boon. Ik ken al die jongens niet bij naam. Vriendelijke jongen. Maar ik schrok. Wat deed die jongen daar. Die hoorde op dat uur van de ochtend nog in zijn bed te liggen en die mag daar helemaal niet komen. Onze slottuin is voor die jongen verboden terrein, dat weet die jongen heel goed. Ik schrok, dat kan ik je vertellen. Want die jongen.

Bartholomeus, van de broodbrokken kleinere makend en die weer kleiner, aarde onder zijn nagels, binnensmonds pratend over onze hoofden heen, had Mark Freelink in een bizarre houding onder de wilg aangetroffen. Op zijn rug en eigenlijk niet op zijn rug. Op zijn achterhoofd. Het lichaam in een boog tussen achterhoofd en voeten waaraan een schoen ontbrak. Die lag bij hem in het gras. De broek scheef aan de romp, die broek was nat van voor. De riem kennelijk zo driftig uit de lusjes getrokken, dat daar een paar van stuk waren gegaan. In die positie lag de jongen, al kan je het moeilijk liggen noemen, verstard als tot een beeld, de aanblik biedend van een bochelbrug over een gracht. Volgens Bartholomeus trilde het beeld en gingen er onregelmatige spasmen door zijn armen en benen. De handen bij het strottenhoofd. Daar was niet alleen de stropdas strak tegenaan getrokken, maar ook de gesp van de riem. Die jongen zijn gezicht was blauw en wit als bloemkool. De riem zat een paar keer rond zijn nek en keel. De gesp zo stevig tegen de luchtpijp dat daar geen adem meer doorheen kwam. Veel te weinig adem. Die jongen lag te stikken. Vandaar dat Bartholomeus nog meer schrok. Hier slaat hij zijn handen tegen zijn eigen keel en hangt er zijn bruine tong bij uit.

Langs hem heen kijk ik naar de muur achter hem. De reproductie van een dertiende-eeuws paneel waarop Franciscus is te zien. Links, rechts en onder Franciscus twintig taferelen uit zijn leven. Als een stripverhaal. Wie zoiets bekijkt zou kunnen overgaan tot zelfmoord, bij voorkeur door ophanging. Mark Freelink? Er komen andere associaties in me op. Ik zie opeens mezelf en taferelen uit mijn eigen leven.

Die riem kreeg ik makkelijk los, vervolgt Bartholomeus. Maar die stropdas zat in een ingewikkelde schippersknoop. Die moest ik lossnijden met het mes. Mes? Er zat een keukenmes in het poortje. In de kier. Had hij misschien mee geprobeerd het slot los te krijgen. Dat weet ik niet. Het moet nog nacht zijn geweest. Wat doet die jongen daar 's nachts op een plek waar hij helemaal niet mag komen.

Ik ben al een tijdje een mes kwijt, onderbreekt Severinus. Heb ik hem nog de schuld van gegeven. Hij duidt met zijn kin op de juvenist die nog geen kloosternaam heeft, de knaap die 's avonds de thermosfles op mijn tafeltje komt zetten. Hij kwam van Mansuetus vandaan, zeg ik, en meteen slaat als een napalmbom die niet ontploft stilte in de refter neer, waarbij de medebroeders elkaar aankijken. Men weet. Ocharm da menneke, verzucht een medebroeder.

Bartholomeus: Toen had die jongen weer adem. Maar hij bleef in die kramp. Zijn onderlichaam van de aarde opgetild, zijn armen nu los. De spiertrekkingen bleven doorgaan. Toen hij even inzakte en de grond raakte, kwam zijn lichaam meteen weer terug in die boog. Hij begon te schokken. Schuimsel op zijn mond. Hij viel om. In die houding. Op zijn zij. Als een banaan. Schokkend, schoppend. Die jongen heeft een ziekte. Op een karretje, waar hij de groente-, aardappelen-, appels- en perenkisten mee vervoert, heeft Bartholomeus Mark Freelink naar de gebouwen gereden en overgedragen aan Bulletje. Dat is Johannes Vianney, veel te dik naar hij kort is, vandaar. Het verklaart waarom medebroeder Bulletje vanmorgen ook niet in de kapel was. Wat is er toch aan de hand, er is iets aan de hand, murmelt Bartholomeus. Hij brengt een stukje brood voor zijn mond en legt het weer neer. Nu reed ik daarjuist het karretje terug en daar zie ik een andere jongen rennen. Dwars door de postelein. Recht op het poortje aan. Dat was dus dicht. Alsof hij had verwacht dat het open zou zijn. Wie ben jij, jongen? Wil en nog iets. Van Lanschot zeggen Wiro en ik tegelijk. Bartholomeus knikt. Dat was de naam van die jongen. Wat moet jij hier, jongen? Kijk nu eens wat je gedaan hebt met mijn postelein. Die jongen hijgt. Begint van alles te praten, maar ik begreep er niets van. Hij stond met de schoen van die andere jongen in zijn handen. Hij moest weten waar die andere jongen was. Ik zeg die heb ik op dit karretje hier daarjuist weggereden zeg ik, omdat die iets had. Die had een kwaal. Hoezo waarom vraag ik die jongen, die Wil. Die staat maar te hijgen en te happen naar woorden, steeds in de warder, steeds opgewonder. Rustig zeg ik nog. Rustig. Maar hij rende alweer weg. Met die schoen. Nu netjes over de paden tussen de percelen. Ik schrok, dat kan ik je vertellen. Er is iets aan de hand. Hier sluit Bartholomeus de ritssluiting in zijn gezicht. Eet nu eindelijk iets, Barto, zegt een van ons. Het ambrozijn van de vasten. We doen of we lachen, maar de bedruktheid is met geen wijwaterkwast te verdrijven. De duivel. Ontketend. Napalmbommen keilen de Amerikanen op Korea neer, waar al van voor mijn intrede een nieuwe oorlog woedt. Generaal Eisenhower, die ons heeft bevrijd, is intussen president en gooit nu napalmbommen. Wiro en ik wisselen een blik, woordloos knikkend, jaja, we bedoelen en begrijpen hetzelfde. Het praat zich rond en men weet, maar men zwijgt in heilige wijsheid die Satan en al zijn streken verdrijft, naar

Franciscus zegt in zijn leerdicht over de deugden.

Alles hangt samen met het hout. Zoals Christus hangt aan het hout, al speelde hij geen cello. Mensen afranselen deed hij zelf ook. En hij omringde zich met jonge mannen van hetzelfde geslacht. Natuurlijk houd ik deze gedachten voor me in wijsheid. Gefrustreerde hunker naar sexualiteit die leidt tot sadisme en nog meer, dat is wat samenhangt met het hout. Het woord sexualiteit, met een x, ken ik sedert een paar weken. Al dat obsessieve gepraat over onkuisheid. Wat is nu Mark Freelink weer overkomen. Over Bulletje weten wij ook waarover we zwijgen.

Ik ben opeens maanden terug in tijd. Afgelopen herfst. Zo'n maandelijks weekend dat de leerlingen naar huis mogen. Behalve de gestraften, die in de studiezaal bladzijden uit de catechismus moeten overschrijven. Behalve ook de paar jongens die om uiteenlopende redenen niet met weekend kunnen. De ouders van de een verblijven in Kenia, waar pa diplomaat is. De vader van de ander is legerpiloot en vindt geen mogelijkheid het dienstrooster zo te schikken dat hij eens per maand van zaterdagmiddag tot zondagavond zijn zoon kan ontvangen, mama ligt in Oostenrijk in een sanatorium. Prentbriefkaarten met van die mooie postzegels. De Franstalige jongen die hier is om Nederlands te leren woont te ver weg en er zijn leerlingen uit schippersgezinnen, de boot vaart of ligt niet steeds in de buurt. In zo'n eenzaam weekend mogen de nietgestrafte achterblijvers, wat anders absoluut niet mag, in de kloostertuin voetballen, altijd voetballen, of Bartholomeus wat helpen onkruid trekken of peren plukken. Ze hebben daarbij toestemming het colbert met schoolmonogram uit te laten, het bovenste overhemdknoopje hoeft niet dicht, de overhemdsmouwen mogen opgestroopt tot onder de elleboog en hoe de stropdas erbij hangt doet er die paar uur niet toe. Die middag, vriendelijk najaarsweer, hield ik toezicht. Ik bleef erbij zitten, op een tuinbank, met uit de kloosterboekenkast een snotterig biografietje van de onlangs door Pius heilig verklaarde jeugdige oppassende maagd Maria Goretti. Ik zag Mark Freelink met een ladder in de weer, die hij wankel in de kruin van een boom had gemanoeuvreerd. Een veel te lang en te zwaar gevaarte voor zo'n smal ventje. Het hing op één staander scheef in de takken en vond onvoldoende steun. Wil van Lanschot, dat weekend aan zijn lot overgelaten door de legerpiloot, hielp mee, hoestend van het lachen, beiden schreeuwend elkaar stompend, de een duwde de ander weg, Wil was veel sterker. Mark begon de sporten te beklimmen. Wil probeerde de ladder in evenwicht te houden, maar die schoof de boom uit voor Mark enige hoogte had bereikt en kletterde om in neerstorting van bladeren. Mark kwam languit op zijn buik op de latten terecht. Moest ik opspringen om te zien of er iets ernstigs was gebeurd? Hoefde niet, er spatte daarginds van alle kanten gejoel en geschater op. Wil van Lanschot stortte zich uitgelaten boven op Mark Freelink, zijn handen links en rechts vastgegrepen aan de ladder, perste hij zich in volle lengte tegen het lichaam onder hem. Toen Mark zich wist om te kantelen lagen ze borst tegen borst, woorden roepend, proestend, slikkend. En elkaar aankijkend. Opeens iets beseffend, zoals een oester beseft dat de kleinste zandkorrel die in zijn schelp is gedrongen kan opzwellen tot parel. Ze rolden door de bladeren, waarbij ze elkaar omkneld hielden, nu eens de een boven, dan de ander, spartelende benen, die zich soms met elkaar verstrengelden, alles zwijgend, hijgend, zuchtend, een paar knapen eromheen die van alles riepen. Ik volgde het vanop afstand, Maria Goretti in mijn keel als een ongepelde walnoot, wat moet dat een criant vervelend nest zijn geweest. Deze fondant geven ze me hier te lezen, waar ik vroeger Hölderlin las en Rilke. Heinrich Böll. F. Scott Fitzgerald en William Faulkner. Albert Camus. Simon van het Reve. Op het prikbord hangt nu en dan een stukje van Godfried Bomans. Wil van Lanschot zat schrijlings op de borst van Mark Freelink en drukte diens handen in het gras, Marks armen opzij gespreid als die van onze heiland aan het kruis, hun gezichten dicht bij elkaar, zo bleven ze roerloos elkaar in de ogen kijken. Ik zag ze even later bij het poortje, waar ze aan het slot morrelden. Wil keek door het sleutelgat, een centimetertje straat. Daar fietste ik vroeger. Mijn heimwee is dezelfde als die van de twee jongens. Met een stokje begonnen ze in het sleutelgat te pulken. Er vond overleg plaats. Hoe krijgen we het open. Misschien met een mes. Heb jij een mes. Ik weet aan een mes te komen. Ze raakten elkaars hoofd aan, veegden ongerechtigheidjes uit elkaars haar. Ze holden weg. Ieder een andere kant op. Wil zijn losse stropdas met beide handen tegen zijn keelknobbel trekkend alsof hij zich uit volle borst schreeuwend wilde stranguleren. Eerst gaf hij de bal die voor zijn voeten kwam rollen een knallende trap, zo hoog de lucht in, dat daar heel even een stipje zweefde miniemer dan een mug. Mark verstopte zich in de sluiers van de wilg, daar verzamelde hij een brede bos van in zijn armen en drukte er zijn lichaam in. Er was iets in hem gaande, hij wist niet wat, zo stond hij daar.

En medebroeder Bulletje:

Al bezit hij geen enkele medische kennis en bevoegdheid, iedere jongen die zijn krocht betreedt vanwege een wondje, pijntje, hoestje moet zich van hem totaal ontkleden. Ga hier maar liggen. De onderzoektafel is een plank met een strak laken erover, midden onder drie tl-buizen. Het lijkt me noodzakelijk dat ik je helemaal onderzoek om helemaal zeker te zijn. De leerlingen fluisteren het elkaar door en zien het liefst af van consult. De naakte jongen op de plank voelt zijn ogen opengespalkt onder de dikke handjes van de onderzoeker. Steek je tong eens uit. Tikjes tegen de ribben en het borstbeen. De handjes bekneden de buik en naderen het geslacht. Hier groeit al goed wat haar, stelt de broeder vast en roert er met zijn vinger doorheen. Hele vent ben jij al. Het penisje moet worden betast, het spleetje onthuld. Komt er al vet uit als je er 's avonds onder de deken mee speelt en voelt dat hij groot wordt? Hè bah wat smerig, oordeelt Patricia als ik het haar vertel. Of je er pannenkoekjes of een spiegeleitje in kunt bakken. Niet vergeten het ook te biechten hè, voegt hij er vroom aan toe. Dan grabbelt hij tussen de dijen van de jongen, die op de rug van zijn hand moet blazen. Mijn medebroeder bevoelt scrotum en inhoud. De jongen staart geparalyseerd naar het plafond, hij was gekomen voor een puistje bij zijn elleboog. Ik ga je toch even temperaturen om echt zeker te zijn. Ik vind dat je wat koortsig aanvoelt. De jongen op zijn buik op de plank. Het moet rectaal. Tussen zijn korte vingertjes maakt broeder Johannes Vianney, vernoemd naar de heilige pastoor van Ars, de opening zichtbaar. De punt van de thermometer beweegt hij in het rond in de ingang van de verknepen kringspier tot de spanning eruit verdwijnt. Na te hebben toegestoten blijft hij het staafje heen en weer schuiven, erin, helemaal eruit, weer erin, duim, wijs- en middelvinger houden de billen gesperd, hij geniet. Nu tien minuutjes stilletjes zo blijven liggen. Achter het bureau, waar hij zicht houdt op de rondingen waar de thermometer tussenuit steekt en de balzak in de schaduw daaronder, begint Bulletje aan iets waarbij het geritsel van zijn kleren is te horen, dan wat gerommel en het ritmisch piepen van de stoel, hij houdt zijn adem in en als het is gebeurd hijgt hij. Niet vergeten het te biechten. Daarna diagnosticeert hij wetenschappelijk bij het afslaan van de koortsthermometer: Jij bent kerngezond kerel, niks aan de hand met jou. Op dit puistje doen we zalf en een pleister.

Ik denk intens aan Mark Freelink.

Wiro richt zich tot de andere kant van de tafel. Mag ik straks bij je langskomen, Crispinus. Ik loop te sloffen, het achterste leertje heeft het begeven. Had ik al gezien, zegt Crispinus, onze broeder schoenmaker. Ik ben de hele dag open. Kom maar wanneer het je schikt.

Het ontbijtkwartier is voorbij. Wat staat jou vandaag te doen, vraag ik Wiro als we de refter uit lopen. De bakkerij weer, zegt Wiro. In verband met morgen. Morgen? Morgen is het witte donderdag en komt, hij zegt het ironisch, zijne hoogwaardige eminentie monseigneur vader bisschop op bezoek. Hoe kan je dat vergeten zijn. Waar ben jij met je gedachten. O ja, zeg ik, al was ik het niet vergeten. Ik ben nog bij gisteren, leg ik uit. Het blijft branden in mijn hersens. Zou vader bisschop, ik ook ironisch, op de hoogte zijn van wat hier zoal gebeurt? Daar reageert Wiro niet op. In zijn gezicht komt verstarring, dat is zijn reactie. We lopen verder, tot ik vraag: Weet jij trouwens wie Dick Bos is? Jazekerwel, zegt Wiro, er breekt een lach door de verstarring. Waar haal je die opeens vandaan. Dat is die jiujitsuvechter met het nobele hart en de metalen dreun. Hoeft zijn arm maar uit te steken, de buitenkant van zijn hand, mijn medebroeder demonstreert het, en de tegenstrever ligt al uitgevloerd tegen het karpet. Heb je zo'n boekje onderschept? De jongens vreten het en geven het aan elkaar door. Dacht jij dat die nog Puk en Muk lezen, als ze lezen, of De engelbewaarder of Roomsche jeugd? Die heb je alvast te pakken, stuk ongeluk, citeer ik. Ik dacht dat jij alleen vrome boekwerken las, zegt Wiro.

Van rechts nadert door de hoge galerijgang Benedictus. Het gelaat van onze broeder overste, gekaderd in suikerwit haar, staat ook al verbeten. Hij steekt twee wijsvingers uit. De ene gericht op Wiro. Jij voor negenen op mijn kamer, Wiro. De andere op mij. Jij om vijftien uur dertig, Bonaventura. Wij dienen een ernstig gesprek te voeren, maar daartoe moet ik eerst. Klepelend met zijn hoofd dribbelt hij verder. Eerst moet hij. Ach jee, zegt Wiro. Ik zeg niets. Op het kruispunt van gangen gaat Wiro links. Ik rechts, de galerij met de zwartwittegels, de neogotische ramen aan beide kanten, aan het einde de elektrische klok. Van seconde naar seconde. Volgende seconde. Weer een volgende. Weer een. Wat ben ik met mijn leven aan het doen.

Door de ramen aan de ene kant is de speelplaats te zien, waar juist de bel heeft geluid. De leerlingen scharen zich in rijen voor het schoolgebouw. Julianus bedient zich van een conducteursfluitje. Het binnengaan in Mansuetus' burcht geschiedt marcherend, linksrechts op de maat van de snerpende fluitstootjes. Op zijn Duits, zoals ook de internaatsuniformen Duitsachtig zijn. Alles is Duitsig aan ons instituut en aan ons. Wij maken deel uit van de Ordensgemeinschaft der Armen-Brüder des heiligen Franziskus. Gesticht in het derde kwart van de negentiende eeuw door een devote pedagoog in Germisch ergens in de buurt van Keulen. Die trok op zekere dag het franciscushemd aan en begon een opvoedingsinstituut voor mannelijke jeugd. Dit is het Nederlandse filiaal. Onder protectoraat van de heilige Jozef, die de heiland niet zelf bij zijn vrouw verwekte maar dat overliet aan een duif. Een kuise hoorndrager, om zijn kuisheid ten voorbeeld gesteld aan allen binnen de kloostermuren, die net als hij het benedenbuikse sieraad zogenaamd alleen gebruiken om te wateren. Sint Jozef ter Engelen. De leerlingen worden engelenkinderen genoemd. Overal is sperma te ruiken. Schoolfeest op de naamdag van de heilige Jozef, 19 maart, 's avonds film in de gymzaal, is juist voorbij. In militaire pas naar school. Onder Duitse dril. Geef ze een geweer en een paar handgranaten en het kan opnieuw beginnen. Hitler is pas acht jaar dood.

Aan de andere kant geven de ramen zicht op de slottuin en de landerijen daarachter en daarachter de toren met het wiel en de puinberg. Geweldige zon over de hele wereld, deze binnen- zowel als de buitenwereld. Het poortje. Al kan ik het van hieruit niet zien, ik weet waar het is. Daar. In de allerachterste muur, grenzend aan de straat parallel met de grens die uit vijf rijen prikkeldraad boven elkaar bestaat. Aan de andere kant van deze notenbalk die de straat in de lengte doorsnijdt passeert de Straßenbahn, klingelend als hij de hoek om komt. Einigkeit und Recht und Freiheit, deze drie, maar de meeste van deze, über Alles, is vrijheid. Wat doe ik hier. In Gods naam en die van de heilige Franciscus en de heilige Jozef. Wat sta ik hier, alsof ik, zoals Luther, niet anders kan.

Ik kijk naar mussen buiten het raam, waar is rondgegaan met de tuinslang. In de hitte is de grond gebarsten. Alles wat er groeit hangt te verdorren. Net als ik. Nu zijn er wat plassen ontstaan waar de vogeltjes elkaar verdringen. Een duif verjaagt de mussen. De mussen formeren zich en verdrijven de duif met een sterker aantal, zoals op D-day.

Al het gevleugelte verdwijnt als Plechelmus en zijn assistenten zich vertonen. Mouwschorten over hun pijen, rieten kubusmanden torsend, die ze neerzetten onder de touwen aan de zijkant van het grote gazon. De was. Woensdag onderbroeken-, handdoeken- en zakdoekendag. Alle afzonderlijke kledingstukken op een aparte dag. Wij bevolken ons klooster met tweeëndertig man. Al dat witgoed, eerst nog met een doffe klap uitgeschud, met houten knijpers aan de lijnen. Gedachten die bij me opkomen verwasemen niet zoals de damp die in de hitte meteen uit het wasgoed begint op te stijgen.

Mijn onderbroek hangt er ook tussen, al zijn al die broekbodems met wijde pijpen hetzelfde. Mansuetus kan de onderbroek dragen die ik vorige week niet heb gedragen. Ik lever hem altijd ongebruikt maar om geen verbazing en argwaan te wekken drastisch verkreukeld bij Plechelmus in, waar hij onmiddellijk anoniem wordt in de stapel overig textiel dat in ketels wordt uitgekookt. Mijn zakdoek was en wring ik altijd eerst zelf uit voordat ik hem inlever. De medebroeders gooien de hunne bij de was terwijl ze nog kraken en stinken van het erin opgedroogde neus- en ander lichaamsvocht. Plechelmus, mond vol knijpers, steekt zijn hand naar me op. Ik groet hem terug. Wij zijn allen broeders. Sommige zijn viespeuken. Mijn corvee is weleens handen toe te steken in Plechelmus' stinkende waswinkel. Zweetkleren door groenezeepsoep roeren. In heilige nederigheid. In heilige gehoorzaamheid.

De methode Plechelmus is deze. Hij pikt een jongen op en zegt: Jongen toch, wat heb jij daar een gemene vlek op je broek. Kom eens hier, ik weet wel raad met vlekken. Wrijven. Steviger wrijven. Voelen. Zo gaat het niet, zegt Plechelmus dan. Weet je wat, als je die broek nu even uittrekt. O! Je onderbroek heeft zo'n zelfde vlek. Waar heb je in gezeten, knul? Doe die meteen ook maar even uit. Medebroeder Plechelmus streelt wat zich ontrolt. Legt zijn hand onder het knikkerzakje. Knedend spreekt hij het verlegen piemeltje toe: Wat een groterd en flinkerd ben jij al. Kan die nog groter worden? Vind jij wel fijn hè, wat ik doe?

Ik was daar eens op een meter of tien vandaan stille getuige van, zonder dat Plechelmus me had opgemerkt. Toen ik geluiden begon te maken sprong hij uit zijn hurkpositie, waarbij de pij als een theemuts over zijn benen broeide, overeind. Vinger over zijn gesloten lippen, zond hij mij een vette knipoog, die mij medeplichtig maakte. Ik zal dit moeten melden, zei ik. Wat ik nooit zeg. Jij houdt gewoon je mond, zei hij. Jij hebt niets te melden, want jij hebt niets gezien en niets gehoord. Waar en wie zou ik dit moeten melden, schoot door me heen toen ik het zei. De kloosterleiding en nog andere medebroeders zijn niet vies van dezelfde of soortgelijke zo niet nog vunzere praktijken. Ik had te doen met het jongetje, dat van Plechelmus een reepje kwatta kreeg. Mondje dicht hoor. En nu weer hup voetballen jij met je vriendjes.

Wij zijn heilige broeders van de arme Franciscus, van wie niet bekend is of hij een onderbroek droeg, zijn biografieën gewagen er niet van. Alleen zijn uit lappen, stroken en rafels samengenaaide vlooienhabijt wordt in Assisi bewaard.

De duif, gesecondeerd door een andere, is naar de drinkplaats teruggekeerd. Alle mussen gaan schreeuwend opzij. Dan nadert uit de wei waar de koeien, de geiten en het paard grazen een zwarte kraai, corvus corone, groter dan de duiven. Zet zich met hautain gekras bij het water, vanzelfsprekend belangrijker dan het vulgus, dat over zijn vleugels struikelt bij het wegkomen. Sodemieter op jullie. Het grootste lichaam met de luidste stem heeft de macht en het gezag.

Ik ben zesentwintig jaar. Mooie leeftijd voor een man, zegt F. Scott Fitzgerald in Tender is the night. Het hoogtepunt in het vrijgezellenbestaan, zegt hij. In intellectuele zin ben ik een duif, maar mijn plaats is tussen de mussen en Mansuetus is de corvus. Ik mag de was aan knijpers hangen, de pannen, borden, eetplanken afwassen en afdrogen, helpen bij het hooien, een klusje doen in de kapel, surveilleren. Alleen in die laatste functie ben ik een kleine kraai met overwicht die ik niet wil zijn.

Waar blijft Theo Woltgens. Die zou nu onder de klok moeten verschijnen, opdoemend uit de hal bij de hoofdpoort, waar hij zijn fiets mag stallen. Ik sta niet voor niets in deze lege gang met de dambordtegels, waar ik kan worden aangesproken met de vraag wat ik hier doe. Voor mediterend op en neer lopen, kap over het hoofd, armen in de mouwen, van witte tegel op witte tegel, op de terugweg alleen op de zwarte, is het nu de tijd niet, zodat ik altijd een verklarende uitvlucht paraat moet hebben. Waar blijf je, Theo. Daar is hij eindelijk. Buiten adem. Heft zijn kin naar me op en trekt de grimas waarvan ik weet dat het zijn groet is, maar komt niet naar me toe. Hoewel het woensdag is. Hij rent door, de speelplaats op, waar ik hem nakijk met zijn boekentas, de boekentas, door het licht zonder schaduwen. Hij zal nog te laat komen, nadat de laatste soldaten in het schoolgebouw zijn opgelost. Mijn teleurstelling hoef ik niet te beschrijven. Die slaat in mij neer alsof ik een kind ben dat zal gaan huilen, het zet zich vast in mijn keel en ik ril weer. Tricia? Theo Woltgens, bijgenaamd Tito, niemand weet waarom, is de enige lekenleraar in ons instituut. Aardrijkskunde. Woont in Rodakerken, een kwartiertje fietsen. Aanhanger van de lokale VB Sparta. Ik een paar jaar geleden ook. Weer: wat doe ik hier. Ik sta te roesten als het wit van de kaarsbloemen in de kastanjes, de blaadjes dwarrelen rond Theo's voeten. Hoe zit het met mijn besluit? Van hier naar de hoofdpoort is een voetstap of vijftien, van hier naar het tuinpoortje zo'n driehonderd meter, langs het jonge Brabantse trekpaard dat weleens op zijn achterpoten tegen een koe gaat staan. De medebroeders op hun melkkrukken draaien zich ernaar om en roepen elkaar opmerkingen toe en aanmoedigingen voor het paard. Horthort. Bravo. Langs de drukkerij van medebroeder Casimir, waar de drukpers staat te stampen. Theo Woltgens is van mijn geheim op de hoogte en minacht me om mijn talmen, piekeren, uitstellen, niet doen, niet durven. Gewoon door de hoofdpoort en rechtsaf, zegt hij. Als je nog langer wacht verspeel je de pot. Ik verspeel de pot als ik nog langer wacht. Woensdag is het. Negen uur. Nu opent Patricia haar winkeltje. Tijdschriften. Schrijfblokken met bijpassende enveloppen, poesieplaatjes, schrijfgerei, stempelkussens. Ik denk aan je. Jij denkt ook aan mij. Weet ik zeker. Hoop ik.

Niets te doen broeder? Benedictus vraagt het als hij weer komt aangetrippeld. Ik ben op weg naar de kapel broeder, antwoord ik prompt, weg uit mijn gedachten, terug waar mijn lichaam is. Kloostergang. Zonlicht puilt naar binnen, de suiker rondom Benedictus' hoofd lijkt te smelten. Wijsvinger omhoog herhaalt hij: Vijftien uur dertig Bonaventura. Ik knik. Ernstig gesprek. Wat hangt me weer boven het hoofd. Vorige ernstige gesprekken in Benedictus' kamer staan me nog woordelijk bij als gedrukte bladzijden.

Ik realiseer me dat ik over de zwarte tegels loop en niet over de witte op weg naar de kapel. Ik realiseer me dat ik de trap op ga, nog een trap, en dat ik in de bovengang de deur van mijn cel open. Verboden hier te verblijven gedurende de uren van arbeid of gebed.

Ik ga op mijn krib zitten, de stromatras kraakt onder mijn lichaam, waar ik naar de witte muur begin te staren. Vier witte muren. Ellebogen op mijn knieën, hoofd tussen mijn handen, staar ik omlaag naar mijn blote tenen als naar voorwerpen op de witte vloer, die niet ophoudt bij de muren maar in mijn verbeelding zich daarbuiten grenzeloos voortzet. Een vlakte van witheid tot achter alle einders. Daar loop ik rillend in de hitte zonder dat de voorwerpen waarop ik loop een spoor in de eindeloosheid drukken. Ik heet niet Bonaventura. Hoe ik eigenlijk heet zou verloren zijn gegaan in het niets en nergens van het onpersoonlijke, want wij zijn teruggebracht tot nietsheid, alleen toegewijd aan God, het onpersoonlijke. Alles inleveren, ook je naam, dat is de wet voor wie het kloosterbestaan aanvaardt. Ook Franciscus heette niet Franciscus maar Giovanni Bernardone. Pius heette niet Pius maar Eugenio Pacelli. En ik heette voor mijn intrede Eldert Haman. Die naam verdween. Net als mijn fiets. Wie zijn naam inlevert heeft geen leven meer, letterlijk, die is dood, zoals op kerkhoven lichamen liggen die geen naam meer hebben. Franciscus heeft het over het lichaam dat onderworpen dient te zijn als ware het gestorven. Afzijdig van de buitenwereld leven wij in versterving, zonder eigen gedachten, laat staan eigen opvattingen of meningen, die wij als ijdelheden dienen te verwerpen. En wij hebben geen verleden en zogenaamd dus ook geen herinneringen. Men bereikt de staat van heiligheid bij onthechting van al het aardse, inclusief het lichaam, dat niet meer onszelf toebehoort maar de tempel is van de heilige geest.

En daar zit ik dan alsof ik niet besta, Eldert Haman. Natuurlijk besta ik, want zittend zie ik mezelf lopen door het wit. Ik ben ontstaan, kom ergens vandaan en bewaar herinneringen. Dit zijn taferelen uit mijn leven:

Geboren in Rotterdam. Dertien toen daar de bommen vielen. Ooit had ik een moeder. Die stierf een jaar eerder. Begraafplaats Crooswijk. Ze was Duitse, zodat ik deels in het Duits ben opgevoed, maar ik kan in het Nederlands Scheveningen zeggen. Vader havenarbeider werd op een avond – Aufmachen! Abführen! – van huis gehaald en verdween. Nooit teruggezien. Ik werd opgevangen door oom Barend en tante Suzan, de zus van mijn vader. In dat huis rook het naar verf en hoorde je altijd de zee. Ik kende alle vissersboten bij naam. Kweekschool gedaan. Aktes Duits gehaald. Veel op de fiets. Ik als Louison Bobet, bijgenaamd Zonzon. Als Fausto Coppi, Gino Bartali, de vrome, de monnik, Wout Wagtmans, Wim van Est. Heel Duitsland rond. De ouders van mijn moeder wonen daar nog. Frankrijk. Griekenland. Ik op mijn Orbea Opal 20 Speed. Zoals de wereld langs de zijkanten van mijn ogen voorbijrende. Nu zit ik hier, het warm te hebben in een wollen pij die als een harnas, niet van wol maar als van brons, op mijn lijf drukt, starend naar mijn voeten, de pedalen kwijt.

In de krant stond een vacature voor een leraar Duits in het jongenspensionaat Sint Jozef ter Engelen in Blijderhagen, diep in Limburg op de Duitse grens. Ik werd aangenomen. Vrijgezel en voldoende katholiek. Het schoolhoofd toen was de aamborstige Hyacintus, die zich lucht toedient met een adempomp met rubberen knijpbal. Nu is hij koster. Pulkt in de sacristie aan de misdienaars, plakt met zijn speeksel hun haar in fatsoen en streelt hun wangen. Voordat ze in hun toog en superplie het altaar op gaan strijkt hij de jongens van voor en achter over het lichaam als laatste kledingcontrole. Daarna nog een klapje tegen bips of een knijpje.

Bij mijn leraarsaanstelling kreeg ik, burgerpersoon tussen al die rokkendragers, ver van huis en zonder pension, het aanbod tot kost en inwoning binnen het convent met behoud van mijn onafhankelijkheid. Ik sliep en kreeg mijn maaltijden in het gastenverblijf, ook de sleutel van het poortje achter in de tuin. Als mijn lessen erop zaten reed ik op mijn fiets het poortje uit, 's avonds kwam ik door het poortje weer binnen. Wat was ik toen, even over de twintig. Piepkuiken tussen de arenden. Het enige wat ze me vroegen waren de contributiebonnen voor suiker, koffie, textiel en zulke zaken, schaars na de oorlog. Lesgeven deed ik met plezier en enthousiasme, er was goede harmonie, ik was nauwelijks ouder dan de oudste leerlingen. Ik vond mezelf, debutant in het onderwijs, een goede leraar, een steeds betere dan toch. Rustig. Geduldig. Derde naamval mannelijk dem. Vrouwelijk der. Onzijdig dem. An auf hinter in neben über unter vor zwischen. Duits bleef op het lesrooster, al was er sprake van dat onderricht in de taal van de bezetter zou worden afgeschaft.

En vervolgens?

Alles hierna is feitelijk van nog pas gisteren en moet bezinken. Maar het bezinkt niet. Wat heb je gedaan, Eldert Haman, mijn god wat heb ik gedaan, mijn leven en mezelf zo in het slop te manoeuvreren.

Op een zondagmiddag dat de jongens op wandeling waren door de Limburgse glooiingen, onder toezicht van een kordon broeders, ik dacht met pistolen in holsters onder hun pij, kwam Benedictus naast me zitten op de bank in de tuin, waar ik me had neergelaten met een roman. Conserve, van een nieuwe schrijver, zekere W.F. Hermans. Wat leest u daar nou, meneer Haman? Hij kwam me iets vertellen. Eerst iets vragen. Bent u geëngageerd meneer Haman ik bedoel een dame met wie u bent verloofd of zo? Neen, zei ik. Ik bedoel ligt dit ook niet in uw vooruitzicht? Geen idee, zei ik, wie weet. Ik bedoel welnu ziet u u bent zo vaak weg met de fiets. Hier reageerde ik niet op. Benedictus kwam ter zake, draderig als stijfsel. Mij waren zeker de voorbereidingen niet ontgaan de stapels bakstenen de betonmolen en zo. Wij gaan verbouwen zoals u weet dat is nu definitief daar hebben wij de vergunningen voor binnen onder leiding van onze broeder Sixtus. Ik bedoel ook ons gastenverblijf dat wordt links het zitgedeelte iets langer en van achter wordt het ook anders en dat gaat even duren zodat vandaar mijn vraag. Ik had Hermans dichtgeklapt, vinger tussen de bladzijden. Ik moet verhuizen, concludeerde ik. Tja ik bedoel, zei Benedictus. Zijn haar was toen nog minder wit, van boven schemerde wel al de glimmende waarheid. Dan zal ik moeten omzien naar een onderdak ergens anders in de buurt, zei ik. Broeder overste liet het knopenkoord door zijn handpalm glijden, zijn vingers vouwden rond iedere knoop dicht of hij drie keer een vuist maakte. Armoede. Gehoorzaamheid. Kuisheid. Tja ik bedoel het is niet om u weg te jagen meneer Haman integendeels en kunt u gerust bij ons blijven. Staat het u tegen om zolang de verbouwing duurt met ons broeders mee te eten in de slotrefter waarvoor wij dan uitzonderlijk de kloosterregel een tikje verbuigen in plaats dat onze broeder Severinus u de maaltijd in de gastenkamer komt brengen die dus wordt verbouwd. U bent daar trouwens niet iedere dag altijd aanwezig vandaar mijn vraag als u mij niet kwalijk neemt met de fiets naar buiten. Hermans gleed van mijn vinger en plofte tussen ons op de bank. Wat u niet allemaal leest. Ik eet weleens Indisch in Rodakerken, zei ik.

Natuurlijk zou ik er geen bezwaar tegen hebben met u mee te eten. Benedictus onderbrak me met de vraag: Is dat smakelijk voedsel? Ik begreep dat hij nasi rames bedoelde en niet de bijna dagelijkse hutspotten met blokken vetspek van Severinus. Maar waar vind ik een bed, ging ik verder. Dat is wat wij bedoelen, zei Benedictus en hield op de knopen te knijpen. Als het u niet tegenstaat u zou in ons klooster ook kunnen slapen. Een kamertje voor u waar u zich gerieflijk kan terugtrekken met uw leesboeken eenvoudig natuurlijk maar helemaal op uw eigen gerieflijk. Kan u komen en gaan naar het u schikt wel zachtjes natuurlijk 's nachts want de broeders slapen op dezelfde slotgang vroeg in de veren en ook vroeg weer uit. Zodat. Bedoel. U niet meteen op stel en sprong buiten de muur naar ander logies zou hoeven om te zien en blijft u dicht wonen in de buurt u werkt als voorheen. Broeder overste besloot met: Voorstel. Te overwegen misschien meneer Haman.

De knopen in het broederkoord zitten in een rolletje zoals in het groot zo'n knoop zich bevindt aan de lus van een strop die onder de kin van de tot hangen veroordeelde wordt strakgetrokken voordat het luik onder zijn voeten omlaag klapt. Het heeft me moeite gekost voor ik zelf in staat was zulke windingen voor de handvatknoop in mijn koord te draaien. Toen ik me dat eigen maakte, vandaag lukt het me snel en blindelings, vroeg ik me af waar ik mijn tijd aan besteedde, mijn tijd, correctie, het was mijn tijd niet meer, kloosterlingen hebben geen eigen tijd, wat ze gemeen hebben met levenslang gestraften. Alsof ik een strop voor mezelf zat te knopen.

Ik herinnerde me daar die dag bij, 1946, nu ruim zes jaar terug: oom Barend en ik bij de radio die hij de hele oorlog onder de vloer van zijn verfwinkel verstopt had weten te houden. Najaar, de zee was onrustig. Om het uur kwam in Neurenberg, waar de processen hadden plaatsgehad, een fielt uit de oorlog in de strop te hangen, waarvan in de hele wereld radioverslag werd gedaan. Er klonk een naam: Wilhelm Keitel. De voetstappen van Wilhelm Keitel. Trapje op naar het schavot. Stilte. De strop werd over Wilhelm Keitels hoofd gelegd. Heil Hitler! riep hij nog. De vloer stortte in onder zijn voeten, men hoorde de snok van het touw met die knoop erin. Stilte. Waarin oom Barend zei: Hatsekidee die hangt. Na een kwartier of langer de stem van een arts die de dood constateerde. Dan allerlei gerucht en gerommel en weer stilte, halve uren stilte, tot opnieuw een naam werd geroepen en alles werd herhaald. Joachim von Ribbentrop. Ernst Kaltenbrunner. Arthur Seyss-Inquart. Daar heb je hem ook, zes en een kwart, zei oom Barend, hoor je het Suzan. Julius Streicher. Alfred Jodl. Steeds als het gebeurde, die klap van het touw, voelde ik het in mijn scrotum. Ja ik hoor het, zei tante Suzan, maar onze Eldert komt er niet van terug. Daar doelde ze mee op haar broer, mijn vader. Zou die nog leven? Ik kan me aan mijn broederkoord ophangen nu ik heb geleerd een strop te knopen.

Broeder Benedictus liefkoosde de knopen in zijn koord toen hij mij paaide. Nietwaar dat zou een oplossing voor u zijn nietwaar. En ik, sul, kinderlijk argeloos, nauwelijks de drollenvanger ontgroeid, verhuisde mijn koffer met kleren en koffer vol boeken van het gastenverblijf bij de hoofdpoort naar een kamertje in het slot. Kamertje met een raam. Uitzicht op de tuin en de akkers. Ommuurd. De muur staat niet om het klooster heen, maar om de buitenwereld met haar trammetje named desire, de Vesuvius van mijnafval en de toren met het wiel, 's nachts verlicht. Wat aardig van die mannen dat ze je daar laten wonen, schreef tante Suzan. Ik had mijn fiets nog. Daar kon ik 's avonds en op de vrije woens- en zaterdagmiddagen en zondags mee door de omgeving, Zuid-Limburg, Duitsland. Vaak naar de bioscoop, maar de kloosteroverheid had liever niet dat ik daarover vertelde in de klas en zeker niet tegen de broeders tijdens de maaltijden of in de recreatiezaal. Dat ik Vivien Leigh had gezien en Doris Day, Anne Baxter, Debbie Reynolds, Deanna Durbin. Al die namen van mooie vrouwen, ik projecteer ze tegen het gekalkte wit van de muren om mij heen met hun gezichten en gestalten erbij in hun wijde plooi-jurken en badpakken waarvan het jongste model bikini schijnt te heten. Ga heen, satan. Hoewel. Blijf maar bij me ook. Ze zijn van mij, al die vrouwen, ze verschijnen me in het nog bewoonde gebied van mijn geheugen.

’s Nachts na terugkomst deed ik aan het begin van de gang mijn schoenen uit om de slapenden niet te storen. In het kamertje lag soms een brief op me te wachten, doorgaans van tante Suzan. Iemand legde die op de secretaire met de luikjes en laatjes waarop ik mijn lessen voorbereidde, proefwerken corrigeerde, brieven terugschreef. Toch zat er een slot in de kamerdeur, de sleutel waarmee ik hem altijd afsloot voelde ik in mijn windjack. Er was dus in de kloosterveste nog iemand die er een sleutel van had en die gebruikte om mijn verblijfje binnen te gaan als ik in het schoolgebouw voor de klas stond of buiten de muren rondpeddelde. Een openliggende roman op de plankenvloer naast mijn bed lag daar opeens anders en naar een andere passage gebladerd dan waar ik was gebleven. Ik merkte dat er tussen mijn kleren was gesnuffeld. Zekere ochtend greep ik niets toen ik naar mijn scheerkwast met het ivoren handvat greep. Met het zilveren Gillettekrabbertje uit de achtergelaten gebruiksvoorwerpen van mijn vader. Het ding bleek, niet door mij, te zijn verplaatst van rechts op de wastafel naar het glasplaatje erboven. Op een dag was de kaart verdwenen die tegen de inktpot had geleund, Marlene Dietrich met hoge hoed op een bierton gezeten, een knie opgetrokken en daar haar handen omheen, haar naakte dijen boven zwarte jarretels. Op een andere dag lag de envelop van een voor mij bestemde brief geopend op het groene vilt van het schrijfblad. Tante Suzan. De ogen van oom Barend waren nu zo slecht dat hij een blik vernis van de toonbank had gestoten over zijn goeie broek. Met oom Barend gaat het trouwens helemaal niet goed meer. En hoe gaat het nu met jou, jongen, en wanneer zien we je nog eens. Nou tabee en een stevige pakkert. Hier deed ik navraag naar bij Domitianus, die aan de hoofdpoort drie keer per dag van de postbode de pakken brieven en andere bezendingen in ontvangst neemt. Alle post gaat direct naar broeder overste, zei Domitianus. Zo kwam ik te weten dat op diens kantoor alle in- en uitgaande correspondentie wordt nagelezen. Door Benedictus zelf, maar meestentijds door zijn sluipwesp Amadeo die dus alles weet en ook onthoudt. De sleutel van mijn kamer lag met zijn briefopener, die eruitziet als een Javaanse kris, in het pennenbakje boven zijn zwartbekladde vloeiblad. Brief uit verstrooidheid per ongeluk geopend, mijn excuses, meneer Haman. Daarna mijn fiets. Die mocht ik stallen onder het afdak bij het poortje. Ik verzorgde hem secuur, steeds ieder onderdeel controlerend, oliënd, poetsend, strelend. Ik praatte zelfs tegen het edele staal. Dank je wel dat ik op je mag rijden. Opeens, alles gebeurde successievelijk opeens, was mijn Orbea Opal, de gezwinde beminde, opeens begon daar van alles aan te mankeren. De pedalen draaiden dol in het rond, een ervan brak zomaar af. Toen lag de ketting als een dood reptiel in het zand. Ik trof een venijnig spijkertje in de voorband. Hij stond op slot en het mechaniek was verwrongen. In het klooster met een eigen broeder bakker, broeder beenhouwer, broeder kok, broeder boekhouder, timmerman, loodgieter, drukker, kleermaker, schoenmaker, kapper, landbewerker, loopt geen broeder fietsenmaker rond. Broeder klusjesman keek naar mijn 20 Speed, schudde zijn schouders en zijn hoofd. Geen verstand van. Spuwde een bruine straal die op de grond terecht had moeten komen maar tegen de spaken van mijn geliefde spatte. Te voet het dorp in. Geen rijwielhersteller. Wel een toneelkapper voor de mijnwerkersbevolking.

Zo gaat het allemaal door mij heen. Niet als opeenvolging van afzonderlijke gedachten, maar als een blok gedachten, hout ijzer glas grind beton stukken rots oud papier nylondraden resten van kartonnen dozen dierenhuid touw granaten bloemstelen kaarsvet autobanden fietsbellen celluloid moordbijlen plastic haat hosties opruiming wegens faillissement, alles samengeperst als tot een bol waarmee gevels worden gesloopt. Het beukt door mijn hoofd, maar ook door mijn maag en darmen, slaat tegen mijn rug, mijn knieholten, tussen mijn benen waar Satan huist. Waar ben je Eldert Haman, besta je nog wel? Ik besta want er gaan steeds rillingen door mijn lijf. Waarom draag je geen sokken en schoenen zoals een gangbaar mens.

Laurentius, bij wie ik maandelijks mijn salaris kon afhalen, biljetten en munten in een bruin kruidenierszakje, zei eerst dat hij vanwege iets boekhoudkundigs, dat hij me uitlegde zonder dat ik het begreep, die dag niet over contant geld beschikte. Laurentius met zijn telmachine. Daar komt de papierstrook met de cijfertjes als een tong uit tevoorschijn en legt zich in lussen en krullen over het bureaublad. Vraagt nu en dan aan de leerling die hij bij zich heeft geroepen voor een karweitje: Heb jij ook zo'n tong? Laat eens zien dan, beweeg hem eens als een katje dat melk slurpt? Kom eens bij broeder Laurentius op schoot, jij bent een vriendje van me, toch? Broeder boekhouder trekt de jongen schrijlings over zijn benen, het gezicht naar hem toe. De knaap moet met lange halen de lucht blijven likken terwijl Laurentius zich hop paardje hop tegen de gespreide jongensbenen die hij streelt en kneedt naar zijn climax rijdt. Een herenpaard gaat zo, zo, zóó, hijgt hij. Wil je hem even vasthouden? Hou hem maar even vast. Heb jij ook zo'n dikke knoeperd hier in je broek? Laat eens voelen dan. En een boerenpaard gaat zo, zo, zóó! Het joch krijgt een gloednieuw Bruynzeelpotlood met een gummetje. En mondje dicht hè, fijne vent die je bent. Verschillende van mijn medebroeders hebben zo hun methode. Die jongens genieten er evenveel van, zeggen ze, die mannekes missen tederheid. Wij houden allemaal onze mond. De volgende dag was er nog geen geld voor mijn salaris. De daaropvolgende dag keek Laurentius van me weg. Nerveuzig de papierstrook rond zijn hand wikkelend en er weer van losdraaiend, kwam hij met een bericht van broeder overste. Die wenste mij te spreken.

De eerste keer dat ik de kamer van Benedictus betrad. Kruisbeeld achter zijn hoofd. Beeld van Franciscus op zijn bureau, de heilige spreekt met opgeheven vinger tegen een wolf. We moeten even spreken, Eldert. Bij mijn voornaam dus. Je zal je afvragen, op tutoyeertoon dus, kijk hoe zal ik de dingen zo duidelijk mogelijk. Na beraad met onze broeder Gabriël onze broeder provinciaal in ons hoofdhuis in Germisch tja hoe lang ben je nu al bij ons acht maanden. Je salaris ik bedoel je krijgt van ons maaltijden vrij logies ook eigen kamer. Voortreffelijke leraar en opvoeder voor onze leerlingen dragen je op handen zeer zeker. Maar. Ik keek naar het radiotoestel op de andere hoek van Benedictus' bureau, vormgegeven als een compacte plompe donkerbruine piramide. Het gele lapje achter de ronde opening waar het geluid uit komt. In de breedte van de opening een paar uitgezaagde golflijnen en sterren, het vignet van de katholieke firma Philips. De radio thuis is een rechthoekig zwaar bakbeest met een wijzer die langs honderd radiostations kan worden gedraaid, waarvan alleen Hilversum 1 en 2 helder doorkomen. Soms Reykjavik. Zou Benedictus wel eens stiekem luisteren naar Snip en Snap in De Bonte Dinsdagavondtrein? Nu niet nog een borrel, Barend. Tante Suzan neemt de fles uit zijn handen en zet hem in de muurkast. Alsof Benedictus' stem uit de radio kwam.

Mijn salaris werd ingehouden ter compensatie van alles wat de kloostergemeenschap mij zo genereus bood. Je eet nietwaar en drinkt toch met ons mee iedere dag drie keer en zondag ook als je niet op je fietsje naar de film buiten. Ik ga ook vaak naar de bibliotheek bracht ik ertussen. Gekwetst vanbinnen om de wegwerpende aanduiding fietsje. Tja die boeken al die boeken wat lees je allemaal die moderne letteren zal ik maar zeggen als het ware. Broeder overste trok er een ontevreden mond bij. Hij ging door met op zijn vingers op te tellen: En een eigen kamer met goede matras en lakens en bewassing door onze broeder Plechelmus ik bedoel dat is toch.

Hier begon het schip te kapseizen. Maken dat ik wegkwam. Dat had ik gemoeten. De deur achter me sluiten. Goedendag en vrede met u allen. Waarom dat niet gedaan. Ik zie me nog, zoals ik daar dociel bleef staan, niet toegesproken door Franciscus maar door de wolf. Die was doorgegaan: Ik bedoel begrijp je broeder Gabriël vindt ook onze broeder provinciaal in Germisch ook van mening zal je Eldert begrijpen.

In een van de laden in Benedictus' bureau begon een telefoon te rinkelen, wat klonk als uit een houten kist. In zo'n kist lig ik. Mezelf begraven. Had ik maar de beschikking over een telefoon. We zouden tien keer per dag bellen. Jij hebt telefoon in je winkel, een nummer van vier cijfers. Ik zou je stem horen in dat lijzige Limburgs dat mij eigenlijk irriteert maar van jou natuurlijk niet. Patricia Delahaye. Jij kwam pas later in mijn levenstaferelen. De kloosterfiguur tegenover mij schrok op van het telefoongeluid, net als ik. Hij beklopte zijn kleren en bracht daar wat sleutels aan een ring uit tevoorschijn. Met de kleinste opende hij de la. Zijn hoofd ernaartoe gebogen zei hij: Jongenspensionaat Sint Jozef ter Engelen u spreekt met broeder Benedictus spreekt u. Meteen hierna: Moment mal bitte Gabriël. Worsteling tussen het spiralende telefoonsnoer en het knopenkoord, waarbij ik me voelde verdwijnen in iets als hypnose. IJlte in mijn hersens. Zoals toen in een eerder levenstafereel de stad werd gebombardeerd. Wat ik hoorde. Klappen van geluid die tegen me opsloegen. En zag. Erupties van zwarte rook in het centrum. Vliegtuigen die bommen kakten. Dat ik mijn petje stevig op mijn hoofd stond te drukken. Dat er opeens twee giraffen door onze straat liepen, daarna een gnoe, de dierentuin was ook getroffen. En boven Benedictus' hoofd hing Jezus Christus te kronkelen als een aap die van de ene liaan oversteekt naar de andere. Jawohl der sitzt gerade gegenüber mich hier. Gesprek met Germisch, begreep ik. Seyss-Inquart neemt de situatie door met Himmler. Pas toen draaide ik me om. Pas toen sloot ik de deur achter me. Als leraar Duits merkte ik voor mezelf op dat mich fout is. Moet mir zijn. Zinsconstructie ook fout. Moet zijn mir gegenüber. De gang met de witte en de zwarte tegels. Daar liep ik op mijn ijzertjes, toen nog schoenen aan mijn voeten, het klooster in in plaats van uit. Aan de tuinkant twee duiven op het gazon. Als de grijze het eerst opvliegt weet ik wat ik nu moet doen. Waarom wist ik dat niet onmiddellijk en ook later niet. Dat heb je van je moeder. Ik hoor tante Suzan. Goed lief zacht mens, je moeder, maar ze kon nooit iets doorhakken. Nog niet op de dag dat ze met je vader trouwde. De grijze bleef zitten en keek de zwartkoppige gevlekte na die naar de dakgoot wiekte. Zeker dat ik liep te slaapwandelen. Ik bestond wel en was waarschijnlijk zichtbaar, maar in mijn bewustzijn was niets, een verre leegte, en daar bewoog ik alsof ik liep. Van wit op zwart, half zwart op half wit, niet in rechte lijn, soms wankelend naar links of rechts, afwijkend van mijn gewoontemotoriek, zoals wanneer ik mijn voeten van de pedalen heb gehaald en over de weg laat slepen. Opa's klokje aan het kettinkje in mijn binnenzak stond na zestig jaar opeens stil. Dat had ik zoals ik altijd deed voor me op de lessenaar gelegd in de lege klas waar ik in slaap moest zijn heen gedwaald. Het was de tweede dag van de grote vakantie, alle jongens naar huis, doodstil in alle gebouwen. In het klaslokaal bleef ik verdoofd staren naar de muur achter in de klas. Door het raam naar buiten, de muur rondom het gesticht. Wel nog geld voor de heenreis naar huis, maar niet voor bloemen en jenever en helemaal niet voor de terugreis per trein, waarvoor ik bij oom en tante zou moeten bedelen. Wat heb je je nou aangehaald, idioot! Ik hoor mijn stiefvader Barend. Toen sloeg het angelus en kon ik opa's horloge gelijkzetten op twaalf uur. Etenstijd. Vergeten het op te draaien. Het tikte weer. Anders dan ikzelf. Zoals er dieren zijn die in de late herfst aan een winterslaap beginnen, zo was ik in mijn zomer begonnen aan een levensslaap. Hoogtepunt in het vrijgezellenbestaan.

Als in hardnekkige narcose schoof ik in de slotrefter aan tafel tussen het bruin van al die franciscanen. Sneef aan zijn aparte tafeltje. Glas rode wijn naast zijn bord. 's Middags drinken wij water en eten van een metalen plateau, onderverdeeld in afzonderlijke vakken voor de aardappelen, de rodekool, de moot gekookte vis op vrijdag. Tijdens het middagmaal wordt eerst gezwegen. Wij eten terwijl een van ons voorleest uit een stichtelijk werk. Die middag ging het over een zekere Juniperus, die de heilige Franciscus nog heeft gekend. Trok ook al, naar voorbeeld van de stichter, in het openbaar zijn kleren uit en gaf ze aan de armen. Het schijnt een franciscaanse usance te zijn om ten aanschouwe van het hele dorp rond te lopen in bloot vel. Op bezoek bij de heilige Clara, vroeg deze hem: Heb je nog nieuws van God? Een van de broeders aan tafel, Bartholomeus, kwam met de opmerking dat juniperus een jeneverbessenstruik is. De vanzelfsprekendheid waarmee ik de gemeenschap al aanduidde met wij en ons, alsof ik er zelf deel van uitmaakte. Ik maakte er deel van uit. Zonder het te beseffen. Zonder het meteen te beseffen. Ik bleef wel ik, zoals meel meel blijft maar zonder notie dat het al deel uitmaakt van een klomp deeg. Mijn leven, zoals dat van een gevangene, veranderde in het deeg van huiswetten en kloosterregels waarvan nooit werd afgeweken en waarnaar ook ik me voegde, wat vanzelf gebeurde, met dezelfde vanzelfsprekendheid. Ik bleef leraar, voor welke betrekking de broederschap mij had aangenomen, maar zonder bezoldiging omdat me er de emolumenten van Sint Jozef voor in de plaats werden geboden. Hyacintus en de andere broeders in ons onderwijsinstituut ontvingen immers evenmin salaris. Maar ik ben toch geen kloosterbroeder? Metterdag, metterweek, mettermaand wisten ze me te verbouwen zoals het kloosterpand waarin ik mocht wonen. Ze beschouwden me als een postulant die zich voorbereidt op het geestelijk leven. Vervolgens als een novice, alsof ik proeftijd onderging om in de orde te worden opgenomen, waar ik nooit over had gepiekerd, maar zo ging het. Als onder volledige verdoving, waarin de kanker uit de patiënt wordt gesneden, verdween ik uit mezelf, want ik was de kanker, zeiden ze. En de wereld buiten de muur, die de terreinen omsingelde als het knopenkoord de lendenen van de kloosterbewoner, dat was de kanker. De verlokkingen van geesteskanker veroorzakende boeken en kranten en films en dansmuziek en duivelsjazz en swing uit de radio en gekruid oosters voedsel waar bier bij wordt gedronken en geen gewone fiets maar een wielrenfiets en filmvrouwen. De avonden bracht ik in hetzelfde gezelschap door in onze recreatiezaal waar een biljart staat met een scheur dwars door het laken. Men kan er sjoelbakken en er is een Mens-erger-je-nietspel waarvan niet alle pionnen meer voorhanden zijn. Een kastje boeken over heiligenlevens en kerkgeschiedenis. Gecensureerd. Ettelijke biografieën van Franciscus die aan visioenen leed, net als de huidige Pius, die vier keer de zon voor zijn ogen zag dansen. Men praat wat, maar waarover te praten? Voor tienen ligt iedereen in bed. Ik verhuisde opnieuw. Van gast veranderend in semikloosterling, verliet ik het kamertje met het raam en kreeg deze cel die niet anders is dan alle andere cellen in de doodstille slotgang. Twee meter lang en nauw twee meter breed, zoals in dat veelgehoorde gedicht, zij het ietwat ruimer, zij het niet veel. Witte muren. In een ervan de deur zonder sleutelgat die door iedereen kan worden geopend, wij hebben geen geheimen. Mijn leven verschilde nu weinig meer van dat van de kostschooljongens.

Dat ik leraar bleef was adem voor me in de verstikkende benauwdheid van kleurloze sleur waarin ik slapend was verzeild geraakt, naïef, onnadenkend, gemakzuchtig, misschien was het angst. Had ik geen identiteit? Nee, zoiets heb jij niet. Ik hoor Theo Woltgens. Jij bent een lul, meer bepaald een slappe lul, een beklagenswaardige slaplul, dat ben jij. Dat zei hij niet toen, ik kende hem toen niet eens, maar onlangs, al doet tijdsvolgorde er niet meer toe. Alleen in de schooluren kon ik mezelf blijven met het restje zelf dat nog in me was. De Schwere Wörter, de hoofdletters, de naamvallen, de uitspraak. Der Heinz hat mein Butterbrot aus dem Fenster fallen lassen. Na aus de derde naamval. De werkwoorden achteraan. Pfui, pfui, mit Absicht? Nein, mit Leberwurst. Ik las Erich Kästner met de leerlingen. Joachim Ringelnatz. Kurt Tucholsky. Opa's gouden horloge uit Solingen, losgehaakt van het kettinkje voor me op de lessenaar. Zur Erinnerung an unsere Hochzeit 5. Januar 1893. Deine Angela. Hitler was op die datum nog geen vier. Mijn lessen verliepen in ontspannenheid, alsof ook de leerlingen teerden op restjes van zichzelf tijdens mijn Stunden Deutsch, iedereen een paar kwartier bevrijd van de metalen tucht binnen de muren. Ook dat is voorbij. Mijn identiteit is die van een mier.

Na weer een grote vakantie zag de klas mij opeens in deze franciscusjurk voor het bord verschijnen. Niet langer meneer Haman maar broeder Bonaventura. Dit vond plaats in het Heilig Jaar 1950 waarin Pius, zonnespetters in zijn bril, met het krankzinnige dogma kwam dat de moeder van Christus, niettemin altijd maagd gebleven, met lichaam en al in de hemel verblijft, waar zij als koningin van de engelen zetelt aan de rechterzijde van haar zoon die daar ook lijflijk aanwezig heet te zijn. Dit dient men te geloven. Ik was 23 jaar en liet het gebeuren. Zoals Franciscus en Juniperus op zekere dag hun kleren uittrokken en zich omwikkelden met lompen, zo werden mij mijn burgerkleren afgepakt en kreeg ik deze pij over mijn hoofd. Vestimentair veranderde ik in een vrouw. Fladderkleren zonder één sluitknoop. Mijn eigen onderbroek van de Hema, goedkoop en degelijk en zit nog lekker ook zei tante Suzan, zag ik niet meer terug. Bij onderbroek komt Mansuetus mij voor ogen zoals ik hem vannacht heb gezien als een reusachtige vleespastei met witte pijpen tot halvelings de knieën. Geh weg Bonaventoera! Wat heeft hij uitgehaald met Markje Freelink. Waarom schiet die mij te binnen als Markje. Waar hangt Wil van Lanschot uit.

Geknield voor het altaar met het houtsnijwerk van een epigoon van Tilman Riemenschneider sprak Sneef in het Latijn uit een plechtig boek dat ik voortaan Bonaventura zou heten, naar een heilige franciscaner filosoof uit de dertiende eeuw, naamdag 15 juli. De naam betekent goed vooruitzicht. Wat kon mij gebeuren. Alsof ik praatte in mijn slaap legde ik de eeuwige gelofte af. Ik zou altijd gehoorzaam zijn, afstand doen van aardse bezittingen en altijd de kuisheid betrachten. Sneef legde mij het knopenkoord in handen. Gelofte, wat is dat voor iets? Ik hoor Patricia. Dat is niet een eed, ook niet een belofte die je doet als je bijvoorbeeld trouwt, het is als het ware een plechtige verklaring, zette ik uiteen. Patricia schaterde. Als het ware! Het stelt dus geen scheet voor, word eens wakker, gedresseerde mier, kom eens terug naar waar echte mensen wonen. Eduardus speelde op het orgel, het broederkoor zong het zwartste gregoriaans en bij het feesteten na afloop was er een toetje, ieder drie aardbeien.

Toen het ritueel ten einde was kwam de voltallige broederschap me om de beurt pax tecum wensen. Hun handen rond mijn schouders, brachten ze het hoofd links en rechts naast mijn wangen, waarbij ik ze een voor een rook. Silvester legde zijn hand tegen mijn achterhoofd en trok zichzelf even tegen me aan, Ambrosius pakte me niet stevig vast maar aaide me, begeleidde de heilwens met een tikje tegen mijn borst en knipoogde. De kloosterparkieten, beiden een eind over de zestig en in de rui, altijd samen te midden van de gemeenschap, wat niet mag volgens de regel, en elkaar hatend als een echtpaar dat toch niet zonder de ander kan. Genoeg aan elkaar. Ze laten de leerlingen met rust. Zo trad ik toe tot de ordo fratrum minorum. Mindere broeders.

Oom Barend en tante Suzan, die de plechtigheid niet bijwoonden, heb ik sedert die dag niet meer gezien, zelfs de foto niet meer waar ze beiden op staan, die uit mijn cel was verwijderd. Oom Barend zal ik überhaupt nooit meer zien. Tante Suzan schreef me soms nog een brief, mij in opengesneden envelop overhandigd, waarin door de kloosteroverheid woorden en passages met zwarte inkt onleesbaar waren gemaakt als er niet stukken gewoon van waren afgeknipt. Wat zou daar hebben gestaan? Die brave tante Suzan. Brieven die ik haar terugschreef dienden in open envelop bij Amadeo op tafel te worden gelegd. Ik weet niet of hij er ooit een postzegel op heeft geplakt en bij de poort aan de postbode heeft meegegeven. Amadeo kwam melden dat Benedictus telefoon had gekregen van zekere vrouw die zei dat haar man op sterven lag en dat ik dringend naar huis moest komen als ik hem nog levend wilde aantreffen. Daar kan echter geen sprake van zijn, gonsde de sluipwesp. Dergelijk voorrecht geldt uitsluitend waar het onze eigen ouders betreft en die vrouw en haar man zijn jouw ouders niet, Bonaventura. Misschien hebben ze hem ook naar Crooswijk gereden, mijn lieve stiefvader, van wie ik heb geleerd hoe ik glas moet snijden en in een raamsponning zetten. Voor de kist werd gesloten zou ik eerlijke jenever over hem heen hebben gesprenkeld. Ik hoor hem: Van je verstand beroofd, kwibus. Hebben we je daarvoor laten doorleren om verder als een soepjurkclown in zo'n asiel te gaan zitten. Toeterkapitaalmesjogge. Wat zal ik nog met je te maken willen hebben. Correspondentie met tante Suzan hield op. Stuur nu eens een foto van jezelf zoals je er nu uitziet. Is het eten daar wel goed, je was altijd zo mager. Mogelijk verdwenen haar brieven in Amadeo's prullenmand en de mijne aan haar ook. Wij staan alleen in relatie met Christus. Naar de wet van onze heilige stichter volgen wij in alles uitsluitend Christus na en Christus schreef geen brieven. De vraag is of onze heiland wel kon lezen en schrijven. En bezat onze heer Jezus Christus een fiets? En de heilige stichter van onze wereldwijde orde? Mijn Orbea Opal, zuster fiets, verdween onder het afdak en van het terrein. Iedereen bij wie ik naar mijn lieveling informeerde kreeg de aanblik of hem op hetzelfde moment een metafysische gewaarwording ten deel viel. Wat zou ik ook in deze zwabberkleding nog op een racefiets moeten, het boetekoord steeds tussen de kettingraderen. De sleutel van het poortje moest ik bij Amadeo inleveren. Ontvang Heer, zo moest ik zeggen toen de pij mij werd aangegord, geheel mijn vrijheid. Neem mijn geheugen, verstand en geheel mijn wil. Wat ik ook heb en bezit, ik geef het U en draag het geheel en al op aan U om erover te beschikken. Ik las het voor uit een ingelijste tekst die voor mijn gezicht bewoog of ik dronken was, wat ik in werkelijkheid twee keer ben geweest in mijn afgelegde leven, mijn hoofd verstopt met lichtgevend gluton. Dit dien ik mij niet te herinneren, daar ik mijn geheugen heb afgedragen aan de Heer. Als deze maar weet dat ik alles terugneem, in de eerste plaats mijn verstand. Heb ik dat dan? De rest mogen ze houden, mijn wereldse kleren en schoenen van de Bata en alles. Bij terugkeer in mijn cel was de kast, waarvan de deur grijnzend openstond, leeggehaald, op een elastiekje na dat op de bodem was blijven liggen. Opa's horloge weg, de Parkervulpen, op mijn achttiende van oom en tante gekregen, ook. Wat ik ook had en bezat. Ik schrijf dit met een ding dat ballpoint heet, hier gebracht door onze bevrijders. Uit Tricia's winkel. De memoires van een somnambulist. Als ik ooit klaar ben met deze zelffoltering begraaf ik het in de smeulende afvalberg. Ik droeg sedertdien de afgedragen lompe tijdwijzer van een overleden medebroeder om mijn pols om in ieder geval te blijven weten wat het aan gewonemensentijd was. Mijn portefeuille weg met mijn paspoort en het kiekje van mijn moeder als schoolmeisje en van mijn vader met pet in de haven. Geen portemonnee meer, geen geld meer nodig want wij krijgen alles van de Heer nadat Hij alles van ons heeft overgenomen.

Mijn verstand is terug na de periode van verbijstering. Weet ik dat zeker?

Wat zit ik naar mijn voeten te staren in dit hok, in gedachten wegrennend door niets dan wit in een gebied hierbuiten, daar ren ik, daar zie ik mezelf wegrennen sneller dan een Orbea Opal 20 Speed. Wit als de zee kon zijn als ik thuis opkeek naar buiten, de witte kammen op de witte golven, het strand altijd wit, de wind op het raam waar al dat wit tegenaan stoof. De witte zee en al dat wit erboven. En altijd de witte geur van zilt waar hier overal de mufheid van pijen heerst waaronder lijfluchten blijven hangen zoals de lucht van kaas onder een koepeldeksel. Ik ruik het aan mezelf nu ik opsta om te voltrekken waar ik vannacht niet toe ben gekomen.

Om te verhoeden dat iemand binnenkomt en me betrapt druk ik mijn rug tegen de deur. Rok opgeschort tot het middel, broek tot de knieën omlaag. Stripfiguur van onder bloot, daar vindt mijn hand hem als een trillend dier. Ogen sluimerend dicht, zwetend, die hitte die hitte, begin ik hem vriendelijk gerust te stellen, stil maar, geef het maar, laat maar komen, spuug maar, mijn andere hand onder de strakke buidel die niet meer vasthoudt wat eruit moet. Of mijn hele lichaam ermee vol zit tot in mijn hersens, geen denken aan om het te kunnen uitstellen om het langer te laten duren, schiet het als met geweerkracht weg, wit, meterslange stralen wit, veel, het spletst voor de bidstoel op de vloer. Heb ik hier gedachten bij? Geen enkele. Uitsluitend geconcentreerd op hoe het als uit diepte opstroomt en naar buiten stormt. Gevoel van wonder en weelde, niet langer dan een paar seconden. Van trots op het bezit dat ze me niet hadden afgenomen, vroeger in de spiegel bewonderd zoals hij daar stond met de kop als van een nog gesloten paarsrode tulp, zijn voet in kroezeling, parelkleurig vertonen zich de eerste zwellende droppels. Zielige slaplul ik, zoals Theo Woltgens zegt? Het gaat om wat en hoe je het ziet. Nu zie ik hem alleen nog van bovenaf. Hier zijn geen spiegels. En het moet gejaagd gebeuren. Oppassen er geen Tarzangeluiden bij uit te stoten die op de gang gehoord zouden kunnen worden. Die paar seconden zijn de hoogtemomenten van mijn dagen, meerdere van zulke momenten, twee, drie, soms vijf in het etmaal. Süßer Trost, mein Jesus kommt. Welnee, wie kommt ben ik, de hele Jezus interesseert me niet. En wat kommt moet te maken hebben met mijn ziel. Ich komme, ego sum. Erna altijd de teleurstelling dat de zoete troost maar zo kort is, het dompige en bedompte en ik daarin, misplaatst, keert onmiddellijk terug.

Maar sinds zevenenzeventig dagen, het getal uit de Bijbel, sedert januari, twee weken voor de watersnoodramp, is er iets als geflonker. Heb je dan nooit een vriendinnetje gehad, vroeg Patricia. Eén keer, zei ik. Nu ja, een dag of drie. Allebei zestien. Dat is een heel net meisje, zei tante Suzan. De film was iets met Danny Kaye waar ik toch al niks aan vond. In de halfdonkere bioscoopzaal verlegde ik even mijn arm en kwam mijn hand een stukje naar voor. Daar gaf ze meteen een vinnige mep op terwijl ik terwijl ik veel te verlegen en geremd voor wat ook. Ik ben weggelopen. Ze kwam me niet achterna. Wat flonkert als een mineraal tussen de zwarte steenkool ben jij Tricia Patricia, ster in het nachtzwart, fluorescerende bloem waar alles zwart is en ik stik, al heeft Tito mij vandaag geen levensteken liefdesteken van je overhandigd. Misschien hoeft het voor jou niet meer omdat ik niet tot een, tot het besluit kom.

Het is negen uur veertig.

Waar blijf je nou, zegt Hyacintus hijgend gepikeerd als ik de sacristie binnentreuzel. Zweet op zijn gezicht met kippige glazen in zwart montuur dat zijn kijkgebied in cirkels afbiest. Een uil. Een bepaalde aap. Druppels aan zijn oorlellen. Van zijn neus glijden ze zijn openhangende mond in. Iedereen loopt te zweten. Hij veegt het af met zijn mouwen die hij een paar slagen heeft opgerold omdat ze anders over zijn handen vallen. Ik maar wachten en wachten, kriept hij kortademig. Zoveel te doen en jij blijft maar weg.

Ik voelde me niet te pas broeder, verzin ik, en ben een aspirientje gaan halen bij Vianney in de ziekenboeg.

Wat heb je dan, toch niet weer die kiespijn, informeert Hyacintus.

Voorheen was hij het hoofd der school bij wie ik solliciteerde naar de baan van leraar Duits. Ikzelf ben even voorheen en zoals Hyacintus nu koster is ben ik na mijn leraarschap gedegradeerd tot kloosterfactotum en kostschoolsurveillant. In nederige gehoorzaamheid en onderworpenheid.

Ik voel me wazig in mijn hoofd, antwoord ik, en er gaan steeds rillingen door mijn lijf.

De hitte, stelt Hyacintus vast, ik heb er ook last van, ik krijg geen lucht. Daar, hij wendt zijn bril naar de kapel, lijkt het eerder de hel dan een voorportaal van de hemel, al mag ik dat niet zeggen.

De gotische sacristiedeur naar de kapel staat open en biedt zicht op de zon die in de ruimte staat als opgestapelde piramideblokken. Geweldige zon, geweldig licht waarin de woestijnhitte beweegt of ze ademt. Kleurenvlekken van de gebrandschilderde ramen op de vloer en tegen de kruiswegstaties, in de ramen zelf zijn de kleuren vervaagd. Al heb ik alle deuren en ramen tegen elkaar openstaan, het haalt niets uit, zucht Hyacintus. Die arme Wiro, voegt hij eraan toe. Wat bedoelt hij? Dat Wiro het nu dubbelheet moet hebben bij de ovens in de bakkerij waar hij is ingezet vanwege de drukte morgen? Waarom dan alleen Wiro, zijn Lebuinus en Hubertus en hun andere hulpkrachten minder te beklagen?

Hyacintus is bedrijvig bij de credens waarvan hij beneden ondiepe laden uit- en weer naar binnen schuift, in de bovenbouw deuren opent, deuren sluit, deuren openlaat. Ik ben vaker in deze sacristie om Hyacintus' taken over te nemen als hij met retraite is in ons sombere hoofdklooster in Germisch vol vampiers en demonen of ziek in zijn cel blijft. Dikwijls ziek. Zijn luchtwegen. Als schoolhoofd mankeerde hij nooit iets.

Ik weet in welk compartiment van het meubel de verschillende dingen liggen en staan. Bijvoorbeeld de zilveren bus met grote en kleine hosties. Daar prop ik als ik alleen in deze ruimte ben weleens een handvol van in mijn mond, zomaar, uit landerigheid, eenzaamheid. Smaakloze ouweltjes, nog niet geconsacreerd tot afzonderlijke lichaamsdelen van Christus onze weldoener. Morgen wordt herdacht dat hij de matse verkruimelde en de brokken ronddeelde dewijl hij sprak tast toe, dit is mijn lichaam. Zonder boter of sjuu of jam of ander beleg. Wel werd er wijn bij geserveerd om de droge spijs naar onder te werken, waarvan hij zei dat het zijn bloed was. Je moet er niet echt bij stilstaan. Het gewone kerkvolk krijgt het bloed niet te drinken, alleen de altaarpriester neemt er een met water aangelengde teug van uit de kelk. Het bloed van Christus onze weldoener is niet rood maar wit, zoals dat van Juliana en haar dochters blauw is, omdat rood bij morsen moeilijke vlekken achterlaat op altaarlinnen en kostbare gewaden. Ook hiervoor was een paus nodig om het te bepalen. Het slagaderlijk vocht der eeuwige zaligheid komt gewoon uit een fles naast de bus met hosties. Ik lust het niet. Dit alles behoort tot het Mysterium Fidei.

Help eens mee, kreunt Hyacintus. Hij heeft een stapel lakens tevoorschijn gebracht, waar zijn zweet op neertikt. Ieder met een hoeveelheid hiervan gaan we de benauwde kapel in.

Daar zie ik Wiro. Op de onderste trede van het altaar. Geknield. Armen gespreid als de zijbalken van een kruis, rozenkrans in de hand. Dat het Wiro is merk ik aan de kapotte sandaal, het zou iedere medebroeder kunnen zijn, het hoofd onzichtbaar in de monnikskap die bijna het hele gezicht beschaduwt. Dit kruisgebed, de rozenkrans moet vijf keer gepreveld rond, de mond moet erbij bewegen, wordt door broeder overste, de rechtvaardige Benedictus, opgelegd als penitentie voor flagrante overtreding van de heilige regel. In vol ornaat uit te boeten voor het begin der dagtaak, die niet kan worden vervuld met een schandvlek op het gemoed. Daar zullen ze in de bakkerij waar ze om Wiro's hulp zitten te springen verheugd om zijn.

Ik leg de lakens naast hem op de altaartrap. Fluister: Wat heb je gedaan? Er komt niet onmiddellijk antwoord uit de puntzak over zijn hoofd. Ik zie hem druipen, het valt op de loper onder zijn gebogen hoofd, zoals onze heiland droop in de hof van olijven. Dan mompelt hij: Je wordt bedankt vuile verrader. Dit zijn niet de woorden van onze heiland tot de discipel Judas Iskariot. Ik schok verbijsterd verontwaardigd terug. Wat zèg je, ik verráden, wàt verraden, ik heb niks verraden. Ik fluister tegen de schimmelig uitgebeten natte plek in zijn oksel. Wiro laat zijn armen zakken, brengt ze meteen in positie terug. Ik hoor: Je hebt lopen klikken. Gerookt ik gisteravond op de speelplaats een paar trekjes. Dat heb jij lopen overbrieven. Roken in de goede week jeeminee.

Ik voel me rood worden, nog meer hitte in mijn gezicht, nu van binnenuit. Op mijn knieën ben ik naast hem gezakt, zijn mompelvolume overnemend breng ik uit: Lopen klikken lopen overbrieven ik? Hoe kòm je daarbij Gerrit. Wiro heette Gerrit Steegsma voor hij Wiro werd, het ontsnapt me. Wie anders, klinkt het onder zijn huif. Ik zweer je, ik niet! Ik roep het bijna en heb me al terugverplaatst naar de situatie gisteren, toen Wiro naast me liep en ik een zwaluw wilde zijn. Wil van Lanschot trapte de bal naar Mansuetus' kantoor, dat bleef zonder gevolg, misschien liep de ever toen al in onderbroek en kon hij zich niet aan het raam vertonen, maar vlak tevoren was hij nog wel als een schaduwfantoom te zien geweest. Een van de jongens dan? veronderstelt Wiro, zijn armen weer omlaag, vingers niet meer aan de kralen.

Mansoeweetoes.

Ik spreek deze naam hardop uit en hoor hem uit het gewelf naar me terugkomen. Die zal het hebben beloerd en Benedictus hebben gemeld. Met nog andere dingen die hij had te melden. Over mij. Die twee moeten elkaar in alle vroegte al hebben gesproken. Het is hier een Gestaponest. Ik ben weer gaan fluisteren, nu me richtend tot Wiro's mond die samenknijpt en naar beneden is gericht, het enige wat in de kap van zijn gezicht is te zien. Gestaponest, herhaalt hij. Uit die kap bereikt me bedorven lucht. Mogelijk scheid ik die zelf af.

Wil van Lanschot, zegt hij dan of hij mijn reconstructie van de gebeurtenissen heeft gevolgd. Die zit niet in de klas hoorde ik nog. Is spoorloos. Niemand weet waar hij is. Jij?

Ik beweeg mijn schouders en schud nee, wat hij natuurlijk niet ziet met zijn hoofd in de domper. Er stormen gedachten, vermoedens, associaties door me heen, die ik niet uitspreek. Plotselinge angst weer. Klimt tegen me op in deze gebedshal barstend van zon en hitte, dreiging, beklemming. In de glas-in-loodramen boven mij in het rond waar ik kijk Franciscus. Franciscus op een boot, Franciscus kleedt zich uit en toont de wereld zijn navel, Franciscus predikt tegen takken vol vogeltjes, Franciscus bij de paus. Overal die bruine kerel, overal stinkende bruine kerels om me heen, ikzelf ook zo'n bruine kerel, de dood in mijn hart. Heb je nog sigaretten, vraag ik. Nog één, zegt de mond. En nog een bijna halve. Ik heb er nog wel, troost ik hem, je krijgt ze van me. De ware broederliefde, bromt hij terug en heft opnieuw zijn armen, de rozenkrans ritselt maar hij zal de tel wel kwijt zijn.

Sigaretten: wij vinden zondags, uitgezonderd in de vasten, een pakje Lucky Strike van tien stuks naast onze ontbijtplank, de sigaret van onze bevrijders. Ik geef ze weg. Alleen in de recreatiezaal en de slottuin mag binnen vastgestelde uren worden gerookt, uitgezonderd op de vasten- en onthoudingsdagen, en helemaal in de goede week. Nooit op de speelplaats. De leerlingen mogen niet roken, al doen ze het natuurlijk stiekem op de plee. De zonden van Wiro zijn vele.

Het beeld van de heilige Jozef, patroon van ons instituut, op drie meter hoogte tegen een pilaar. Winkelhaak in de hand, zaag en hamer aan zijn voeten. Timmerman. Zijn werkplunje bestaat uit een roze robe bezet met engelenkopjes en -vleugeltjes, daarop aangebracht door een broeder artiest van voor mijn tijd. Zijn andere hand rust op de krullenbol van zijn meisjesachtige stiefzoontje dat voor hem staat en een lelie naar hem opsteekt. Beiden glimlachen allerzoetst. Het kind is enigszins scheel.

Ik moet een trapleer op om Jozef onder een laken onzichtbaar te maken. Zo ook de beelden van Antonius van Padua, Petrus en Paulus en alle andere heiligen, wat is voorgeschreven voor de liturgie van morgen. Op Witte Donderdag hangen er witte doeken over de heiligen, die dan als kinderen doen of niemand ze ziet. Op Witte Donderdag zwijgt het orgel, de altaarbellen rinkelen niet en zijn vervangen door houten kleppers, zoals waarmee lepralijders in vroeger eeuwen over straat gingen, en beiert ook de klok in de toren niet want die is met alle klokken naar Rome en komt zaterdag terug met paaseieren. Hyacintus houdt onder mij de hoge trapleer vast, zwaar ademend van het neerdwarrelende stof dat in zijn bronchiën dringt. Morgen moet al dat wit weer naar beneden en worden de heiligen van kruin tot tenen omhangen met paarse lakens in verband met overmorgen, Goede Vrijdag, als in alle kerken en kapellen grote rouw uitbreekt om het verscheiden van onze barmhartige zaligmaker. De trapleer moet dus bij de hand blijven. We leggen hem achter het altaar, puft Hyacintus.

Links van de communiebank de middeleeuwse houten gestalte van een vrouw, het enige andergeslachtelijke in ons convent, overdekt met dichtgeplamuurde gaatjes en putjes van houtworm en ze mist een hand. De andere heeft ze met de binnenkant naar boven opgeheven naar haar schouder, zoals Hitler zijn groet bracht, en daarin ligt een bolle peer, goud geverfd door broeder artiest. Haar niet ingevulde ogen lijken toch hemelwaarts te zijn gericht en haar mond is half ontsloten, zodat ze de suggestie van verrukte verzaliging vertoont en kan doorgaan voor moeder Gods en niet hoeft te worden geassocieerd met een fruitverkoopster. Poppetje gezien. Doek over haar heen.

Rechts staat Franciscus. Die is naar alleen ingewijden weten geen echt beeld. Hij is opgetrokken uit een staketsel van stokken en planken waar de pij uit interne kleermakerij, eenzelfde als ik aan mijn lijf heb, overheen is aangebracht met het scapulier en het knopenkoord. Zijn plaasteren hoofd, mogelijk van een eerdere, in stukken gevallen Franciscus, staat op een bezemsteel, zoals in de Franse revolutie het hoofd van geguillotineerden werd opgespietst en in de joelende meute rondgedragen. Zijn handen steken tevoorschijn aan stukken hout waarmee de mouwen zijn opgevuld. In beide handen, de vingers gestrekt omhoog, zit een gat alsof er kogels doorheen zijn geschoten. Het stigma waarmee onze stichter door godjezuschristus zelve werd beloond ter bevestiging van de werken zijner handen. Bij leven hield hij ze in zijn kleed verborgen en naar het heet heeft niemand de wondergaten ooit gezien, maar ze zouden er de oorzaak van zijn dat hij zo'n krukkig handschrift had. Overigens werd Christus niet door zijn handen, die meteen door zijn lichaamsgewicht zouden zijn uitgescheurd, aan een balk gespijkerd, maar door zijn polsen. Hij en ik kijken elkaar op dezelfde hoogte recht in de ogen en ik verbeeld me dat ik hem hoor zeggen Salve Bonaventura, mij verwarrend met zijn heilige biograaf van zeven eeuwen geleden, wiens naam ze op mij hebben geplakt als een schooletiket op kaftpapier. En dat hij vervolgt: Ik zie dat je satan op je nek meedraagt broeder, wat hij in werkelijkheid ooit tegen een volgeling zou hebben gezegd. Hij was helderziend en helderwetend en helderholderdebolder. Iemand getuigde over hem dat men niet naar hem kon kijken zonder zijn lippen te likken van vreugde. Feestdag 4 oktober. Dierendag.

Ik werp de wade over hem heen terwijl ik denk ik ben bezig met onzin, folklore, bedrog. Satan fluistert mij dit in met vrouwenstem. Ik moet hier weg in plaats van mijn leven te laten verstoffen zoals de heiligen tegen de pilaren en in hun nissen. Ik durf niet ik durf wel, Tricia, van wie ik vandaag woensdag briefdag geen geheim bericht heb ontvangen, waarom niet, je moet me niet meer, er gaan almaar trilstoten door me heen.

Hyacintus' benauwde geluid. Zegt: Zo is het wel genoeg, Wiro. We moeten nu op het priesterkoor aan de gang en jij zit in de weg. Nu en in het uur van onze dood amen, reageert Wiro. Met een achterwaartse hoofdknik werpt hij de kap af en doet zijn armen omlaag. Overeind komend struikelt hij over zijn losse sandaal.

Nu moet het metershoge en -brede kruis uit het gewelf boven het priesterkoor naar beneden. Daar hangt het levensgrote lijk aan dat ook moet worden omhuld, heden met wit, morgen bij het leprozengeklepper met paars. Drie keer die loden zwaarte omlaag en weer omhoog. Onze krachtsinspanningen wijden wij onze schepper toe, die ons deze kracht heeft geschonken. Een voor het kerkvolk aan het oog onttrokken katrol. Touw. Ik in een hoek van vijfenveertig graden achterover aan dat touw, het kraakt naarmate het zich spant, de katrol knarst blasfemisch. Tegenover mij Hyacintus in dezelfde houding aan de andere kant van het touw, handen tot vuisten geknepen boven onze hoofden, beiden kreunend om het massieve gewicht van Christus aan zijn eikenhouten balken in bedwang te houden. Omlaag dwarrelend stof en gruis blijft in mijn zweet plakken, ik knijp er mond en ogen tegen dicht, Hyacintus krijgt het op zijn bril, Hyacintus krijgt het in zijn neus en andere luchtwegen en krochelt naar lucht die hem niet toestroomt, zijn hoofd is donkerpurper in het knallende licht.

Christus zal tot halverwege uit de hemel zijn gezakt, ik zie niet wat er gebeurt, maar de kracht slaat uit me weg omdat er opeens geen tegenwicht meer is, ik klap met mijn rug en achterhoofd tegen steen en er davert geluid als van een kanonschot, gevolgd door nog meer geluid, gekraak, gekletter, gegil van de katrol, kreten van Hyacintus, uit de hemel slaat het touw in zware lussen over en naast mij neer, alles tegelijk. Het kruis is op de staande balk neergestort omdat Hyacintus het touw heeft laten schieten. Behalve dat ik het hoor, voel ik het ook, getrouw aan de tekst uit de lijdensgeschiedenis die verhaalt: Und die Erde bebete. De kolos kantelt op een dwarsbalk en dan naar voren, zodat de godmens en koning der joden met zijn gezicht tegen dezelfde plavuizen stuikt als waarop ik bedolven onder touw de dingen meemaak, schokkend van schrik een paar tellen terug in vroeger, bombardement, toen ook de grond en alles sidderde. Hyacintus heeft opzij kunnen springen toen de dwarsbalk met de arm van Christus zijn kant op kapseisde, die evengoed mij had kunnen treffen om door de hand gods te worden gevloerd. Maar ik leef nog, ongedeerd, al zwelt er een bult op mijn achterhoofd, en dat het kruis mij niet heeft verpletterd moet zijn gearrangeerd door satan die op mijn nek zit te gniffelen. Aan zijn gezicht pulkend staat Hyacintus half gekromd naar de altaarloper. Godsamme godsamme. Dit liederlijke woord zal hij moeten biechten. Er is uit de hoogte een oud duivennest op zijn gezicht gevallen, waardoor hij het touw liet glippen godsamme, want hij schrok zich hij schrok zich, waar zijn zijn woorden, een hoedje maakt hij ervan om ander onstichtelijks niet uit te spreken, te barsten, te pletter, het schompes, kapot, het apezuur, de pokken.

Ga even zitten, zeg ik. Ik laat me naast hem neer op de tweede altaartrede. Zakdoek. Niet gebruikt voor mijn ontucht van daarstraks die te heftig was om eraan te denken de hysop erin op te vangen en dus voldoende bruikbaar gebleven om met trillende hand mijn gezicht te deppen. Hyacintus gebruikt zijn mouwen, er is een nestrest in zijn haar blijven hangen, de ene veer van zijn bril zit niet achter zijn oor. Ik moet adem, fluistert hij, zijn hoofd verkleurd naar okergeel. Zo kijken we naar de ravage en de achterkant van het crucifix. Het opschrift INRI is ervan losgeraakt en ligt in drie scherven verspreid. Hopelijk is het corpus van onze heer en zaligmaker nog intact, maar voorlopig geen zorg daarover, op witte donder- en goede vrijdag hangt het toch achter lappen. Hoe krijgen we dat weer omhoog, piept Hyacintus, dringend behoefte aan zuurstof. Waar is je apparaat, vraag ik. Zijn luchtpomp met de rubberen knijpbal. Met zijn kin duidt hij naar de sacristie. Derde la.

Ik stap over de stapel touw en de kruisbalk met aan de onderkant de benen van Christus, voeten op elkaar en daar één spijker doorheen. Deze aanbeden Christus was een jood die in illo tempore door de Romeinse bezetter werd geëxecuteerd, meer dan deze beide gegevens is historisch niet over hem bekend. Morgen bij het geluid van de houten kleppers wordt er in een oratio bij god op aangedrongen dat hij de blinddoek wegrukt van de harten der trouweloze joden opdat ook zij, na Auschwitz, waarvan ik de gruwelen op foto's heb gezien, zich zouden bekeren tot Christus onze heer. Amen. Flectamus genua. Levate. Ik leef nog, denk ik weer. Ik leef. Ik adem. Ik wel. Ik voel mijn lichaam, alles van mijn lichaam. Zie mij. Zie je mij zoals ik jou zie, beminde, de hele dag bij alles wat ik doe en wat mij overkomt. Geef mij iets om te schrijven. Hoe ik dood was als deze figuur aan zijn omgevallen palen, maar dat ik op het punt sta weer levend te worden, net als hij uit de dood zou zijn teruggekeerd, zoals wordt gefabuleerd door de krankzinnigen waar ik niet meer wil bij horen, die het nog geloven ook en het als kern van hun religie beschouwen. Resurrexi sum! De Parker hebben ze me afgenomen, maar als het moet zal ik met mijn vingernagels mijn eigen nieuwe testament in het papier kerven om me te bevrijden van wat me heeft benauwd en met angst bestormd.

In de sacristie zijn in zowel het beneden- als bovengedeelte van de credens tal van derde laden, waar ik tussen altaardwalen, paramenten, miskleren, voorwerpen rondgrabbel naar Hyacintus' inhalator als tussen soorten van gebeden voor afzonderlijke heiligen. Voor een maagd-martelares. Meerdere maagden-martelaressen. Een maagd-niet-martelares. Meerdere-maagden-niet-martelaressen. Een martelares-niet-maagd. Meerdere martelaressen-niet-maagd. Een heilige vrouw niet-martelares. Dit declameerde ik op de vensterbank van Patricia's slaapkamerraam waarin de smeulende afvalberg is ingelijst. Doe dat dan, zegt ze. Schrijf dan, slome. Al is het met een paperclip in de kalk op de muur. Dat ik vlijmende kiespijn had. Wat een geluk dat er karbonkels van abcessen in mijn kaak hebben gewoekerd. Ik vind Hyacintus' ademhalingshulpgereedschap, voor alles bestaat een woord, niet in een derde la maar in de aparte kast met woorden als ciborie en monstrans en custodia en pyxis en kelk met pateen en palla. Hoe nietig en profaan staat Hyacintus' apparaatje van gedeukt ijzer met een tuit en een hol zwart ei aan een zwart rubber slangetje tussen al dit goud en juwelengeflonker. Wat ben ik bevoorrecht, van zulke woorden en benamingen en zoveel verhevenheid op de hoogte te mogen zijn. Ook van woorden als apocalyps en harmageddon. Dank aan de almachtige dat ik leef.

Uit de kapel komt stemmengeluid. Daar hebben zich medebroeders verzameld die op het lawaai zijn afgekomen, veroorzaakt door de neerstorting van de gekruisigde. Domitianus, Amadeo, Laurentius, die in de naaste buurt van de kapel hun werkruimten hebben, en nog iemand, een jongeman, voor in de twintig, die gewonemensenkleren draagt. Ik reik Hyacintus zijn toestel aan, waar hij meteen zijn lippen omheen zet als een zuigeling. Begint ritmisch in de bal te knijpen, die piepend hijgt als hijzelf. Domitianus werpt het touw op een hoop tegen de zijmuur waar men er niet over kan struikelen.

Met gezamenlijke kracht wordt nu het kruis op een zijbalk gezet en omgedraaid, het stenen lichaam naar het licht. Dat is zo groot als wij zijn, uitgekleed met lendendoek zoals Tarzan ziet hij er weldoorvoed uit, vrouwelijk slank, het middenrif ingevallen onder de omhooggetrokken ribben. Het is witbroodkleurig, rode druppels bij de spijkers in handen en bovenste voet, wat straaltjes in de hartstreek, een diadeempje op het voorhoofd met de doornenkroon. Bruinblond baardje rond het gelaat en bruinblond zachtwelvend haar langs de wangen. Ander bruinblond, misschien op borst of in oksels, hoefde niet te worden geschilderd want ontbreekt altijd op alle weergaven van de naakt uitgestrekte heiland. Christus die ons met zijn wrede dood in liefde heeft verlost van zonden voorgesteld met plaggen halfzware shag op zijn tors en dotten poetskatoen onder zijn armen? Ecce homo. Waar hij allicht haar zal hebben gehad is het zedig onzichtbaar achter een schortje dat nooit afzakt. Het beeld is door de val uit de hoogte niet beschadigd en al is de verlosser de enige van ons die niet zweet, er is stof en andere ongerechtigheid aangekorst op zijn gestalte alsof het erop is vastgelijmd.

Door de sacristiedeur komt Sneef het priesterkoor op, zich waaierend met zijn platte pastoorshoed met de kwastjes. Wat is hier gebeurd. Ook een vraag. En dat juist nu vandaag als morgen vader bisschop ons komt visiteren, zegt hij. Potverdikke toch, zegt hij. Er wordt wat afgevloekt vandaag. Christus van zijn klederen beroofd in een kring van blote tenen.

Alleen Sneef en de vreemdeling dragen schoenen, de vreemdeling van die moderne op rubberzolen zonder veters waar je maar hoeft in te stappen. Zulke had ik ook. Ik leef. Ik leef. Er is iets buitengewoon vreugdigs in me, waarbij ik me voel of ik niet hier in de kleurtjes rondstrooiende zon sta maar ergens buiten deze muren en ik niets met deze mannen te maken heb, ik zal ze me niet eens herinneren.

Dit krijg ik niet eentweedrie opgelost, brengt Hyacintus uit in de gevallen stilte na alle uitleg en commentaar over Christus' nederdaling. Sneef wendt zijn blikken naar de tot spookgedaanten vermomde heiligen tegen de pilaren. De hoed zo krachtig bewegend dat zijn haar ervan opstuift komt hij met de voorlopige oplossing het kruis en wie eraan is bevestigd tegen de altaartreden uit te stallen. Voorlopig benadrukt hij. Voor morgen en overmorgen. Vader bisschop zal er wel begrip voor hebben. Maar voor pasen moet ons heer weer naar boven. Hè potverdikkeme nu toch en het is al zo verschrikkelijk warm. Hierbij kijkt hij ons om de beurt aan, de geestelijke leidsman kent al onze zonden.

Amadeo en Domitianus tillen de ene balk met een arm eraan, Laurentius en de vreemdeling, die er zijn colbertje bij heeft uitgetrokken, de andere. Hyacintus en ik zeulen het eind met de voeten. Alles bij elkaar zo'n drie meter lengte met zijstukken van ieder meer dan anderhalve meter, vervaardigd uit een boomsoort uit het Schwarzwald en daar het beeld van Christus bovenop. Als het gevaarte met het hoofdeinde naar de altaartafel op de marmeren treden ligt, moeten we er even bij gaan zitten, links en rechts van het verum corpus dat met ons, vooral Hyacintus, lijkt mee te hijgen. We kijken elkaar aan of we nu zullen gaan dobbelen om de mantel en de naadloze rok van onze heiland. Over die mantel schijnt een Hollywoodfilm te worden gemaakt met Richard Burton in de glansrol en Jean Simmons in die van een vrouw niet-maagd-niet-martelares verliefd op Burton. Dit vertelt de burgerman. Heb ik ook gelezen, zeg ik. Onberaden, onvoorzichtig, want waar kan ik dat hebben gelezen, vragen de anderen. Er kolkt door de opeens kloppende halsslagader bloed naar de bult op mijn kruin. Knipsel uit de Katholieke Illustratie, improviseer ik spontaan. Afgepakt van een knaap in de studiezaal. Een leugen om te biechten. Ik kijk wel uit. Het beeld moet worden schoongemaakt, oordeelt Sneef, zo is het ontoonbaar. Niemand die het ziet, breng ik hiertegen in, er komt een laken overheen. Te impertinent. Hoe durf ik. Sneef met zijn hoed, hij trapt op een fragment INRI dat knarst onder zijn schoen: Beter te doen wat ik zeg Bonaventura. Obedientia Bonaventura. Hij kijkt mij aan met die slakogen in zijn achterbakse griesmeelgezicht, waarbij hij waarschijnlijk denkt mij tot in de milt te doorschouwen, maar ik doorschouw hem, hij wendt het eerst de blik weg. De anderen staan op om de eigen taken te hervatten.

De vreemdeling steekt zijn hand naar me uit. Mag ik me voorstellen? Goedgeboerd. Hij fluistert zoals iedereen weer fluistert, het ritselt in de hoge ruimte als slangengesis. Laurentius, naast hem, sist: Dit is broeder Bonaventura, Jaap. Tegen mij: Jaap is aangenomen als assistent bij de administratie en boekhouding. Broeder Benedictus stemt ermee in dat Jaap zijn intrek neemt in ons gastenverblijf zodat Jaap de moeite wordt bespaard om te zien naar onderdak in het dorp of ergens anders hè Jaap. Alle vrijheid in zijn doen en laten. Eigen optrek, maaltijden uit onze keuken, wat wil Jaap nog meer hè Jaap. Ik beantwoord de handdruk en zwijg, zwijgend als alle stenen beelden, zwijgend als ijzer, zwijgend als inkt. Geef mij iets om te schrijven. Mijn Orbea Opal 20 Speed stuift door mijn hersens waar het verder leeg is. Er zijn momenten dat ik ben vergeten hoe ik vroeger heette. Ga je mee Jaap? Laurentius die eerst zijn knie buigt voor het tabernakel, troont hem mee door het middenpad uit zicht, arm rond Jaaps schouder. Weer een brasem in het schepnet van de franciscusfamilie.

Sneef vertrekt ook, na nog enige opmerkingen: Is het de bedoeling dat die ladder achter het altaar blijft liggen, Hyacintus? Komt hier de troon van vader bisschop? Dan ziet hij die ladder. Dat is geen verheffende aanblik. Professor doctor Sneef werd gepasseerd voor de hogere functie van plebaan en weggestuurd van een eerder onderwijsinstituut omdat hij op de slaapzaal masturberende jongetjes begluurde, soms ging hij de chambrettes binnen. Laat hem de griep krijgen met zijn verheffende aanblik, voeg ik Hyacintus toe.

In de sacristie vul ik aan het fonteintje de koperen emmer waarin zondags voor de hoogmis de kwast wordt gedoopt om regens wijwater over de aanwezigen te zwieren. Ter weerszijden van het kraantje een gesteven hagelblanke handdoek. Boven de ene vermeldt het plaatje het woord Ante, boven de andere staat Post. Voor en na de mis bevochtigt de priester zijn handen in het straaltje, zoals ik nu doe, en droogt ze aan de respectieve handdoek. Post en Ante dompel ik in de volle emmer. Een van beide vis ik weer tevoorschijn om hem druipend over mijn hoofd te werpen. Het water is lauw maar is toch water dat in mijn vlammende gezicht en nek plenst, troostend voor de bult op mijn achterhoofd. In zo'n doek, hem aangereikt door Veronica, zesde kruiswegstatie, liet onze zaligmaker de afdruk van zijn gezicht achter. In het weefsel waarmee ik me verfris tekenen zich zwarte stofstrepen en vlekken af. Dat zijn mijn zonden.

Hoe kom je zo nat. Hyacintus, nog altijd hijgend. Met de volle emmer zit ik neergehurkt bij het kruislichaam. Hier, zeg ik, niet moeilijk fluisterend zoals hij maar met mijn gewone stem, en steek de andere drijfnatte handdoek uit de emmer over het lijk heen naar hem uit. Voor je gezicht. Knap je van op. Hyacintus deinst twee voetstappen terug. Ben je gèk, Bonaventura, ben je gèk geworden! Al fluistert hij, het klinkt als roepen zonder roepgeluid dat in zijn luchtpijp stagneert, niet bevorderlijk voor zijn adem, dat wordt weer dagen ziekbed. Die emmer. Die is daar niet voor. Die emmer. Dat zijn de handdoeken van bij de lavabo. Die mag je niet. Hoe kòm je. Dat hoort bij de. Hij stoot het uit: Dienst. Gevolgd door: Der altaren. Vroeger was hij leraar wiskunde. Ik doe weleens een potje domino met hem in de recreatiezaal. Ga nog even zitten, raad ik hem aan. Je bent gèk, houdt hij vol, ik zal dit moeten melden. Intussen ben ik begonnen de stenen gestalte met de doorweekte doeken af te soppen als een aflegger aan de gang met een door rigor mortis verstrakt lichaam. Waar ben ik mee bezig. Alles wat er aan stofgruis en vogelresten op het corpus plakt drijft langs hoofd, romp, benen weg, het blijft in de doeken achter, vult de emmer met onheilig drab. In zijn handen en armen knijpend ziet Hyacintus het aan. Dit is heiligschennis broeder. Hoezeer het me ook aan het hart gaat, ik zal dit moeten melden. Gestapo. Voor de tweede keer dat woord op deze altaartrap, ik spreek het nu niet uit, het brandt even met hoekige oorlogsletters in mijn hersens. Hitler was ook katholiek. Broeder koster volgt me als ik terugga naar de sacristie. Gooi de emmer in het fonteintje leeg. Spoel de handdoeken. Wring ze uit tot ze kermen.

Weer bij het lijk aan de voet van het altaar waar het confiteor wordt gebeden, voleindig ik mijn taak, hoofd vol dwarse gedachten. Op mijn knieën bij een naakte vent, die over zijn borstkas naar mij kijkt, zijn armen gespreid als voor een turnoefening waar ik hem bij stoor. Jij bent dood. Heb jij wel eens gelachen eigenlijk, waar ik niets over lees in de biografieeën. Ik denk dit bij het uitvegen van zijn oksels. Lager, bij het lendendrapeersel, schiet me uit Geschiedenis der Pausen een eerdere Pius te binnen, die zo'n eeuw geleden, Patricia gilde het uit van het lachen, van alle naakte beelden in zijn paleisverblijven de geslachtsdelen liet wegkappen. Te aanstootgevend geacht in zijn bordelen. Al die beelden kregen lapjes waar de amputaties hadden plaatsgevonden. In een geheime krocht van het vaticaan bevinden zich laden en dozen vol marmeren piemels met toebehoren en vrouwenborsten. Jij bent dood en ik leef. Hoewel? Levend ben ik in feite precies zo dood, mijn leven als een papierprop vertrappeld onder de sandalen van kloosterreglementen, onderdrukking, verklikking, verblinding.

Patricia in haar slaapkamer. Nooit eerder in werkelijkheid een naakte vrouw gezien. Over haar borstkas keek ze langs haar lichaam omlaag naar mij, armen gespreid over de kussens op het grote bed. Mooier dan alle kunst op onduidelijke reproducties. Met dichte keel, mond vol rare smaak, zat ik bij haar voeten. Kijken. Een lichaam als dat van Christus maar dan vrouwelijk en zonder verhulling waar de benen samenkomen. Nu moet je me ook versieren, zei ze. Geen idee. Versieren? Ik versierde haar met wat ik in de kamer kon vinden. Een zeepje op haar navel, een haarborstel, een rode schoen met hoge hak, haar brilletje, een kous, een flesje, een sprits met chocola, bloemblaadjes van de vensterbankplant op de magische gleuf onder het schild van haar buik, en in het nachtkastje vond ik een gloeilampje, dat deed ik tussen haar tanden maar ze spuugde het tegen mijn borst. Zou jij die krankzinnige vellen niet eens uittrekken, zei ze. Kan ik jou ook eens bekijken. Benauwd van verlegenheid had ik hem al voelen zwellen. Waar ik nu Christus toedek met een laken, op ditzelfde priesterkoor, niet op de rode loper maar ernaast, lag ik op de dag dat ik mijn naam verloor op mijn buik, gezicht tegen de vloer, armen uitgestrekt tot een kruis. Mijn trots en beste vriend tussen mijn buik en de ijskoude plavuizen afgeklemd. Misschien zou hij van me worden weggekapt. Die mag er gerustwel zijn toch, zei ze en bracht haar mond ernaartoe. Ze bracht haar mond ernaartoe.

II

Twee jaar geleden.

Hij arriveerde op de gedenkdag van de heilige Bartholomeus, 24 augustus, een week voor aanvang van het nieuwe schooljaar. We zongen in de refter een lied voor onze medebroeder met dezelfde naam. Op zijn naamdag krijgt de kloosterling een dobbelsteentje boter bij zijn ochtendbrood. Bartholomeus zat het in flintertjes te snijden om uit te delen aan medebroeders om hem heen, toen hij daar opeens bleek te staan, niet door iedereen onmiddellijk opgemerkt, al vulde hij het volledige deurgat. Het lied viel als een lap stof uit elkaar tot losse draden, de een na de ander hield op met zingen. Omdat hij daar stond. In al zijn kolossaalheid in zijn te korte habijt, het koord niet om het middel maar onder de buik als om daar de massa houvast te geven. Toch met opmerkelijk lichte tred, onhoorbaar kaatsend, kwam hij naderbij, achter zich sloot hij de deur geluidloos.

Benedictus verhief zich van tafel. Sprak: Broeders, dit is onze medebroeder Mansuetus uit ons huis in Germisch. Broeder Mansuetus komt onze gelederen versterken en maakt vanaf heden vandaag dus deel uit van onze gemeenschap. Welkom broeder, deel met ons het ontbijt.

De nieuwkomer sprak niets terug, was al gaan zitten, stak zijn hand uit naar een kroes, een van ons schonk daar thee in. De nieuwkomer keek alleen. Ons in het gezicht, om de beurt. Een vlezig hoofd met opgeblazen wangen, waartussen de neus zo goed als verdween. Neus met wijde luchtkokers zoals sommige dieren. De schedel glimmend kaal, daar moet eerder een wat rossige kuif op hebben gestaan, haar van deze kleur bevindt zich nog in borstels boven zijn kleine ogen, staalgrijs, waar hij mee kijkt of hij elektrisch geladen stralen op je richt. Een knotsige gestalte, veel te dik, van achter in de veertig. Geen van ons was hem ooit tegengekomen, in Germisch niet, hier sowieso niet. Mansuetus? Die naam hoorden wij voor het eerst. Volgens Clemens, collega biologie, is er een spin die zo heet.

Benedictus bleef aan het woord: Onze broeder provinciaal Gabriël in ons huis in Germisch die ieder van ons laat groeten vaardigt onze broeder Mansuetus naar ons af om een nieuwe wind door ons te waaien ik bedoel nee om te zien wij ons ik bedoel vooral in ons onderwijs aan de jongens niet de dingen meer moderner volgens deze nieuwe tijdwind na de oorlog.

Hier maakte onze nieuwe tafelgenoot zijn eerste geluid. Agrômm! Vanuit zijn keel door zijn ademgaten, extra resonerend in de ijzeren kroes aan zijn smalle mond. Geïrriteerd en kort van lont, zoals wij hem gewoon zouden worden. Zijn spreken bestaat uit korte, gegromde mededelingen, gelardeerd met een donker soort geknars of geknor, wat hem in hetzelfde uur al zijn bijnaam opleverde. Ook vanwege zijn handen, tamelijk klein bij de rest van zijn postuur en woekerig overdekt met roestig haar dat zich voortzet tot op de bovenste vingerkoten. Een everzwijn. Sus scrofa. Met die knokkels dreunde hij op het tafelblad, Benedictus' woordrijgsels afkappend, en zweeg in afwachting van diepste stilte, zoals de Führer deed voor hij begon te brullen. Aan Mansuetus' Nederlands is te horen dat hij een Duitser is, zoals de vader en de echtgenoot van de koningin. Ondanks zijn nederige pij, die feldgrau kon zijn in plaats van buizerdbruin, vertoonde hij vanaf deze eerste minuten de allure van een Generaloberst die weet dat hij naar waarheid niet verder is gekomen dan soldaat eerste klas, auf Deutsch: Gefreiter. Ook zoals de Führer. Wat deed deze medekloosterling tien jaar terug ten tijde van het Dritte Reich. Droeg hij een pet met bliksemschichten? Met een doodskop boven twee gekruiste knoken?

Aufmachen! Dat is al die jaren door mijn hoofd blijven schallen. Ze stormden met zes tegelijk binnen met getrokken pistool, vader handen in de lucht kreeg stompen en schoppen en werd de kamerdeur uit de trap af geslagen. Ik zit weggedoken achter de grote stoel, zolang ik leef zie ik hem door de kamerdeur verdwijnen en blijf ik het horen.

Misschien is door zo'n pet het haar op Herr Bruder Mansoeweetoes' hoofd verstikt en gaat hij daardoor met zo'n onbegroeide globe door de rest van zijn leven. Uw haren des hoofds zijn alle geteld. Wachten op stilte was niet nodig. Hij sprak. Knorrenderwijs grauwend. Door die knorgeluiden leek hij soms te boeren. Het is acht oer. Wieso, Benedictoes, zit men hier nog aan tafel lieder te zingen? Men dient al op weg te sain naar zijn pflichten. Ieder dortheen wo sain pflicht is. Broeder kok in zijn kokshois, broeder timmerman in zijn timmerhois, broeder schoenmaker, broeder drukker, en zo wijder. Lieder zingen doen wij in recreatietijd. Ora et labora. Und dabei, hier knokkelde hij nog harder op tafel, diestsieplien! Tucht en nog eens tucht. Die moet strakker. Daar moet naar de regel op worden toegezien, Benedictoes. Wij komen daarover te spreken.

Over onze eetplanken heen wierpen sommigen van ons elkaar verbijsterde blikken toe. Wie is die knakker? Anderen zaten bedeesd, beangst, verstijfd als gelei, alsof de nieuwe wind als een tyfoon over hen heen loeide. Zelfs tot Lambertus in zijn rolstoel, over wie de eeuwige afwezigheid zich al had ontvouwd, leek iets door te dringen. Spastisch begon hij met zijn hoofd te zwaaien, snikkend zoals wel vaker als een kleuter. En de bruder lehraren will ik over grômm dreissig minoeten in het sjoelgeboide zien. Waar wilde hij ons zien? In het schoolgebouw, legde ik later uit.

Vanuit mijn positie aan tafel scheen het daglicht van achter tegen deze medebroeder zijn oren, die er gemütlich doorschijnend van werden als de luikjes van een adventshuisje. Op de bovenste bogen ervan zag ik de oranje haartjes beven. Een van de Franciscusramen in de kapel toont onze heilige stichter met een everzwijn bij zijn benen. Onze heilige stichter aait het beest met gestigmatiseerde hand over de kop en het beest, slagtanden gekruld omhoog, lijkt verzaligd te glimlachen, anders dan medebroeder Mansuetus. Everzwijn in de iconografie van ons geloof: symbool voor de wellust. Toen Franciscus nog niet Franciscus heette en dat rommelgewaad nog niet had aangetrokken moet hij welgemoede liederen zingend uitgelaten dat beest hebben gereden.

In het schoolgebouw dachten we hem in de studiezaal te zullen aantreffen. Daar hielden we onze lerarenvergaderingen. De ruimte rook nog naar verf want was in de voorbije vakantie vers geschilderd, een nieuwe laag bruin over alle vorige lagen bruin. Waai sain hier toch binnen de dreissig minoeten op de plaats wo onze pflichten sain, stelde ik vast. Niemand lachte, terwijl in ons rigide gebreidelde bestaan alles aanleiding kan zijn om te lachen, al is het met een mondbeweginkje, hoe de leefsfeer anders verdraaglijk te houden. Er kon niet worden gelachen en er zou nooit meer worden gelachen. Mansuetus, ongeduldige klapjes tegen zijn bovenbeen, wachtte op ons aan het eind van de gang, waar hij opeens verscheen. Hij zou altijd opeens ergens zijn, ongemerkt opgedoemd uit stilte.

Daar stond hij bij de kamer van Hyacintus, hoofd der school, waarvan de deur openstond, wat Hyacintus verbaasde, want hij droeg de sleutel van zijn kantoor in het binnenzakje van zijn mouw met de zakdoek voor zijn bril. Leg die sleutel da maar neer, beval de nieuwe wind. Tikte met de nagel van zijn wijsvinger op het houten bureau waar de sleutel moest liggen. Nam zelf achter dat bureau plaats. Niet op de smalle houten stoel van Hyacintus die daar altijd had gestaan, hij posteerde zijn grote lichaam op een hypermoderne bedrijfsstoel met stalen armleuningen en op wieltjes. Toen hij deze naar zich toe trok, maakten die wieltjes op de plankenvloer eenzelfde gromgeluid als zijn keel. Hyacintus kreeg een respiratorische aanval. Wij moesten blijven staan. Staarden met ons vieren perplex in het bolle gezicht van de vreemdeling met die ogen waarmee hij dacht ons te verpulveren. Perplex ook van de zo onverwacht plotseling brutaal veranderde situatie in dit vertrek. Aan datzelfde houten bureau van drie oorlogen geleden zat ik bij mijn sollicitatie tegenover Hyacintus die naar mijn diploma's en puntenlijsten vroeg. Wo sind die andern? Het lichaam wierp zich tegen de rugleuning. Nooit eerder zagen wij een rugleuning als van dit zitmeubel, met de lichaamsdruk mee klapte die achterover. De anderen zijn nog met retraite, antwoordde een van ons.

Welnu. Gerieflijk leunend, de harige handen laag aan de voet van het buikgebergte, sprak onze medebroeder met grollende stemsterkte dat vanaf heute hij als het hoofd der school het bewind had overgenomen. Maar... Maar... Hyacintus tastte naar adem. En ik verzeker euch dat hier zaken gaan veranderen. Vele. En drastisch. Hier begon het te regenen en werd het duister in de kamer. Doe eens een lamp aan. Het nieuwe schoolhoofd zei nooit bitte. Het licht uit de glazen bol aan het plafond, wit over honderd eerdere lagen wit, hinderde hem aan zijn ogen. Ik wil hier tl-boizen en in alle klassen en de studiezaal. Goed licht, goed moreel. Hij ging weer rechtop zitten, waarbij hoe wonderlijk de rugleuning ook weer vanzelf rechtop kwam. De ellebogen steunend op het bureaublad, vielen de mouwen langs zijn armen omlaag. Van de knokkels en rug van zijn handen reikt het obscene haar tot zijn ellebogen. Everzwijnen gebruiken niet hun voorpoten om de aarde open te woelen, maar hun snuit. Het Duitse werkwoord schnauzen. Hij snauwde ons toe, wat hij zou blijven doen, alsof ons vredige convent in een Duits of Russisch of Japans oorlogsgevangenenkamp was veranderd, waarover dezer dagen de verschrikkingen begonnen door te sijpelen en het moet er oneindig verschrikkelijker zijn geweest. Of hij ons aanzag voor misdadigers. Niet alleen wij, de leraren die hij voor zich had aan de andere kant van Hyacintus' bureau dat hij had genaast zoals een paar jaar terug de moffen heel Europa, alle medebroeders zou hij als onderhorigen gaan beschouwen en behandelen en de leerlingen als slaven, dreigend met zijn slagtanden. De Rudolf Höss van Sint Jozef ter Engelen. Vredig, vriendelijk, barmhartig veranderden door zijn komst in de tegendelen hiervan, waar ieder de ander zou gaan wantrouwen, beducht voor verklikking, sancties, penitenties. De leerlingen, aanleiding zou hij ze verstrekken om voor hem te beven. Straf voor ieder vergrijp. Vernedering. Opsluiting. Isolement. Prugel. Dit woord, uitgesproken met ervoor en erna het onderaardse grômm! begeleidde hij met een klap op het bureau. Die liet hij klinken met iets dat hij uit de bovenste la tevoorschijn had gegrabbeld. Hiermit, zei hij. Het woord Prügel was mij natuurlijk bekend uit het Duits, slaag, pakken rammel, hoofdletter, umlaut, maar dat ding? Het was plat met een ronde rug. Bleekgroen. In het platte gedeelte zaten ondiepe gaatjes. Iets als een handvat eraan. Het uiteinde daarvan doorboord voor een tot een lus geknoopt touwtje. Daar stak hij zijn knackwurstvinger door en liet het voorwerp om die vinger ronddraaien. Met zijn vuist rond het handvat gaf hij zichzelf met de platte kant van het ding petsen in de palm van zijn andere hand. Harder van geluid dan de tegen het raam kletterende regen. Een handstoffer waar de veegborsteltjes uit waren verwijderd.

Het hout.

Voorloper van de langere muzieklat waar de opvoeder nog blijer mee was. De leerling gebogen over het bureau, dat spoedig zou worden vervangen door een stalen exemplaar, een andere leerling, ook wel een paar leerlingen erbij aanwezig om te zien welke prugel de schoolgenoot ondergaat en te horen hoe het hout het stof uit de broek mept en het geschreeuw geen weg weet tegen de muren. Ter veraanschouwelijking en voorbereiding van het lot dat ieder wacht die denkt over een wil te beschikken, dwars tegen de wil van Mansuetus in, wat uiteraard dubbel strafbaar is. Mansoeweetoes' Will is onweersprekelijk en gelijk aan die van onze opperherder paus Pius, die de wil uitvoert van God onze hemelse vader in drie-eenheid met Christus en de heilige geest. Getuigen van de afrossing kunnen dat ook zijn om hun beurt af te wachten. Het onvermoeibare schoolhoofd grommelt: Volgende! terwijl het voorgaande slachtoffer aanwezig blijft, trappeldansend zijn achterste masserend. Zo was ik er ook eens bij. Als collega. Tucht! riep Mansuetus. Verschrikkelijk en nog verschrikkelijker. Mansuetus' mishandeling zou in tal van varianten worden overgenomen en in praktijk gebracht door sommige andere broedercollega's. Een ingescheurde oorlel. Bloedneus. Een beschadigd ooglid. Een zweepslag met het knopenkoord. De handstoffer kwam in bezit van Remigius, Nederlands, moeite met orde houden, die het ding permanent in zijn kleren zou houden. Sloeg de leerling ermee op zijn handen, in zijn nek, tegen zijn kuiten. Ouders die het van hun zoontjes te horen kregen, reageerden: Je zal het er wel naar hebben gemaakt. De broeders weten heus wel wat goed en rechtvaardig is. Er spande zich een membraan van angst over het leven binnen de muren. Zelfs bij het voetballen hielden de leerlingen het rechtse raam tweehoog van het schoolgebouw in de gaten. Daar kon hij zich opeens vertonen, soms opende hij het om te schreeuwen. Daar sloeg stilte bij neer en voelde men de adem snokken. Meer medebroeders begonnen de jongens schnauzend toe te blaffen, alleen nog op schreeuwtoon als in de oorlog. Andere straffen kwamen met de nieuwe wind. Urenlang in de donkere put. Op de speelplaats urenlang onbeweeglijk in de houding staan, voeten bij elkaar, armen strak omlaag, ook als het regende, sneeuwde, vroor. Of knielen op de strijkstok waarmee je eerst bent geslagen, wat snerpend bijt in de gewrichten en inkepingen in het vlees achterlaat. Uitsluiting van alles, soms een week, soms langer. De pupil wordt verboden met wie dan ook te praten of oogcontact te maken, alle anderen krijgen het consigne hem te mijden als stank. Eten, niet aan tafel maar op de vloer tussen de schoenen van medepensionairs, die zijn aanwezigheid verplicht zijn te negeren. Post van thuis, troost der troosten, medicina dolorum, krijgt de geïsoleerde niet in handen. Tot bijkomende vernedering hoort hij wel dat de lieve brief van moe aan haar lieve jongen in de eetzaal wordt voorgelezen. Met alle intonaties van sarcasme en toegevoegd commentaar. Tante Nellie heeft haar been gebroken, leest Julianus. Nou, dat is vier weken gips voor tante Nellie, wat is dat nou zielig voor tante Nellie, grapt hij. Woensdag gaan we naar Enschede zien of het poesje al groot genoeg is om mee te krijgen. Vergeet je handschoenen niet, moeder, poesjes hebben scherpe tandjes haha. Enschede spreekt hij koddig uit als en (pauze) schede. Tijdens de voorlezing klinkt wat laf gelach. Blijf je wel goed je best doen, beertje van me. Ha! Haha! acteert broeder prefect. Beertje! Die daar! Moeders beertje! Die mandril met zijn bloemkooloren en scheve tanden en die vettige glazen op zijn sproetenkokkerd. Zie hem daar zitten. We zullen moeder en tante Nellie er eens van op de hoogte brengen hoe goed jij je best doet. Namelijk helemaal niet. Een lapzwans. Dat ben jij. En verschrikkelijker, oneindig verschrikkelijker. Niet janken, hou je kranig. Ik zag eens medebroeder Julianus, naamdag 29 januari, een pollepel kokende soep uit de ketel tillen en in plaats van in het bord dat de leerling naar hem ophief opzettelijk over diens hand gieten en met dezelfde zwaai over diens hoofd. Dampende vermicelli, blokjes wortel, groentedraden over het haar, het gezicht, de kleren van het joch en schreeuwen als ik hoewel al veel gewend nooit eerder zo heb horen schreeuwen.

Maar... Maar... Hyacintus moest steun zoeken tegen de vensterbank. Onvoldoende luchttoevoer. Hijgend met beide handen tegen zijn ribben. Waar was zijn beademingstoestel, dat hij in zijn bureau in dezelfde la bewaarde als waar nu de onthaarde handveger uit tevoorschijn was gekomen. Dit is jouw bureau niet mehr Hujasientoes, von heute an ist het main bureau. Maar mijn spullen, papieren, aantekeningen, boeken, kermde Hyacintus, grote spaties voor adem tussen de woorden. Da, sprak Mansuetus, met zijn duim duidend op drie kartonnen dozen op de vloer onder de afbeelding van de snoezige jongetjesheilige Tarcisius die er opeens hing. En dat wil ik hier vandaag nog weg hebben. In een van de dozen zag ik de zwarte knijpbal. Hyacintus zijn inhalator aanreikend zag ik wel zijn hand, die het ding onmiddellijk naar de mond bracht, niet zijn gezicht. Dat was een donkere plek in het tegenlicht, zijn hoofd omgeven door regenstralen die over het raam gleden. Hyacintus was niet alleen geen schoolhoofd meer, hij kreeg ook te horen dat hij niet meer voor de klas hoefde te staan. Wiskunde zou worden overgenomen door Lutgardus, die het zou moeten combineren met zijn vakken boekhouden en handelsrekenen tot zich een betere oplossing voordeed. Jij bent te vaak absent Hujasientoes omdat je in bed ligt wegens kroep oder wat haste en dat kann nicht langer. We vinden in overleg met Benedictoes wel een andere arbeit. Maar... Maar... Einde mededeling.

En jaai, Mansuetus wees mij aan, jaai bent? Bonaventura, lichtte ik hem in. Bonaventoera, herhaalde hij met eigen dictie. Zwart boekje in zijn handen. Lusjes aan de zijkant voor een potloodje. Bladerend: Deutsch, ja? Ik geef Duits ja, zei ik. Aha aha, stootte hij uit, wir sind kollegen! Wir werden sehen. Kanste aardrijkskunde erbij nemen? Monoelfoes van aardrijkskunde zit op de boot naar onze missiegebieden. Aardrijkskunde ik? Ik weet zoveel van aardrijkskunde als de vlieg die op Mansuetus' hand kwam zitten en met het boekje werd doodgeslagen. Achter Hyacintus tekende het water lijnen tegen het glas. In alle richtingen. Onmogelijk te volgen, want andere lijnen striemden er met bijpassend geluid doorheen. Op het regenraam gebeurde hetzelfde als in mijn hersens. Ik ben niet Bonaventura, mijn naam is Eldert. Ik heb wel deze belachelijke vodden aan, maar daaronder ben ik ik, Haman heet ik. Ik voel mijn lichaam. Van ieder afzonderlijk deel ervan iedere vezel en zenuw. En ik wil hier niet zijn. Weg. Ik wil hier weg. Dit spoot omhoog uit alle kriskraslijnen van gedachten. Deze Mansuetus moest niet ook nog aan mijn domweg mislukte leven worden toegevoegd.

Achter Hyacintus' bureau stond tot gisteren een opbergkast waarin op planken alles, nu overgeheveld naar de dozen, secuur in rijtjes en op stapeltjes had gestaan en gelegen. Die lege kast was haaks op de muur gedraaid waar hij eerst tegenaan stond. Erachter bleek een deuropening te zijn naar een ruimtetje dat tot schoolboekenmagazijntje had gediend, naar Hyacintus zich zou herinneren, al was hij het kamertje eigenlijk al vergeten, zo lang stond de kast al voor het gat. Het tochtte tegen mijn rug. In de open rechthoek kwam dezelfde week nog uit eigen naaiwerkplaats een bruin gordijn aan metalen ringen door een roe. Op kille dagen bolt het Mansuetus' kantoor in om zich daarna het aangrenzende vertrekje in te zuigen, waarbij de ringen over de ijzeren staaf krassen. Soms waait of hangt het een stukje open en ziet men Mansuetus' bed onder zijn rozenkrans aan dezelfde spijker als het wijwaterkuipje dat altijd scheef hangt. Zwijgen. Iedereen zwijgt, al klinkt de schande als pauken. Zijn voorkeur is blond. De jongens houden hun mond gesloten, verlegen, dagenlang van streek, maar fluisteren het uiteindelijk toch door aan hun vriendjes. En vertellen het thuis als ze durven. Daar krijgen ze van hun ouders te horen: Wat zijn dat voor rare praatjes. Die smerigheid is puberfantasie. Hoe durf je ermee aan te komen. Ga naar je kamer. Wat wordt gefluisterd? Het schoolhoofd laat een engelharige knaap naar zijn kantoor komen. We nemen je puntenresultaten nog eens door, jongen. Kom hier naast me zitten. Hand strijkt door het haar van de jongen, over de hand van de jongen, over diens bovenbeen. Als het joch er niets van moet hebben, haalt Mansuetus een bruin flesje tevoorschijn, drukt hem iets in het gezicht en dan. En dan. Dit is wat fluisterend de ronde begon te doen. Ik geloofde het niet. Hoewel. Ik weigerde het te geloven. Totdat. Erover zwijgen is een zonde tegen de moraal en misvormt mij tot de lafaard die ik ben.

Hij kwam tijdens mijn les de klas in zonder dat iemand

het had gehoord. Opeens was hij aanwezig met zijn zwarte boekje. Verplaatste zijn kolosheid geluidloos tussen de banken door. Hier een mep, daar een bruuske aai. Achterin plakte hij zijn rug tegen de muur en keek alleen, luisterde hoe ik in de ogenblikkelijk neergestorte stilte doorging met de les. De leerlingen met het hoofd diep tussen de hoog opgetrokken schouders in het besef dat hij daar stond, zijn hoorbare adem in hun rug. Ik op het schrijfblad van de voorste bank, mijn voeten op de zitting voor me. Ik zag hem, zoals zijn kille ogen mij niet loslieten, hij stond tussen de kruisafname van Rubens en die van Rembrandt.

Een paar dagen later sloop hij opnieuw binnen. Om mij te controleren nadat hij mij had terechtgewezen. Boekje. Punt van het potloodje langs zijn aanmerkingen. Als hij die had uitgesproken kruisje erbij. De lehraar dient te staan. Dan wel, als hij verkiest te zitten, op het podium aan de lessenaar en niet zoals ik familiair met de lehrlingen. De lehrlingen nooit aanspreken met de voornaam, altijd en uitsluitend met de achternaam. De lehraar moet gezag uitboezemen, de lehraar is streng en hard, zijn woorden moeten zijn als stokslagen. Ook had hij onderzocht welke literatuur ik in de klas zoal ter sprake bracht. Was ik wel goed van sinn? Met het potloodje tikte hij zijn voorhoofd aan. De klassieken! hield hij mij voor. De klassieke doitsje literatoer is een mehr van schoonheid en filosofie, in het moderne tijdsgewricht, riep hij, door scribenten die jaai de jongens voorhoudt te schande gemaakt, versmoetseld, verkracht. Speekselbelletjes in zijn mondhoeken. Hier waren mij krantenfoto's te binnen geschoten die toonden hoe ze daar met hun literatoer omgaan. Brandstapels. Van boeken, door studenten en kerels onder militaire petkleppen die hun ogen verduisterden bij stapels tegelijk aangedragen en in de vlammen gedumpt. Berlijn en andere

Duitse steden. Daar horen stokslagen bij als biblioclasme en libricide. Nog pas gisteren. Mansuetus kan erbij zijn geweest. Deze gedachte moest ik maar niet tot me toelaten.

Ik zat braaf aan de lessenaar. De naamvallen. Om de beurt van links naar rechts liet ik ze de voorzetsels van de datief zeggen. De eerste zei aus. De tweede bei. De derde mit. En zo vervolgens nach, seit, von, zu, zuwider, gegenüber. Voor de reeks was opgedreund werd het stil als sneeuw. Daar was hij weer. De ever. Verschenen zoals in een film opeens een engerd verschijnt. Lon Chaney Jr. in close-up, zijn ogen recht in het publiek dat van schrik en griezel tegen de rugleuning deinst. Frankenstein. Ik geloof niet dat ik ook verbleekte toen hij opdoemde. Er gebeurde met mij iets anders, waarbij mijn hoofd en bovenlichaam achteruitsloegen als bij een kaakslag. Een korte dreun van immense pijn opeens. Korter dan een ademhaling, waarschijnlijk door niemand gemerkt, aller angstogen waren op Mansuetus gericht of probeerden juist diens hypnoseblik te vermijden door omlaag te kijken in boek of schrift of naar eigen handen. Als er zwarte randen onder de nagels waren te zien wist het hoofd dat te bestraffen door een der vingers naar achter te buigen zodat je op je hurken of knieën kronkelde om te voorkomen dat hij hem zou afknakken. Hij zweefde de paar treden van het podiumpje op en kwam naast mij te staan. Grom. Daar bedoelde hij iets mee dat hij verduidelijkte met een korte ruk aan mijn mouw. Hij wilde zitten waar ik zat. Ik stond dus maar op. Achter in de klas tegen de muur stond ik te bekomen van de pijnschok die ik had gevoeld. Ergens in mijn kaken een zo priemende pijnbliksem, dat mijn hoofd er een opwaartse stoot van kreeg, waarbij zwart vuur door mijn hersens spatte. Een opdonder van door kies of tand of bot slaande pijn als ik nooit eerder had gevoeld, het duurde een tel, maar zo intens dat ik me er bewust van bleef. Er zijn heiligen geweest die pijnstoten ondervonden alsof er dolken door hun hart werden gestoten. Daar zijn plaatjes van. Mystieke pijn, maar een stroomstoot door je gebit heeft niets mystieks, ik ben geen heilige. Mijn vingertop tastte mijn mondholte af, maar niets deed pijn, en toch was de klap die ik had gekregen, doorzinderend naar mijn sleutelbeenderen, geen verbeelding geweest.

Op de lessenaar waarachter mijn medebroeder was neergestommeld lag het boekje van Kurt Tucholsky waar hij me vorige keer in het laatste kwartier uit had horen voorlezen. Neus gerimpeld schoof hij het over de rand naar de vloer. Brandstapel. Strak de klas in kijkend begon hij Goethe op te zeggen. Uit het hoofd. Heidenröslein. Ich stecke dich! Wijsvinger als een spies in de ruimte. Stemvolume als van god, die buldert van de berg. Daß Du ewig! Denkst an mich! Nog harder: Kein Weh und Ach! Zoals in het angstgezang Dies irae. Hoe heet jij jongen, onderbrak hij zichzelf opeens. Mark Freelink, zei de jongen. Verse aanvoer in het nieuwe schooljaar. Pas een dag of tien op het pensionaat. Jung und morgenschön als de knaap uit het gedicht die zich prikt aan het roosje. Mark Wielink wiewathoe? Sta op jongen als ik tegen je spreek. De jongen, naast de bank, begreep dat hij moest zeggen Mark Freelink, broeder. Broeder wiewat? Mansuetus bracht zijn hand naar de zijkant van zijn hoofd. Niet om militairement te salueren, hij vergrootte er zijn oorschelp mee en richtte die naar Mark Freelink. De bedoeling was dat de jongen zijn naam zou zeggen gevolgd door de naam of de hoedanigheid of allebei van wie ernaar had gevraagd. Mark Freelink, Herr Lehrer. Ook niet goed. Herr Lehrer is een kloosterling wiens naam Mark Freelink, die bleek begon te stamelen, nog niet kende of had onthouden. De ever schoof zijn stoel naar achter, vond een krijtje en produceerde met beukende geluiden op het zwarte bord in het wit, hoofdletters, zijn kloosterpseudoniem: MANSUETUS. Bruder Mansoeweetoes! schalde hij.

Niet een speld, wel op afstand het tingeltje van de Straßenbahn, een klein vrijpostig geluid, meteen oplossend in stilte, stiller dan in een graf, alsof iedereen dood was. Behalve mijn medebroeder. Met dat stemgedonder vroeg hij nu: En wie is dat portret naast je? Wil van Lanschot stond op. Wil van Lanschot, broeder Mansuetus. Zijn boekje raadplegend, sneerde het nieuwe schoolhoofd: Het grootste licht des oeniversoems. Blijven zitten nietwaar Von Lansjot? Blijkbaar te stom om uit je ogen te kijken. Wat je is aan te zien. Of ben jij lui? Ben jij lui Von Lansjot? Te ellendig en te vadsig voor alles? Daar zijn middelen tegen, die ik je zal laten. Hier sloeg hij met platte hand dreunend op de lessenaar. Voelen! Het is hier allemaal te zacht en te los en te unmännlich. Daar komt vanaf nu verandering in. Ik wil hier. Weer een klap op de lessenaar. Tucht! En. Nu vier geluidsonderstrepingen. Dies Tsie Plie Ne! Jij blijft staan Von Lansjot. Voeten bij elkaar, armen gestrekt langs de benen, kin omhoog. Kijk mij aan. Lamzakken als jij. Hij zweeg, de stilte kwam terug waarin men alleen hem hoorde hijgen. Alsof hij snurkte.

Ook met mijn tong, die inspecterend langs mijn tanden ging, viel niets van pijn te bespeuren. Armen over elkaar in mijn mouwen, achterwaarts leunend tussen de geschilderde Christuslijken, keek ook ik onbeweeglijk naar de inquisiteur. Ook bang van hem? Van hem, de persoon, niet. Wel klom angst in me om wat hij zoal zou bewerkstelligen, waarvan ik voorvoelde dat het ook mij zou betreffen. Opnieuw kwam in me op dat ik kon besluiten: de klas uit, klooster uit, deze kleren uit. Dat durfde ik niet. Maar wel was het of ik tot een inzicht kwam, zoals toen Saulus van zijn paard kantelde en van Christenvreter de heilige apostel Paulus werd. Ik prijs me gelukkig dat ik bij blikseminslag kiespijn kreeg.

Na Heidenröslein kwam Erlkönig. Broeder Mansuetus reciteerde deze ballade tussen de banken door lopend, met grote gebaren. Mein Sohn, es ist ein Nebelstreif! Met grote stem, als een toespraak uit Duitse oorlogsjournaals. De toenmalige aanwezigen zaten er bij zo'n toespraak van de Reichsführer even geparalyseerd bij als deze pubers bij Mansuetus' declamatie. Waarschijnlijk stond het vers in nog gotische letters in zijn geheugen. Gar schöne Spiele spiel' ich mit dir, galmde hij en bleef stilstaan bij de bank van Mark Freelink. Blond als een zomerbloem. Willst, feiner Knabe, du mit mir gehn? Het joch kromp ineen toen de hand van de declamator op zijn hoofd kwam te rusten en zijn met Brylcreem gescheiden haar door de war streek met de tederheid van stormwind. Ich liebe dich, mich reizt deine schöne Gestalt! Over het hoofd van de jongen heen dwaalden zijn ogen weg en kwamen bij mij terecht. Uitdrukking of hij was vergeten dat ik daar stond en hem gadesloeg. Und bist du nicht willig, schalde hij. Zijn vingerknokkels begonnen traag, dof, hard op Mark Freelinks bank te tikken. So brauch ich. Hij wachtte. Gewalt! Dit stootte hij uit met weer zo'n klap op het schrijfblad, de inkt gutste uit de ingemonteerde inktpot, het blonde ventje begon te snikken. Hij was mij blijven aankijken met dat blauwe ijs in zijn schnauzkop. Triomfante hoofdbeweging vanuit de gezwollen nek, zoals ik in een film Mussolini had zien doen, ergens op een balkon waar hij het plebs toeschreeuwde voordat hij met dat hoofd omlaag aan een benzinepomp werd opgehesen. Uit het ijs sprak minachting. Voor de leerlingen. Voor mij. Verder schrijdend om uit te komen bij het slotwoord van het gedicht, Tot! ramde hij met zijn patserschouder opzettelijk Wil van Lanschot. Uit balans zou die als een dominosteen zijn omgevallen, hij sloeg tegen de bank, waarbij hij zich bezeerde, maar wist overeind te blijven, haat in zijn gezicht. Die haat begreep en deelde ik, dat belijd ik voor god, de heilige Franciscus en omnibus sanctis. Patricia kende ik nog niet. Toen ik het haar allemaal vertelde, zei ze ontzet, ongelovig, wenkbrauwen als romaanse boogjes omhoog: Die brave broedertjes?

Gehoord? Mansuetus zat weer op het podium, zijn door Brylcreem vettig geworden hand veegde hij af aan de binnenkant van zijn scapulier. Dàt is doitsje literatoer. En dit hier, zijn tenen raakten Tucholsky, is sjoend en sjande. Hij schopte het boekje van het verhoog, het schoof over de hele vloerlengte tot tegen mijn tenen. Ik raapte het op. En ook vanaf nu, grolde hij, wordt hier op school niets meer gelezen dat ik niet eerst heb gezien en goedgekeurd. Er volgt straf! voor wie dit! nog durft te lezen of in bezit heeft en aan anderen doorgeeft om te lezen. Opeens bleek hij een exemplaar van De Lach bij zich te hebben. Esther Williams in badpak op de voorkant. Het blaadje herkende ik van vroeger bij de kapper. Specimen van het andere geslacht in bustehouders en netkousen aan jarretels, onscherpe grijze foto's op goor papier. Oom Barend, voor mij aan de beurt, las onder de witte lap de moppen voor waar niemand om lachte. Je begrijpt ze niet, riep hij me toe vanuit de spiegel. Nee, ik ben gek. En dit hier! Mansuetus toonde een blaadje dat Mickey heette. Voorop Mickey Mouse en die lange hond van hem, voorpoot omhoog of hij naar de lezertjes zwaait. Mickey vriendelijk lachend, hond ook. En al het andere nog veel erger in dit genre. Strips! Voor wie te lui is om echt te lezen. Kindische plaatjesrommel die het brein verpapt. En nog een voorbeeld van te vervloeken lectuur: een eveneens van hand tot hand gegaan, danig verfomfaaid Kuifjealbum, De zonnetempel. Unsinn! Klap op de lessenaar. Blasfemie! Klap op de lessenaar. Dat betekent God beledigen. Wie dit leest doet zonde! Klap op de lessenaar. Die moet straf! Klap op de lessenaar. En al helemaal wie dit! durft te lezen. Dit! trof ik aan in het slaapzaalkastje van Charles Grootendorst. Doerst, sprak hij het uit. Charles Grootendorsts hoofd kreeg de kleur van menie. Schichtig loerde hij om zich heen, maar door de muren niet en door de vloer niet was te ontkomen aan Mansuetus' toorn. Een in plastic gebonden boek volgens een nieuwe methode uit Amerika. Don Camillo en de kleine wereld. Heette het zo? Voordat men het goed had kunnen zien, wierp de leermeester het van zich af of hij er zijn handen aan schroeide. Waarna hij opstond om er op de plaats waar het was neergekomen zijn voeten op te zetten, de bladzijden kreukend en bevuilend met zijn sandaalzolen en ertegen schoppend of het boek een jood was of mijn vader. Zedenbedervend! Straf! Zoals hij straf! stond te roepen, het woord achter elkaar herhalend, was hij Charlie Chaplin in de film waarin hij Hitler parodieert. Die heb ik een paar keer gezien, smachtend starend naar Paulette Goddard. Ook ik ben zondaar. Ik heb zowel Mickey Mouse als De zonnetempel en alle andere Kuifjeboeken gelezen. Don Camillo niet, maar ik heb Fernandel gezien als Don Camillo, een brisante Italiaanse dorpspastoor, constant dwars tegen de communistische burgemeester. De tijd waarin wij in de kleine wereld leven heet de Koude Oorlog. In Camillo's kerk hangt een sprekend kruisbeeld, zoals er ook een hing in de vervallen kerk van het dorp San Damiano in de dagen van Franciscus. Vanaf het kruis sprak Christus tot onze stichter: Je ziet hoe mijn huis tot ruïne is verworden. Aan jou het te restaureren. Natuurlijk begreep onze heilige stichter dat het niet alleen om het instortende kerkje ging, voor de heropbouw waarvan de zaligmaker beter een aannemer had kunnen aanspreken, maar om Christus' huis als instituut ten tijde dat de pausen hoeren ontboden in het vaticaan en hun lustknapen tot kardinaal benoemden. Onze ordestichter heeft er waarlijk iets moois van gemaakt. De twaalfde Pius ontvangt nu oud-nazischoften in zijn paleis om ze vermomd als franciscaner kloosterlingen, zoals ik er een ben, door te sluizen naar vluchtlanden als Argentinië. Al die tijd liet medebroeder Mansuetus zijn ogen naar mij terugkeren. Hoe hij zich ook aanstelde in zijn opwinding, ik was waarschijnlijk de enige in het publiek die niet voor hem sidderde.

Grootendoerst kom hier. Uit de zijsleuf van het uniform van de heilige Franciscus bracht het schoolhoofd het houten plankje met de gaatjes tevoorschijn. Charles Grootendorst nam hij in de omknelling van zijn arm, het bovenlichaam van de jongen voorover onder zijn oksel door. Benen van de vloer getild, werd Charles Grootendorst met zijn achterwerk naar de klas gedraaid en daar kwamen harde, snelle, gemene klappen met het stoffertje op neer alsof mijn medebroeder bezig was een paard te beslaan. Ondersteboven achter de rug van mijn medebroeder stootte de jongen lang aanhoudend geloei uit, dat in alle lokalen te horen moest zijn, op de speelplaats, misschien tot over de terreinmuren, waar de dorpelingen bleven stilstaan. Die brave broedertjes? Mansuetus bleef op de gespannen broek rammen of hij werd aangemoedigd door het geschreeuw. Omdat ik het niet kon, ook niet wilde blijven aanzien liep ik naar voren, waarbij op hetzelfde moment, korter dan een seconde, opnieuw zo'n pijnscheut door mijn kaakgebied sloeg. Ik legde mijn hand op Mansuetus' opgeheven arm en keek hem aan zoals hij mij had aangekeken. Door zijn andere arm, waarmee hij het spartelende kereltje als in een klemschroef had gehouden, achteloos op te lichten, viel het lichaam plat voor zijn voeten, gezicht bonkend tegen de planken. Mansuetus' speekselnevel sproeide me in het gezicht, roepend niet mij bedoelend maar Charles Grootendorst: Heb je dit gevoeld jongen? Dit heeft mij meer pijn gedaan dan jou. Sta op jongen. Heb je deze straf verdiend? Zijn gestrekte vinger door het lusje, liet hij het strafwerktuig voor zijn gestalte ronddraaien, de vinger wees naar het slachtoffer. Dat antwoordde met gebroken stemmetje, beide handen aan zijn gezicht, op beide vragen: Ja broeder Mansuetus. Wat zeg je jongen? Ik hoor niet wat je zegt. Broeder Bonaventoera, heeft u deze jongen, dit kromme scharminkel hier, iets horen zeggen? Mijn rug naar de klas fluisterde ik Mansuetus toe: Het is genoeg, broeder.

Ook ik werd zoals Hyacintus als leraar afgedankt. De pedagoog Mansuetus nam mijn lessen over. Voor aardrijkskunde trad Theo Woltgens aan, een man met een fiets, zoals ik indertijd. Als lekenleraar, zoals ik hier ben begonnen. Hem hebben ze niet geprobeerd in te lijven, zoals het bij mij is gelukt. Ben jij besodemieterd! Iets ouder dan ik, is hij getrouwd en heeft een kind. Bestuurslid van VB Sparta. Ik werd namiddag- en nachtsurveillant. 's Morgens en in de voormiddag hoorde ik bij de huishoudelijke dienst. De gangen dweilen, de ramen boenen, nu eens corvee in de wasserij, dan in de keuken, dan in de bijkeuken iedere dag met anderen de gigantische vaat. Soms in de sacristie, daarna vaker, het ging niet goed met Hyacintus. De deuren van de sacristie kunnen op slot. Ik eet er hosties en ga weleens languit op de credens liggen, zomaar, uit landerigheid. Op een stille middag, niemand in de buurt, deuren op slot, heb ik de miskleren die ik moest klaarleggen zelf aangetrokken. De amict, de albe, de singel, de stola, de manipel, het kazuifel. Groen want het was een doordeweekse feestloze dag in de eindeloze tijd na pinksteren. Ik zou aan het altaar Sneef kunnen vervangen, ik ken de mis uit mijn hoofd, teksten, melodieën, bewegingen, gebaren. Dominus vobiscum. Et cum spiritu tuo. In al die gewaden was ik nog steeds Eldert Haman, alias Bonaventura. En mijn leven bleef in slaafse onderhorigheid onveranderd voor het aangezicht des heren. Sicut erat in principio et nunc et semper et in saecula saeculorum. In die miskleren had ik een erectie als een geschutloop. Ik raakte het kwijt met snelle routineuze rukken in het fonteintje tussen de handdoek Ante en de handdoek Post. Ik verveelde me in allergrootste onbevredigdheid. Mijn God, factotum coeli et terrae, wat verveelde ik me. Ten dode.

Toen zond God me kaakpijn. God zij geprezen.

Het middagmaal bestaat uit soep van rijst en aardappelen, sperziebonen, witte bonen, stronken bloemkool. Roggebrood erbij en water. De voorlezing gaat opnieuw over een verre voorganger, deze heette Pacificus, die citer speelde en troubadour was, de keizer zelf proclameerde hem tot liedkoning. In een visioen zag hij iemand die twee zwaarden in kruisvorm door zijn lichaam had. Een stak door hoofd en romp tot tussen de voeten, het andere van hand tot hand door de borst. Toen hoorde hij onze heilige stichter prediken, wiens woorden, gesproken als door de mond Gods, als zwaarden door hem heen gingen. Ook hij kleedde zich uit waar iedereen bij was om verder lompen te dragen in navolging van de spreker. Waar de citer is gebleven wordt niet vermeld. Feestdag 10 juli. Vertelsel tijdens de maaltijd.

Ik zit met mijn rug naar het Franciscuspaneel. Hyacintus aan de ene kant naast me, Carolus Borromeus aan de andere. Naast Carolus Borromeus het hoofd der school en leraar Duits die verbeten zit te lepelen. Omdat hij er is hangt er een tombeachtige atmosfeer, al klatert de zon in het vernis van de eettafel. Mansuetus heeft mij aangekeken. Benedictus zit vijf medebroeders verder schuin tegenover mij. Benedictus heeft mij ook aangekeken. Bulletje met zijn hondenkop van het ras dat in vorige eeuwen tegen stieren moest vechten bevindt zich ver van mij vandaan. Wiro, bij hem in de buurt, vraagt hem wat iedereen hoort: Hoe is het met Mark Freelink? Alsof er een straatklinker tegen een metalen bioscoopscherm knalt. Stilte ploft neer waarin ik een miljoen hoornaars denk te horen gonzen, in de bijbel voor legers en volken uit gestuurd om vijanden te verdelgen. Siddert niet voor deze beesten, want de Heer, uw God, is in uw midden, een grote en vreselijke God. Mansuetus heeft zijn hand plat op tafel geslagen. De lepel die hij daartoe eerst heeft neergelegd beschrijft een looping. Brômm! Hou je mond, Vianney! Niemand zegt nog iets. Men slurpt en kauwt. De sperziebonen zijn draderig. En waar is Wil van Lanschot?

Na het eten zie ik medebroeder Johannes Vianney op de speelplaats in een drom jongenslichamen meevoetballen. In deze hitte. Zijn bolle lijf kaatst en stuitert of hijzelf het bruine monster is. Tussen de middag doen sommige medebroeders weleens mee, ik niet zo vaak. Ook Wiro, die ik niet meer heb getroffen, rent het zweet uit zijn gezicht. Het schoenleertje is gerepareerd. Maar Theo Woltgens zal naar huis zijn. Woensdagmiddag. Geen school. Woensdagmiddag is clubmiddag. Geen bericht uit de buitenwereld die de geheime koerier me 's woensdags brengt. Patricia eet nu een boterham met melkhagelslag en is opgehouden met aan mij te denken, al steekt ze een Lucky Strike van me op. Ik denk wel aan jou, liefste. Iedere seconde van de elektrische klok. Het is twaalf uur dertig. Ik word de eerste kwartieren nergens gemist.

De ziekenboeg is op de middenverdieping de laatste deur van de gang die doodloopt op het gebrandschilderde raam van het tropische landschap. Daarin staan baardige medebroeders in witte pijen met kruisen en bidboeken te midden van overwegend zwarte maar ook bruine en gele heidenen die moeten worden bekeerd. Onze missiegebieden in tal van oorden op de wereld. Zoals in de kapel dreunt de zon door het tafereel en werpt het in vertekende vormen en verflauwde kleuren tegen de gangvloer. Ik wil weten wat er met Mark Freelink aan de hand is. Daarom ben ik hier. Verantwortungsbesef. Dit woord hoefde de ever mij niet toe te schnauzen, het enige wat me goed beschouwd nog hier houdt is dat besef. Laat mij als toezichthouder maar zijn aan te spreken over mijn echelon van de pensionaatspopulatie, pubers die eerder nog kinderen zijn dan aankomende volwassenen. Onder elkaar stoer doen maar in hun hartje nog met de poes op schoot bij de vulhaard, zondag in de late namiddag, buiten al donker, om vredig in spanning te zitten bij Monus de man van de maan, hoorspel van de VARA, al mogen katholieken van de bisschop niet naar de proletaren-VARA luisteren. Hoe gezellig dat was, vadertje en moedertje en zusje en broertje erbij en ieder een froufroutje, waar ze hier op zondag naar het vreselijke lof moeten. Adoro te. De rozenkrans met litanie. Tantum ergo. Heimwee naar hun dinky toys en naar Tim Tyler, de vervolgstrip in De Maasbode. Hun lieve oudertjes vinden deze gevangenis geschikter voor hun educatie.

Tussen de deur van de ziekenboeg en het missieraam is een nis. Hoe vaak heb ik deze gang geschrobd en gedweild. Bij nadering zie ik een jongensbeen uit de nis steken, kous niet opgetrokken tot de knie.

Wat doe jij hier nou.

In de muurholte zit Wil van Lanschot op de vloer. Het been moet van hem zijn weggegleden doordat hij zo te zien in slaap was gesukkeld. Onmiddellijk trekt hij het op tegen zijn borst naast het andere en sluit er zijn armen omheen. Zo is hij vanuit de gang weer onzichtbaar, maar nu hij toch is betrapt kijkt hij bevend naar me omhoog. Rode ogen. Wil van Lanschot en janken? Als hij ziet dat ik het ben, ademt hij weer, ongevaarlijk als ik ben, omdat ik niet schreeuw en sla.

Het wit van Wil van Lanschots ogen is rooddoorschoten omdat hij vannacht bijna niet heeft geslapen, zegt hij eindelijk.

Waarom niet?

Merkwaardig pratend zoals hij nooit praat brengt hij tevoorschijn dat hij met opzet wakker had willen blijven.

Waarom?

Hij had aangekleed in bed gelegen. Wachtend tot hij wist dat slaapzaalbroeder Wiro sliep. Uiteindelijk had hij niet gedurfd.

Wat niet? Ik ben bij hem neergezakt, hijzelf maakt geen aanstalten om overeind te komen. Hij heeft aan zijn acne's zitten krabben. Het pus plakt in zijn haar.

Steeds als hij dreigde in te dommelen, zegt hij, kneep hij zichzelf hard in zijn vel. Van zijn schoenen had hij de veters al samengebonden om ze om zijn nek te hangen als hij op zijn kousen langs Wiro's kamertje zou sluipen. Trap af en naar buiten.

Wat was je dan van plan?

Mmm ark, brengt hij uit. Wil van Lanschot blijkt opeens te stotteren. Wat hem nog radelozer maakt.

Ik begrijp er niets van, zeg ik, en omdat hij verder zwijgt: Wat zit je hier nu zo te zitten. Iedereen zoekt je. Je had in de klas moeten zijn. Ik ken hem niet terug na vanmorgen. Dat driftig uit de rij wegrennende kereltje met die sprong als een Walt Davis over de haag zit met kramperige schokjes zijn hoofd te bewegen en kan het niet stilhouden. De voetballer die gisteren vol praatjes die hengst richting Mansuetus' raam kleunde, moet op zijn woorden kauwen voor hij ze gezegd krijgt. Hij snoert de stropdas bij de twee uiteinden tegen zijn keel, zoals ik hem en andere jongens vaker zie doen, ik weet waarom, tot zijn ogen uitbollen in zijn tot purper verkleurende puistenkop. In die ogen zie ik het licht verschuiven en ze verstarren. Zo'n autostrangulatietje veroorzaakt in de hersens, waar het bloed geen zuurstof meer krijgt, een secondenkorte bedwelming. Twee seconden troostzaam weg uit deze hel van straf en heiligenbeelden. Wel er op tijd mee ophouden voor je omvalt. De korte illusie van afwezigheid en bevrijding grenst aan de gelukzaligheid van een orgasme. Het is mogelijk de bedwelming van het bijna-stikken met een erectie en bijna-klaarkomen te laten samenvallen en ook met de gedachte laat mij nu maar doodgaan ook. Ik biecht het niet maar ik voltrek het soms bij mezelf met het knopenkoord.

Niet doen, zeg ik.

Wils handen verslappen al en vallen tussen zijn opengespreide knieën, de afgezakte kous weer opgetrokken. In het kruis van de te krap geworden broek tekenen zijn intimiteiten zich af, hoog tegen de achterkant van de ene dij de roodblauwbruine streep waar Mansuetus' hout moet zijn uitgeschoten en terechtgekomen. Naast hem de schoen van Mark Freelink die hij lijkt te bewaken als een dier zijn jong. Tussen zijn eigen schoenen iets waar mijn hart van breekt: een puzzeltje. Hij heeft de snippers van de door Julianus stukgescheurde ansichtkaart opgeraapt en hier weer tegen elkaar weten te passen. Een boodschap uit het sanatorium. Een kusje op je neus en alle liefs. Mama. Behalve de hoek waar de postzegel heeft gezeten ontbreekt er nog een stukje midden in mama's tekst, wat doet denken aan het vredesmonument dat ze in Rotterdam gaan neerzetten, ik zag het op een foto. Een uit brokstukken opgetrokken mensfiguur waar het hart uit is weggeschoten. Dwars door het lichaam heen is de lucht te zien, zoals door deze papierfragmentjes de vloertegels van dit gesticht.

Probeer eens je hoofd stil te houden. Tegen mijn gewoonte

ligt mijn hand op het hoofd van een leerling. De ogen van Wil van Lanschot, al dat rood rondom de pupillen, beginnen richtingloos te dwalen.

Moeizaam vertelt hij dat hij vanmorgen voor de lessen waren begonnen het schoolgebouw weer is uit gerend. Want dat beest, zegt hij, dat beest had zijn klauw al in zijn nek geslagen om hem voor de hele ochtend of misschien de hele dag in de kolenkelder te gooien, maar hij vocht zich los van die schoft, zegt hij.

Beest, klauw, schoft, het is wel broeder Mansuetus hoor, dien ik hem nu vermanend te interrumperen. Ik laat het na. Je hebt er gisteren toch al van langs gekregen, zeg ik. En Mark ook. Waar was dat voor? We praten niet te hard, in zo'n gang draagt ieder geluid zichzelf verder naar einders waar het niet hoeft te worden gehoord.

Omdat Mmm ark en ik, begint hij. Gisteren.

Met horten en stoten vertelt hij over gisteren waar ik zelf bij was.

Op de speelplaats. Het halfuurtje recreatie na de avondboterham, voor de avondstudie. Voetballen natuurlijk. Ik volgde het geschop op een afstandje, met mijn gedachten niet hier. Waar waren mijn gedachten. Bij jou. Opeens uitbundigheid. Doelpunt. De bal knalde tegen de muur van de gymzaal, het doel is daarop gemarkeerd met witte lijnen. Aan de overkant bestaat het doel uit de ruimte tussen twee kastanjebomen. Bij een daarvan stond ik. Het doelpunt werd gescoord door Mark Freelink, die altijd wel zo'n beetje meedrentelt zonder op te vallen en ook zonder benul voor welke horde hij de bal in welk doel moet plaatsen. Op een paar meter van mij vandaan zag ik, zag Wil, zag iedereen en god hoe de bal vanuit hoogte op Mark kwam aanvliegen. Hij bewoog er zijn blonde schedeldak onder en begon de bal als in het wilde weg achterna te rennen van het bomendoel dwars de speelplaats over naar het muurdoel, verbazing wekkend met zijn nooit eerder gedemonstreerde actie, anderen leken voor hem uit de weg te gaan, ruimte voor Faas Wilkes en Abe Lenstra ineen, dribbelend, pingelend, goochelend en ten slotte de beslissende trap rechts bovenin, het moet hemzelf hebben verbijsterd. Doelpunt. Die Mark. Het eerste in zijn leven en het zal het enige wel blijven ook. Als hij oud is herinnert hij zich dit triomfje en hoe heet het was die dagen en het zweet van hem af droop en hij hijgde als een hond. En Wil van Lanschot herinnert hij zich natuurlijk, zijn beste vriend, de enige echte in die ettertijd, voor wie hij ook de beste en enige echte vriend was. Met een paar anderen kwam Wil op hem toegesprongen. Iedereen schreeuwend en juichend sloeg en stompte hem op rug en schouders, zo verbazend opzienbarend was de toevallige prestatie van deze schuchtere, onhandige schoolgenoot. Wil liet zich tegen hem aan vallen en sloot zijn armen om hem heen, Mark beantwoordde dat met zijn armen om Wil heen. Zo stampten ze in het rond, elkaar vouwend als een danspaar, heel even wang tegen wang, een nanomoment ook mond tegen mond, maar dit dacht ik me te verbeelden. Toch niet. In de euforie van het ogenblik zoenden ze elkaar, zo vluchtig en per ongeluk dat het niets betekende dan schutterig geuite geestdrift. Ze lieten onmiddellijk los en holden van elkaar weg.

Wat was dat nu, vraag ik Wil als hij is uitgehakkeld.

Hij zwijgt en slikt. De keelknobbel vertoont zich weer nadat hij door de wurging is weggedrukt geweest. Dan corrigeert hij: niet hebben Mark en hij elkaar gezoend, hij zoe zoende Mmm ark. Blij voor Mark. Trots op Mark als op een broertje. Bestemd voor zomaar ergens op Marks gezicht, maar kwam door het gespring op zijn mond terecht en en en. Is dat nu zo verschrikkelijk erg, vraagt hij naïef oprecht, zijn ogen een ogenblik, voordat ze weer gaan dwalen, recht in de mijne. Hier zou ik op moeten antwoorden: Dergelijke aanrakingen zijn verkeerd want zijn zonde. Een gezonde jongen zoent een andere jongen niet. Vriendschap met één jongen is verboden, dat weet je toch. Ik zou het bij de overheid moeten melden. Ik antwoord niet. Die twee zijn altijd samen of ze iets eeneiigs of siamees hebben waar ze geen raad mee weten, dat komt misschien nog. Wij horen, zijn en blijven bij elkaar, altijd. Vriendschap groter, heiliger, verhevener dan vriendschap, jochies van veertien, waar moeit men zich mee. Mansuetus kan het vanuit zijn kraaiennest op de tweede verdieping hebben gezien, wat erger is dan als god er getuige van was. Want de eerwaarde Mansuetus regeert met het hout en wie of wat is god. Het kan hem ook door een spion zijn doorgeklikt, iedereen heeft meldingsplicht van overtreding en vergrijp en zelfs het vermoeden daarvan. Eerst moest Wil van Lanschot door mijn medebroeder in het openbaar worden vernederd. Ook daar was ik bij. Nageboorte van een stinkdier. Mama's snippertjes zijn door zijn bewegingen weer door elkaar geraakt. Dan de behandeling met het hout zoals het mij indertijd door het schoolhoofd is voorgedaan. Wil vertelt het me, waar haalt hij er de woorden voor en hoe krijgt hij die zijn mond uit. Een schoft en een vie vie vie. Hij slikt. Het volle woord komt met spuug dat hij met zijn vingers wegveegt: viezerik!

Wat een woorden, komkom Wil.

Mark en ik mogen niet meer. Niet meer naast elkaar zitten. Niet meer met elkaar omgaan en praten. In de klas niet en op de speelplaats niet, nergens niet meer. Laat me je daar niet meer op betrappen, puistenkop. En dat mooie vriendje van je zal ik hetzelfde ook wel even voorzingen, schreeuwde de ever en daar bewoog hij die stok bij of hij de maat zwoei.

De adamsappel schokt omhoog, omlaag, terwijl Wil en ik er waarschijnlijk hetzelfde mee associëren, ik er mijn droom bij herinner en me met weerzin voorstel wat mijn medebroeder met Mark Freelink heeft uitgehaald. Die ligt nu achter de muur waar Wil met zijn rug tegenaan leunt.

Ik vraag: Waar rende je vanochtend op weg naar de eetzaal opeens naartoe?

Hij schudt zijn hoofd, de lippen verbeten. Al slaat men hem met tien stokken kreupel en blind, begrijp ik, hij zal weigeren het mij te vertellen. Omdat ten slotte ook ik tot de gerokte schurkenbende behoor. Niet te vertrouwen. Feind hört mit. We raken de oorlog niet meer kwijt. Wil en veel anderen, onder wie ik, deze terreurschool ook niet meer. Je zocht Mark, probeer ik. Dacht je dat Mark daar zou zijn, in de tuin, bij de wilg, bij het poortje? Dat hoorde ik van broeder Bartholomeus. Waarom dacht je dat? Mijn ogen ontwijken de uitstulping van zijn geslacht dat te weinig plaats krijgt. Mama ligt met tuberculose ergens in Oostenrijk en heeft de jongen in geen maanden, misschien jaren nog gezien en pa heeft het te druk met vliegen. Op kostschool dus maar met hun zoontje dat uit zijn kleren barst. Alle liefs.

Hij wilde me in de put opsluiten, begint hij toch nog te praten. Klinkers, lettergrepen, woordfragmenten. Omdat ik Mark ben gaan zoeken en hij mij had gezegd dat ik niet meer met Mark nooit meer want en. Hij gaa gaat me van school st st sturen. Hoe komt het dat de knaap opeens stottert. Hopelijk voor hem gaat het over, want dat er ook nog bij zou een reden kunnen zijn om de stropdas definitief tegen de keel dicht te trekken. Zoals hij de snippers van mama's ansichtkaart heeft samengepuzzeld, zo krijg ik bij stukjes en beetjes zijn verhaal te horen.

Mmm ark en hij hebben een ppp act, brengt hij uit. Vriendenppp act. Wat een romantisch jongensboekenwoord. Ze zouden samen van school weglopen. Samen vluchten. Wij vinden het hier afschuwelijk. Onmiddellijk bij de directie te melden, maar ik besef dat ik hem belangstellend zit toe te knikken, die jongetjes zouden durven waar ik maar niet toe kom. Weglopen, en dan? vraag ik. Wil: Gewoon. Weg. Zien wel. Ach kereltje toch, denk ik. Ontsnapte leerlingen worden doorgaans dezelfde dag door ouders terugbezorgd. Wij hebben geen tijd voor je. Zo erg kan het niet zijn in het pensionaat. Je bent bij de broeders in de beste handen. Wil en Mark zouden de grens overgaan, wat hier erg makkelijk is, hadden ze besproken. En dan? Weg, zegt hij weer. Alsof ze dan letterlijk weg zouden zijn, opgelost in niets. Weet ik voor mezelf al waar ik blijf als ik mijn besluit om hier te verdwijnen, dat ik almaar niet neem, ten uitvoer zou brengen? Ja dat zou ik weten. De schoen van zijn hartsvriend is in Wils ene hand, andere hand, linkerhand, rechterhand. Die zal Mark natuurlijk nodig hebben. En hoe dachten ze te ontsnappen? Door het poortje in de ringmuur. Dat is de enige mogelijkheid, verklaart Wil. En hoe dachten ze dat open te krijgen? Volgens Mark met een mes. Mark kan het slot met een mes kapotwrikken. Het slot is een doorgeroest plat metalen doosje, aan de binnenkant tegen het poortje geschroefd. Makkelijk zat, zegt Mark. Waar een geschikt mes vandaan gehaald. Rudiger Toussaint Mercier uit de hoogste klas bezat een soort koksdolk, meegepikt uit Severinus' keuken toen hij daar een karweitje had mogen doen. Daar ging hij zijn moeder mee vermoorden, zei hij. Mark en ik ieder vijftien cent, daar hebben we dat mes van Toussaint Mercier voor gekocht. En een Buck Danny moest hij er ook voor hebben. Strip over een vliegenier, legt Wil me uit. Weet ik, zeg ik. Gestolen van mijn ouwe heer. Parmantig bedoeld, maar het komt in rafels zijn mond uit. Toen hadden ze dat mes. Ze verstopten het bij het poortje in de klimop.

En gisteravond zou het zover zijn geweest. Ze stootten hun knieën tegen elkaar toen Mansuetus in de studiezaal hun namen gromde. Freelink! Von Lansjot! Het pact zou nu! worden beklonken, straks bij de haag. Duim omhoog. Zoals bij de bevrijding de Canadezen in hun jeeps. Bij de bel om naar de slaapzaal te gaan zouden ze volgens plan over de haag duiken, het slot forceren en weg. Bolke de Beer en Dorus Das op reis. Ik laat het hem uiteenzetten, maar weet het vervolg en het einde al, zoals ook het geval is met de kruisweg in deze lijdenstijd. Eerst Pilatus en het eindigt in het graf. Volle aflaat.

Toen ik op de speelplaats het belsignaal gaf, was Mark Freelink nog niet terug van Pilatus, zodat Wil van Lanschot begreep dat het plan op het allerlaatst ingrijpend was veranderd. Maar ging het daarom niet door? Hij besefte te laat dat hij Mark in de steek liet door in de rij naar de slaapzaal te sukkelen in plaats van achter de haag paraat te blijven. Mark zou wel opdagen en op zijn beurt achter de haag op Wil wachten, zo was het uitgestippeld. Maar Wil, slome duikelaar, lag in zijn chambrette in zijn vel te knijpen, ik kom Mark, blijf op me wachten, ik kom nu, had hij steeds gefluisterd en uiteindelijk uiteindelijk niet gedurfd had hij uiteindelijk, zegt hij slikkend, nog eens slikkend. Adamsappel als een lift op en neer. En toen Mark er vanmorgen nog niet was, had Wil gedacht dat zijn vriend nog altijd op de afgesproken plek of anders bij het poortje op hem wachtte. Dat hij daar de hele nacht had gezeten want we zouden toch en we zouden toch samen? Ik zie mezelf weer, vannacht. Freelink? Waar ben je Mark Freelink? Der jongen ist hier nicht mehr. Het dolende schaap was bezig met het slot. In etappes krijgt Wil tussen zijn tanden vandaan: Die vieze vuile klererotmof. Waarmee we opnieuw terug in de oorlog zijn, Wil nog in de box toen die uitbrak.

Nounou Wil, zulke woorden. Dit zeg ik omdat het qualitate qua van me verwacht wordt, overigens ben ik het met de typering eens. Ongeschikt voor mijn taak. Weer mijn hand op zijn korstige haar. Kan je het echt niet stilhouden? Waarom zit je hier nu eigenlijk?

Wil zit hier, brengt hij uit, omdat hij bij Mmm ark wil zijn want hij weet dat die hier in de ziekenboeg ligt. Wat is er met Mark dat hij zijn schoen kwijt is. Wat is er gebeurd met Mark. Niemand die hem in deze nis ziet of zoekt en ik wacht, zegt Wil, tot hij weg is.

Wie hij?

Hij, beduidt Wil met zijn hoofd, Bullestijn.

Je bedoelt broeder Johannes Vianney, vraag ik opvoedkundig en ordegetrouw. Wij moeten met respect en liefde over onze medebroeders denken en spreken. Die was daarjuist in de refter en nu is hij aan het voetballen. Je zal hier in slaap zijn gevallen na vannacht. Ik ben gaan staan en trek de knaap aan zijn arm overeind. Eerst verzamelt hij mama's snippertjes van de vloer en koestert ze in zijn zakdoek. Medelijden met Wil. Met al zijn lotgenoten in dit gesticht.

Kom, zeg ik, we gaan op ziekenbezoek bij Mark.

Het medisch kabinet van medebroeder Johannes Vianney ruikt naar medisch kabinet. Het heeft geen ramen, van glas zijn alleen de ruitjes in de deuren van de medicijnkast, altijd op slot als een tabernakel. Als wij er binnenkomen davert de hitte als een dampend paard over ons heen. Het is er donker, maar de zon en de kleurtjes van het missieraam spetteren binnen bij het openen van de deur. Behalve door de kast wordt de ruimte ingenomen door een log bureau met keukenstoel, de zogenaamde onderzoektafel, drie bedden met lage kastjes, kruisbeeld, vandaag met verse palmtak, boven ieder hoofdkussen, zodat de zieke de wereldredder van onderaf recht in zijn allerheiligste kan kijken. Ik ken het stoffige interieur sedert ik er dagelijks kwam om Johannes Vianney iets tegen de pijn te vragen. Steeds ergere, bonkende kiespijn die niet overging. Neem maar een aspirientje, zei Johannes Vianney. Later: Ik zal je een luminalletje geven.

Mark ligt in het middelste bed, omringd met tot proppen omgewoelde lakens die hem grotendeels onbedekt laten. Zijn gezicht en lichaam zijn schuimwit, de gestalte drijft in het zweet, het blond rondom zijn hoofd is bijna vloeibaar. Een arm achter het hoofd lijkt hij te poseren voor Donatello, van wie een naakt jongensbeeld in Geschiedenis der Pausen is afgedrukt, tussen navel en knieën met zwarte inktbalken gecensureerd. Zijn ogen met de lange wimpers zijn gesloten, maar de pupillen bewegen nu ik het licht heb aangedaan, hij ademt rustig met open lippen. Wil is op het bed afgestoven en komt er zo onbesuisd tegenaan dat het schudt op de ijzeren wieltjes. Met dat bewegende hoofd buigt hij zich over zijn vriend. Mark. Mark. Hij stottert er niet bij. Zijn hand beweegt Marks schouder, dan is de hand bij Marks middenrif. De adamsappel giert op en af zoals Achilles hartstochtelijk moet hebben gehijgd en geslikt toen hij zijn beminde Patroklos voor lijk op het slagveld terugvond. Marks kleine geslacht ligt in een kromminkje op zijn buik, bezoomd door schuchter goud. Het maakt de puistenrijke zwierhoofdige Achilles verlegen, hij bedekt het met een stuk beddengoed voor het oog der wereld. Ze zullen onder de bank been tegen been weleens in elkaars broekspijp hebben gezeten. Ze zullen in een stinkend pleehok weleens met geopende broek tegenover elkaar hebben gestaan. Kijken, aankomen, vergelijken. Zulke vriendschap, daar moet het hout overheen. Wils hand is op Marks hand die onder diens kindertepels rust, knijpt erin met ruwe tederheid. Mark? De ademhaling verdwijnt een paar seconden, maar herneemt zich vervolgens met diepere halen waarbij de borstkas opzwelt. Het jochie komt uit diepten of firmamenthoogten terug op aarde en opent zijn ogen, veel te stralend klaterblauw in het gore depressieve vertrek. Er komt een glimlachje. Voor Wil. Mij staart hij aan als een uiteraard te wantrouwen aanwezigheid, zoals indertijd de NSB'er in onze straat. Het was allemaal crapuul, die hele bruine broederbende, zal hij later zeggen als hij met net zo'n snor als zijn vader zijn eigen rijnaak bestuurt. Ik zeg het hem na. Ik hoorde er ook bij. Ik schrijf er met wroeging deze papieren over vol. Zo joh, ben je er weer, zeg ik bij het voeteneind van het bed waar ik ben blijven staan. Dan draai ik me weg en laat de twee, die druk beginnen te fluisteren, wat ik niet hoef te horen, en elkaar bedeesd aanraken, wat ik niet hoef te zien. Aan Bulletjes bureau ga ik scheef op Bulletjes stoel zitten. Rug naar de opengelaten deur, waar het zonlicht uit de gang dermate uitbundig naar binnen golft dat het de gloed van de tl-buizen duizend keer absorbeert. Gezicht naar de medicijnkast. Achter de ruitjes de apothekersdoosjes en -flesjes, rolletjes verband en leukoplast, een paar pincetten, een waterglas met kleurloze vloeistof en daarin vijf koortsthermometers, de punten naar beneden op een matrasje van watten.

Aspirine. Luminal.

Ik denk terug aan mijn moordende kaakpijn, nog zo kort geleden dat ik de littekens van de hechtingen nog voel. Aspirine hielp niet. Van Luminal raakte ik van de kaart. Behalve mijn hersenfuncties verstoorde het mijn motoriek. Bij het lopen bleven de voeten in mijn jurk haken, soms viel ik opeens opzij tegen een gangmuur of plofte naast een stoel op de grond en alles viel uit mijn handen. Na weer zo'n pil, wel vijf op een dag, overhuifde me de slaap op de plek waar ik was, het werd donker in mijn brein, zoals wanneer in de rupscarrousel de kap over het wagentje valt, en ik was vertrokken, niet lichtjes duttend, maar vooroverklappend, mijn hoofd op mijn armen. Dat is eens in de studiezaal gebeurd, op het podium voor al die jongens. Het werd Mansuetus door een van de kereltjes gemeld, wat dacht men. Door het gluiperige ventje Dolf Koningsbrugge, bij zijn geboorte verblijd met de volle voornaam van de Führer, waar bij de bevrijding de eerste letter van werd geschrapt. Mansuetus schreeuwde tegen me met geluid dat door mijn verdoving heen brak zonder dat die verdween, zoals het mogelijk is diep in slaap te blijven als er bommen vallen. Ondanks al die pillen bleef de pijn onverminderd aanwezig, nee verergerde nog metterdag. Bartholomeus kwam met kruidnagels om in mijn zieke kies te bijten, welke zieke kies, mijn hele gebit was ziek, de pijn vlamde tot in mijn oogkassen, tot diep in mijn hals. Om door mijn mond te laten klotsen ter verzachting van de marteling bood Ambrosius me een teug whisky uit een zakflacon in een holle psalmvertaling. Ieder zijn geheim. Hij vroeg er sigaretten voor. De spoeling veroorzaakte geen verzachting. Denk aan het nog smartelijker lijden van Jezus, zalfde Sneef, dat ons heer in zijn onuitputtelijke goedheid vrijwillig onderging tot verlossing der mensheid. Langer dan een kwartseconde heeft mijn gedachte daaraan niet geduurd. Het lijden van gods zoon heeft een middagje in beslag genomen en niet zowat anderhalve maand zoals het mijne. Ze mochten me zoals Christus een kwartiertje geselen en daarna met spijkers een uurtje opspalken, waarna het voorbij zou zijn en niet eindeloos geprolongeerd. Anderhalve dag halfdood in een grafspelonk opbergen mochten ze me, als het daarna dan ook echt over mocht zijn. Zwikkend op mijn benen, rammelend van te weinig eten, omdat ik het niet kon kauwen, en met compacte mist voor mijn ogen waarin steeds nat bleef opwellen, stond ik in Mansuetus' bruine geschreeuw. Een bruine brulbast tegen de bruine achtergrond van het gordijn voor de ruimte waar zijn bed staat. Alles bruin als ikzelf en de verrotting in mijn mond. Het hout stond zoals altijd schuin tegen het stalen Gispenbureau, de slof naar boven. Hij mocht me slaan, stond ik te denken. Liever met zijn vuisten dan met die strijkstok. Nog liever met een hamer. Op mijn kakement. Sla of wrik met een klauwhamer die tanden en kiezen, loeiend van pijn door mijn hele schedel, uit mijn mond. Zodat het ophoudt. Laat het ophouden. Wa stehste da Bonaventoera wie ein wie ein. Was haste? Ik hing slap tegen het schrijfmeubel, amper in staat tot staan. Hem door de vochtnevel heen in zijn zwijnskop starend bracht ik mijn hand naar om de beurt mijn wangen, waar kloppende blokken achter zaten die mijn mond scheef trokken. Mond hield ik gesloten, want alleen al de lippen bewegen om te praten en hem te antwoorden veroorzaakte pijn boven op pijn. Tot mijn verbazing kwam er iets in zijn gezicht dat ik niet mededogen zal noemen want dat kent hij niet. Toch iets waaruit bleek dat hij mijn wanhoop begreep, dermate ongewoon dat het mij verbaasde en eerder zou moeten verontrusten, de kerel heeft voor niets begrip, alleen voor de vanzelfsprekendheid dat iedereen voor hem beeft en ook de voorwerpen en de bomen. Zahnschmerzen. Hij gromde. Hij knorde. Verdween achter het gordijn en kwam weer terug. Een tot een lapje opgevouwen strookje verbandgaas. Een bruin flesje met een deels ervan afgekrabd etiketje. Hij schroefde de dop van het flesje en drukte er de dot verband op. Flesje ondersteboven, schudde hij wat van de inhoud in het lapje. Onmiddellijk de dop terug op zijn plaats. Overreikte mij met een snel gebaar het doordrenkte textiel en stootte er als bevel bij uit: Inhalieren! Zo kreeg Christus toen hij het afpeigerde aan zijn spijkers een spons met azijn en gal tegen zijn gezicht. Und da er's schmeckete wollte er's nicht trinken. Er stond een Gispenstoel op wieltjes. Op rubberbenen sloeg ik daarop neer en toen met stoel en al achterover tegen een stalen kast, wat klonk als een klap op een Japanse gong. Of ik implodeerde, zo verdween ik van de wereld op het moment dat ik nog maar vluchtig aan het natte weefsel had geroken. Ik hoorde muziek uit sferen waar ik onaanwezig was. Kaakpijn, kiespijn, tandpijn, schedelpijn was daar niet. Alleen profonde rust was daar, er was daar niets, al kon ik het me niet realiseren want alle bewustzijn was als door een tollende draaideur weggeklapt. Helaas duurde het in wereldse tijd hooguit een minuut of tien. Daarna daverde de pijn terug in mijn bakkes. Ik lag op mijn rug op de plankenvloer van Mansuetus' kantoor. De ever zag ik niet. Wat ik had ingesnoven was ether.

Drie van die bruine flesjes staan achter de ruitjes van de medicijnkast tegenover me in de ziekenboeg. Lichtblauw omkaderde rechthoekige etiketjes. Ik hoef ze maar te zien, zoals ik naast het bed van Mark Freelink het lege doosje Luminal heb gezien, en al het voorgaande stormt als één tafereel in één seconde door mijn gedachten. En zoals soms gebeurt dat je een woord leest en op hetzelfde moment spreekt iemand anders hardop dat woord uit, zo hoor ik Mark Freelink ether zeggen op het synchrone moment dat het woord door mijn hersens flitst. Ik doe of ik niet luister en afgekeerd van het bed een brochuurtje lees over rekverbanden, geïllustreerd, dat op Bulletjes bureau lag, maar in het glas van de kastdeuren zie ik de gedaanten van de jongens en volg ik wat ze zeggen.

Mark, wit als medicijn, is in boeddhazit overeind gekomen, het laken voorlangs in plooien over zijn lichaam als Mahatma Gandhi. Wil hangt dicht bij hem met een been op het bed, de schoen tussen hen in, de schoen naast het kussen, de schoen op de grond. Hou eens op met dat halfgare zenuwengedoe met die kop van je, zegt Mark, zoals Christus de genezer sprak tot de lamme: Sta op uit je vodden, vent, en stel je niet aan, je kan gewoon lopen als iedereen. En voorwaar ziedaar welk wonder geschiedt, Wil schudhoofdt niet meer. Soms zijn hand een ogenblik op die van Mark of op Marks arm, soms Mark hetzelfde omgekeerd bij Wil. Hun gefluister is halfluid praten geworden. Hij brulde, hoor ik Mark zeggen. Wil: Tegen mij ook. Mark: Verboden! Ik verbied jaai en die Von Lansjot. Altijd die Van Lansjot naast je en bij je en om je heen en dan zoesammen stiekoem. Dat is nu aus. Aus! Ik ben veel te intelligent voor jou en jij bent een stom stuk maulwoerf. Geen idee wat dat voor iets is. Ik ben een mooie Germaanse jongen, weet jij dat wel, en jij bent een afschuwelijk gedrocht. Dat vind ik niet hè, dat zeg ik niet hè, dat zegt hij, die zelf die zelf. Wil valt in: Tegen mij hetzelfde. Klappen tegen mijn kop en overal. Ik sloeg tegen de grond en toen schopte hij me en maar roepen. Doodzonde! Zoals ik met jou. Hossen op de speelplaats toen je die goal trapte en toen je weet wel. Dat zal wel door een klootzak van een boerenlul aan hem zijn doorgeouwehoerd. Mmm meldingsppplicht. Mark beweegt zijn hoofd: nee. Hij stond voor het raam en heeft het gezien met zijn eigen augen. Zei hij tenminste. Wat praat je opeens of je een drol zit door te slikken. En toen? Met die lat natuurlijk, vervolgt Wil. Over zijn bureau. Zijn zweetjat in mijn nek. Meppen maar. Au! Bij iedere mep grômm. Steeds op dezelfde plek. Toen ik met mijn hand achter me de klappen wilde opvangen greep hij mijn hand en draaide mijn arm in mijn rug, mijn hand helemaal zowat tegen mijn nek. Hij bleef maar doorgaan met die stok. Schurftig zwijn. Zwijn zegt Wil nog eens. Daarna: Beul. Strontschoft. Rotmof. Oorlogsmisdadiger. Ik kan het van mijn plaats niet zien, maar ik denk dat zijn adamsappel op en neer giert, hij hijgt van het praten, van kwaadheid, slaat zijn hoofd opnieuw naar voor en naar achter van links naar rechts.

Heb je gejankt? Mark is weer achterover gaan liggen en kijkt naar hem met rustige ogen, waar de sloomtewerking van Luminal uit wegtrekt.

Ik gejankt om die ploert een plezier te doen? Jij gejankt?

Mark begint nu zijn verslag te doen. Jongen met de mooie stem. Als ze hem hier laten liggen, wie moet dan morgen het Panis angelicus van César Franck zingen, Eduardus aan het orgel.

Zo, nu jij Freelink, had Mansuetus gegromd. Je weet zeker wel waarom ik je heb geroepen? Nee? Iets niet in orde met dat verstandje van je? Er zit anders genoeg onder dat strodak van je. Daar moet je trouwens niet zoveel Brylcreem in doen.

Zonder ligt en golft het veel mooier, zei hij met die glimmende kale klets. Hij zat achter zijn bureau, vingertoppen tegen elkaar, het raam stond half open. Dus jij weet niet waarom je daar staat met die bevende knieën, waaraan ik zie dat je het wel weet. Een jongen met een goed geweten heeft geen bevende knieën.

Jij ook met het hout? vraagt Wil, van wie ik begrijp waarom hij zo scheef met één bil op het bed zit, de andere moet nog schrijnen.

Eerst had hij het over jou, gaat Mark verder. Maar ik was te zenuwachtig. Ik stond te trillen. Het klopte in mijn hals en ik zag hem dubbel. Prugel dacht ik de hele tijd. Hij gaat me slaan met die stok en waarom, wat heb ik gedaan, niks.

Het hout lag voor Mansuetus op het bureau. Daar klemde hij zijn vingers omheen. Als hij de naam Von Lansjot uitsprak zwol er een ader op zijn voorhoofd en dreunde hij zijn knokkels met de stok erin op het metaal. Die Von Lansjot is geen kameraad voor jou. Schlechte invloed, lelijk en dom. Jij zo edel blond en schrander. Er zijn wel andere kameraden dan dezer achterbakse ondergrondse gangengraver. Ik heb het gezien. Widerlich. Schauerlich. Verdorben. Van hieruit op het voetbalplein gezien mit diese eigen augen hier. Medebroeder schoolhoofd wees om de beurt zijn ogen aan. Mit krijgt de derde naamval, de mof zal dus diesen eigenen Augen hebben gezegd. Kamerad is een woord uit een Pruisisch legerlied, het stond in een van mijn cursusboeken. Ik vraag pater rector of Wil van Lansjot het zal hebben gebiecht. En of jij Mark Freelink het ook hebt gebiecht. Mark vraagt Wil: Weet jij wat wij moeten biechten?

Dat wij elkaar hebben vastgepakt en zo, antwoordt Wil. Dat is een doodzonde! schreeuwde hij. Dat moet gebiecht en jou worden afgeleerd. Jij blijft van andere jongens af. En zeker van

Mark Freelink. Hij gaat me van school sturen, zei hij.

Mijn blik op rekverbanden, denk ik van alles tegelijk, waar ik misschien een boek over zou kunnen schrijven. Schrijf het dan, hannes, zegt lieve mooie Patricia. Jij bent tot krankzinnigheid gehersenspoeld. Nieuwe term uit de Koreaanse oorlog voor een begrip dat ik ken uit een Britse roman die ik voor mijn schaapachtige opsluiting nog net heb kunnen lezen, de titel is een toekomstig jaartal. In 1984 ben ik 57 en godlof ontsnapt aan het hier heersende schrikbewind van Big Brother. Godlof valt gedachteloos uit mijn pen. Een korreltje ketelsteen uit vroeger woordgebruik. Er is geen god, dus ben ik tot krankzinnigheid gehersenspoeld door iets dat niet bestaat met lof te danken. Grote Broeder, die is er wel, al zolang als de mensheid bestaat en overal op de planeet. Wie gelooft aan enige god met zijn hel, kan beter bang zijn van Grote Broeder met zijn indoctrinaties en strafmaatregelen, van het hout op een jongenspensionaat tot Goelag en Auschwitz en atoombommen en napalm. Bij Sneef informeren wat een schooljongen is komen biechten. Genoeglijk bij een glas en een sigaar, Sneef honderduit babbelend over biechtgeheimen van leerlingen in hun puberteit. Geheimen! Brutaal geweest. Afgekeken. Geen kruis met wijwater gemaakt voor en na het slapen. En doe je dàt wel eens, je weet wel? Ja eerwaarde vader. Alleen met jezelf of? En die kus op de speelplaats?

Ik heb eerder meegemaakt dat een leerling opeens midden in het schooljaar van het pensionaat was verdwenen. Die was op een dag gewoon weg, teruggestuurd naar huis wegens iets dat nooit werd opgehelderd. Uit alle lijsten geschrapt als nooit op school aanwezig geweest. Alsof er een raam was opengezet om stinkende lucht te laten ontsnappen, zoals ik Mansuetus tegen Wil van Lanschot heb horen roepen, het bestaan van de jongen ontkennend. Soms wel een leerling, maar nooit verdwijnt door het open raam een medebroeder met eigen methode om zich aan jongens te verlustigen. Grote Medebroeder Mansuetus is er juist door naar binnen gekomen.

Hij stond op, zegt Mark. Hij liep om het bureau heen langzaam naar mij toe, het hout in zijn hand, daar gaf hij klapjes mee tegen de zijkant van zijn been. Hij keek op een rare manier naar me, alsof hij een beetje lachte. Toen hij voor me stond en ik naar hem omhoogkeek zag ik zijn tanden. Hij lachte echt, heb jij hem ooit zien lachen? Ik stond geloof ik scheel te kijken, ik zag hem twee of drie keer naast elkaar. Ik moest me vasthouden aan het bureau, zo stond ik te beven. Hij zwaaide die stok voor mijn gezicht en greep me bij mijn kraag. Zo mooi blond en met zulke pure blauwe augen. Hij trok me tegen zich aan, mijn gezicht tegen al dat bruin, die enorme pens. Nu moet ik je tot lering een rechtvaardige tuchtiging doen ondergaan, dat spait me en doet maai meer pain dan jou, maar je zal me er dankbaar voor sain.

Jawel, mompelt Wil. We voelen de dankbaarheid hier. Zijn hand op de ene helft van zijn achterwerk.

Mark haalt adem, beweegt opnieuw zijn hoofd: nee. Zwijgt voor hij aan het vervolg begint, waarvoor hij weer rechtop gaat zitten, zijn broze naaktheid tussen de lakenproppen. Kijkt Wil aan met zo'n verscheurde uitdrukking dat mij er het gore speeksel van in de mond komt.

Een mooie intelligente knaap als jij, grommelde het schoolhoofd, zijn hand op Marks haar tegen zijn borst. Ik zou je moeten strelen in plaats van tuchtigen. Hij legde de stok neer en klemde zijn andere arm rond het joch. Ik hoorde en voelde hem hijgen, zegt Mark. Ik stond blind tegen hem aan en rook hem, hij stonk. Hoe zou ik jou kunnen slaan. Jij bent een engel, mijn engel, een engel sla ik niet. Zo bleef hij me de hele tijd vasthouden, almaar strak tegen zijn buik. Ik kon me niet bewegen, alleen mijn benen trilden, ik kreeg geen adem, ik vond het verschrikkelijker dan prugel te krijgen. Hij begon weer over Brylcreem. Dat doen engelen niet in hun haar. Het everzwijn keek van bovenaf op Marks kruin waar zijn hand overheen streek, wendde zijn hoofd af om de pommadegeur niet in zijn neus te laten doordringen, veegde de hand af onder het scapulier. En toen opeens, zegt Mark met een snokje in zijn stem. Toen opeens. Weer nee met zijn hoofd. Durft hij het vertellen?

Opeens was de hand van Broeder Mansoeweetoes tussen zijn eigen lichaam en dat van de jongen. De vingers gleden achter de broeksriem en grabbelden dieper naar waar de broekspijpen samenkomen. De jongen kronkelde en spartelde zonder kans op wegkomen, opvoeders ene arm rond zijn lijf, hand van de andere in zijn onderbroek. Daar had de eerwaarde confrater Marks geslachtje beet, gekrompen tot mindere omvang dan de top van zijn pink, de balletjes van schrik zo hoog in het gerimpelde huidje of ze zich op zolder hadden verstopt. Om dit kleine, verlegen geval vouwde zich de zweethand van het schoolhoofd, voelend, tastend. Doe jij dit ook weleens bij jongens en mogen vriendjes het ook bij jou? Die Von Lansjot? Mark perste zijn hoofd tegen de borst van zijn belager, stootte zichzelf achteruit en wist met zulke bewegingen en kracht te wringen dat Mansuetus hem losliet. Hoe zou Dick Bos dit oplossen. Ik ben uw engel niet, had Mark willen piepen, maar kreeg niets gezegd. Hier jij, Freelink! De kleine rende om het bureau heen, de grote greep steeds mis. Met de bureaustoel op wieltjes tussen zichzelf en het snorkende beest wist Freelink de deur te bereiken, maar die niet te openen, de gezagdrager sprong ervoor, de stoel walste weg. Waar wou jij heen? Mijn te respecteren confrater sloeg zijn kluiven op de jongen en drong hem tegen het bureau.

De rechtvaardige tuchtiging met het hout?

Mark: nee met zijn hoofd.

Niet voorover, achterover werd de leerling tegen het schrijfblad gedrukt, Mansuetus' vuist tegen Marks kin, zodat die alleen de tl-buizen kon zien, waarvan er een soms uitging en dan weer aan. Zo hard tegen zijn kin en keel dat hij machteloos benauwd niet eens zijn armen kon bewegen, zijn benen ook niet, daar had de overmacht zich tussen gewrongen. Toen voelde Mark Freelink de pedagoog aan zijn broeksriem morrelen. Onhandig. Ongeduldig. De gesp eenmaal los, rukte hij zo driftig aan de riem dat een paar lusjes aan de broek kapotsprongen. Toen de bovenste broeksknoop. Die zat zo strak in de daar verstevigde stof, dat de kloosterling, slechts één hand tot zijn beschikking, nog grotere moeite had om hem met nog grotere drift open te krijgen. Waarom, wat ging er gebeuren. Ononderbroken trillend, nu over zijn hele lichaam, hoorde Mark hem mompelen, zijn ogen stijf dicht schoten hem verschrikkingen door het hoofd die niemand zou geloven. Hij gaat mij zoals Abraham offeren voor Jahweh. Toen begon geruk aan de volgende knopen, zoals het niet mocht van Marks moeder. Je moet ze kalm door de spleetjes schuiven, niet als een dolleman, anders kan ik aan het aanzetten blijven. Toen lag de broek open. Toen moest de bloes omhoog tot over het borstbeen. Toen meer gefrummel en werden Marks jongetjesdelen over het elastiek van de onderbroek getild. Dit alles duurde korter dan Mark het zijn vriend zou vertellen, met schaamte voor zelfs zijn beste enige vriend. Hij kreeg geen lucht, hij kon niet slikken, hij voelde zich stel je voor hoe hij zich voelde. Verbijstering, verlamming, angst als hij nog nooit weet van zulke angst had gehad. Hij kon met zijn achterovergedwongen hoofd niet zien wat er beneden gebeurde. Wat onder zijn oogleden doordrong was het licht boven de operatietafel. Die ene lichtstang die nu en dan de geest gaf en weer opgloeide. Als puntjes licht en schaduw en donker moeten de begrijpelijke en onbegrijpelijke dingen achter Marks ogen door elkaar zijn gedwarreld. Mansuetus bracht zijn hand naar het geslacht van de jongen, die ervan zou zijn opgeveerd als hij zich had kunnen verroeren, kneepjes, streeltjes, maar het was afschuwelijk, die hijgende kerel daar aan de gang. Aaivegen van die klauw over zijn lichaam, overal die klauw. Dein schöne Gestalt. De heilige naakte jongeling Sebastianus in bevallige pose tegen de folterpaal. Wil heeft een boekje met dat plaatje. De andere hand van de opvoeder bleef tegen Marks kin en aangespannen keel waar hij geen geluid uit tevoorschijn wist te krijgen. En toen. En toen. Het voorhuidje naar beneden, het eikeltje voor de dag. Zoals Tiburtius in de douchezaal, je weet wel. Wil weet wat Mark bedoelt. Ik ook. Het velletje over het knopje weer omhoog. Weer omlaag. Weer omhoog. Het deed pijn. Hij was me aan het. Ik kon niks doen. Wat kon ik doen. Pijn. Alles droog en stroef. Daar aan zijn lichaam dat alleen van hem is, niet bestemd voor het hoofd der school die er zijn blikken aan vastzoog en bezig was er met zijn dikke vingers dingen te forceren. Het gebeurde of ik er niet bij was, zegt Mark, maar het schuurde en trok zo verschrikkelijk, dat ik. Hij drukte zijn dijen in kramp tegen Mansuetus' flanken. Hij zag het niet, maar hoorde het, dat de ever speeksel verzamelde en het in zijn holle hand liet druipen. Toen voelde Mark die grote hand met dat warme spuug rondom zijn binnenstebuiten getrokken penisje en rondom zijn klootjes die van onder door het elastiek werden afgeklemd. Schakeringen van allerlei donker in zijn hoofd, donkerder donker en lichter donker. Het donkere donker zag hij als draaiende en om elkaar heen bewegende bollen, in het lichtere kwamen er vierkantjes en driehoekjes doorheen. Alleen maar gewriemel zonder kleur, zus zwart, zo zwart en nog ander zwart. Niets in zijn hoofd dan dit gekrioel. Niets in zijn hoofd dan angst en radeloosheid. Ik wilde wel schreeuwen zodat jij me misschien kon horen, zegt Mark tegen zijn vriend, ik zag je nog de trap af gaan, maar. Handen tegen zijn keel, tong uit zijn mond, mimeert hij verstikking, geen kans om wat dan ook te uiten toen het plaatsvond. Had je een stijve? Nee natuurlijk niet. En toen. Toen, ik kon er niks aan doen, zegt Mark, een stuk van het laken als een beschermingsschild tussen zijn benen, toen voelde ik dat ik. Ik begon te pissen, opeens, zomaar, zonder dat ik het eerst had voelen komen. Zomaar vanzelf. Niet in een straal, het kwam er gewoon uit. Ik probeerde het te stoppen, maar het stroomde gewoon en ik wist niet meer wat er allemaal gebeurde met mijn pik, met mij daaronder allemaal gebeurde. Ik was woedend was ik. Hij kneep daar opeens heel hard, heel hard, een paar keer, en toen voelde ik dat hij zijn hand afsloeg, dat vieze kwijl van hem, mijn pis regende op mijn buik. Zijn andere hand liet me even los bij mijn keel. Daarop begon Mark met zijn armen te slaan. Te spartelen, te schuiven, maar hij kon niet overeind, zijn benen links en rechts van mijn medebroeders omvangrijke statuur. Mijn eerwaarde confrater hield de jongen op het metalen schrijfblad onder bedwang met zijn elleboog, zijn hele gewicht. Beide handen vrij. En toen. Bruin flesje, hoor ik Mark zeggen. Lapje. Ether, hoor ik Mark zeggen in diezelfde tel dat het woord door mijn brein springt, mijn ogen op de bruine flesjes in Bulletjes apothekerskast. Tegen mijn gezicht, zegt Mark. De uitwerking van een lapje ether tegen je gezicht hoeft mij niet te worden verteld. In mijn kiespijntijd zou ik zo'n flesje, alle flesjes tegelijk, uit Bulletjes kast hebben gestolen als ik erin had gekund. Op slag is alles weg, je bent uit jezelf weg. Geen gedachten meer. Geen angst meer. Geen woede meer. Pijn houdt ogenblikkelijk op. Zo verrukkelijk moest sterven zijn. Mansuetus als de doodbrenger. Hij moet hebben gevoeld hoe Marks benen verslapten en hebben waargenomen dat Marks armen zonder kracht naast en over zijn lichaam vielen. Het gezicht van de jongen gesloten en vermaskerd. Met welke uitdrukking? Het lichaam zoals Franciscus het van de volgzame gehoorzame voorstelde, onderworpen als ware het gestorven. Ik werd opeens ontzettend moe, zegt Mark, en alles verdween.

Wil is gaan staan, handen tegen zijn gezicht of hij zo het schokken van zijn hoofd probeert tegen te houden. Godvvv. Godvvv. Godvvver domme. Met obstakels krijgt hij het uitgestoten. Een woord om te biechten. Ik maak hem dood! roept hij, zonder hindernissen. Dergelijk voornemen, ten uitvoer gebracht of niet, dient eveneens te worden gebiecht. Zijn broek hindert hem. Alles hindert hem bij de paar driftige stappen heen en weer. Kon hij maar wegvliegen zoals zijn vader. Konden ze maar weg op een boot zoals de vader van Mark. Maar dan zonder vaders en al helemaal zonder opvoeders zoals hier. Hij en Mark alleen in een luchtballon of een schip met een zeil over de kim naar de volgende kim en altijd zo verder. Ik, rennend door wit, ik, zoals ik zelf hunker. Steeds komt de rilling terug, van mijn schouders en bovenarmen omlaag. Tricia! Omdat Mark niets meer zegt, dringt Wil aan: Ja? En toen? Mark beweegt weer van nee. Weet ik niet. Ik viel flauw of zoiets. Knock out. Pas later.

Mijn kloostergenoot Mansuetus kent natuurlijk ook de woorden van Franciscus over het verdrijven van alle wilsuitingen van lichaam en vlees. Onze heilige stichter zong ze met eigen vedelbegeleiding. Behendig met de strijkstok. Dat wie hem wilde volgen in gehoorzaamheid ondergeschikt moest zijn aan alle mensen op de wereld en ook aan alle dieren, tamme zowel als wilde. Opdat mensen en dieren met hem kunnen doen wat ze willen, voor zover de macht daartoe hun gegeven wordt door de Heer. Onze heilige stichter zou een mooie stem hebben gehad en zong en vedelde de hele dag. Als mens en wild dier bezit Mansuetus veel hem door de Heer gegeven macht. Ik minacht hem en de Heer erbij.

Pas later, Mark vervolgt in staccato fluisterend na weer een poos te hebben gezwegen omdat hij zich schaamt voor alle mensen en dieren op de wereld. Hij had alleen mijn kousen aan gelaten. Met verder niks lag ik op mijn rug op dat bed achter het gordijn. Hoe lang al. Opeens werd ik wakker. Niet meteen, maar langzaam of ik eerst van ergens heel ver vandaan moest komen. Toen zag ik hem. Eerst niet goed, weer scheel van schrik. Ik lig heel raar te dromen dacht ik. Hij was helemaal bloot. Een oude blote man. Dik. Overal haar. Als van die schuursponsjes hier van boven en overal. Schrikken ik. Jezus! Op zijn knieën zat hij voor me. En hij had me beet. Daar werd ik wakker van. In mijn knieholten. Hij tilde mijn benen omhoog bij mijn knieholten. Daar werd ik wakker van. Niks dromen. Het gebeurde echt en alles. Hij stootte met zijn ding tegen me aan. Dat gebeurde. Met zijn ding tegen tussen. Toen hij zag dat ik mijn ogen open had en naar hem keek, schrok hij. Hij wou hij wou wat wou hij. Ik begon nu wel te schreeuwen. Misschien op de speelplaats te horen maar dat stinkende slaaphok heeft geen raam. Misschien hoorde iemand het. Toen had hij weer dat lapje en dat flesje, maar ik was los, schopte om me heen, raakte hem tegen zijn schouder. En ik sprong weg. Hij hield me met een hand vast. Ik kon me losrukken. Duwde hem van me af op dat nest met die piepende veren. Woedend. Mijn kleren. Mijn schoenen. Ik graaide alles voor en onder zijn bureau van de vloer en rende weg, op mijn kousen en in mijn blootje de gang op. Hij mij achterna. Niet verder dan de deur. Roepend grommend tierend. Van alles. Hij ook in zijn blote niks.

Wat heeft hij er voor een, vraagt Wil.

Zou mijn medebroeder het allemaal biechten? Het zesde gebod. Het negende gebod. De catechismus: Waarom moeten wij kuis leven? Wij moeten kuis leven: 1. omdat wij ons lichaam niet mogen gebruiken tegen de bedoeling van God, 2. omdat ons lichaam een lidmaat is van Christus en een tempel van de Heilige Geest. Biechten bij Sneef die zich er als een geile dar met volle teugen mee volzuigt? Zou hij het vaker biechten? Wat moet hij met ether in zijn kantoor. En als hij het al biecht, is er daarna dan zogenaamd niets gebeurd omdat de dingen door onze moeder de heilige kerk zijn geabsolveerd? En medebroeder Laurentius? En medebroeder Plechelmus? En medebroeder Bulletje Vianney? En nog sommige anderen over wie verhalen gaan, minder erge maar toch. Zou ik Mansuetus erover aanspreken? Van broeder tot broeder? In het Duits als hij wil? Ik dien leerlingen rechtvaardige tuchtiging toe als leerlingen het ernaar maken, zal hij zeggen, en wat leerlingen verder over mij rondfluisteren is quatsch en laster. Zie je mij voor dergelijke handelingen aan, Bonaventoera. Zou je niet beter mij geloven dan die jongen, Bonaventoera. Ik geloof Mark en heb alle schandelijks altijd geloofd, erover zwijgend als iedereen. Ik schrijf alles maar op om het opgeschreven te hebben.

Hij kleedde zich rennend aan, zegt Mark. Blind door het donker, wat hinkelend en half struikelend moet zijn gebeurd. Trappen af de pleeruimte in gevlucht. Daar was hij op de gore vloer voor een van de potten als een lampion in elkaar gezakt. Hè? zegt Wil. Ik ging door mijn knieën, zegt Mark. Opeens knikten ze onder me weg. Duizelig, moe, weer helemaal slap. Of er in mijn hoofd iets. Ik raakte weer weg. Hè? zegt Wil opnieuw. Marks stem is steeds ijler geworden. Nee schuddend lijkt hij het allemaal zelf niet te geloven. Het kan allemaal niet zijn gebeurd. Gehannes met zijn schoenen. Die moet de opvoeder van Marks voeten hebben geschroefd zonder de veters los te maken. In het donker in die natte stank met slome vingers aan de veters pulkend, die eerst los moesten voor de schoenen aan konden, dacht hij dat er nog iemand in het schoolgebouw was. Niet het hellezwijn, want dat hoor je niet. In de andere gang beneden. Of daar iemand langs de klassen liep. Veranderd in gesteente dacht Mark een deur te horen en dat iemand iets riep. Maar het bleef stil. Het daasde in mijn kop in het rond, zegt hij. Daar schoof van alles in alle richtingen ondersteboven en achterstevoren. Als er geluid bij was geweest zou het hebben gerateld en gestampt, gepiept en getoeterd en gefloten. Mark kon overeind komen terwijl de duizeligheid verdween of niet verdween en zijn knieën naar binnen, naar buiten klapten. Opnieuw zette hij het op een rennen met die marionetbenen, geluidloos, in beide handen een schoen. Buitendeur. Speelplaats op. Alles donker, alleen het licht in het achterste raam tweede verdieping. Stond het beest als silhouet in dat licht? Niet omkijken. Bij de haag schopte hij de schoenen aan, van een ervan trok hij de veter kapot. Waar wàs je nou. We zouden toch? Over de haag met een sprong zoals Wil, presteerde Mark niet. Hij kwam eroverheen, bezeerde zich toen hij zich aan de andere kant liet neervallen. Aan de andere kant was je ook niet. Ik riep je nog. We zouden toch op elkaar wachten. De stropdas, geknoopt van de vloer gegrist, in het donker op de tast om zijn nek gehangen, sliertte ergens tegen een schouderblad. En hij dacht dat hij een staart had. Die raakte in de haag verstrikt. In de vluchtpaniek de gesp van de broekriem niet goed vastgetrokken, zodat hij bij het rennen losschoot, de riem had te weinig houvast aan een paar kapotte lusjes, gleed steeds verder uit de andere lusjes en bungelde uiteindelijk achter hem aan, zonder dat hij het meteen had gemerkt. Aan de andere kant van de haag viel de staart van hem af als bij een hagedis, de broek bleef zonder riem rond zijn middel. Gehaast, alles gehaast in het benauwde zwart om hem heen, rolde hij de riem op, propte hem in zijn broekzak, wat niet helemaal lukte en een hindernis werd bij het verderrennen. Ik dacht je bent misschien al bij het poortje. Je hoorde niet dat ik je riep. Mark kon zich concentreren op het licht achter de muur, zo meteen zou hij daar lopen met zijn trouwe vriend. Ontsnapt uit de bajes. Er zouden geen oorlogshonden achter hen aan worden gestuurd. Wil had geld voor de Straßenbahn. Waarheen dan ook. Waar bleef je nou, zak. Met het mes probeerde hij het slot te forceren, maar hij kon niet zien wat hij deed. Zo proberen en zo proberen en nog anders proberen. Ik dacht dan is het vast open als jij komt aankakken. Maar het ging niet. Het mes viel een paar keer uit zijn hand. Bukken. Met zijn handen door het zand en het gras. Wat hij voelde was de riem die rond zijn voeten slingerde. Toen was die woede er weer en het rondzwieren door zijn hersens van dingen, vormen, lichtspatten. Al kon hij niet goed meer overeind, hij kwam overeind. Het mes in een opgeheven vuist vooruit, stootte hij het in de tuindeur, hakkend als in een borst, een buik, in ogen, een strot. Hier en hier en hier, pak aan, die heb je beet en deze en deze. Tot hij het mes, dat ergens bleef vastzitten, niet meer loskreeg. Hij moet zijn weggewankeld en opnieuw zijn gevallen, de geur van het lapje weer of nog steeds in zijn neus en hoger. Geen benul meer, van niks meer, ja dat ik stikte en stikte en geloof ik weer begon te pissen. In mijn broek. Alsof de tijd was gesmolten. Alsof hij zelf ophield. En toen lag ik opeens hier.

Ja. Meer weet Wil niet uit te brengen. Stilte waarin hij heen en weer loopt, om het bed heen en terug en weer terug.

Waar was je nou, klootzak, waar bleef je nou. We zouden toch.

Ja, zegt Wil. Ja godver. Ik. Waar is het mes gebleven?

Weet ik dat, zegt Mark.

Van ver in de gang komen voetstappen en stemmen dichterbij. Medebroeder Johannes Vianney verschijnt in de vlammende deuropening, achter hem aan betreedt uit de buitenwereld de dorpsdokter de ziekenzaal. Die wordt opgebeld als binnen onze muren iemand werkelijk ziek is. Renting heet hij. Rijdt in een auto. Naast Bulletje is hij Bonestaak, lang en mager, het hoofd gedekt met een geruite arbeiderspet zoals mijn vader er ook een had. Zijn neus rimpelt van de muffe stank die hem tegemoet slaat, zijn ogen moeten een ogenblik wennen nu hij van het ene licht in het andere stapt.

Bulletje keft: Wat doe jij hier, Bonaventura. En wat moet die puistaap hier. Wil van Lanschot stond met zijn rug naar het gezelschap op het voeteneind van Marks bed geleund en heeft zich omgedraaid, zijn hoofd weer in schokbeweging. De hele wereld is op zoek naar die baviaan en hier staat hij doodgemoedereerd.

Ik ben overeind gekomen. Voordat ik kan antwoorden, zegt eerst dokter Renting iets. Bestemd voor de ziekenbroeder: Nounou tuttut, puistaap, baviaan, kan het niet wat rustiger. Verrast wendt hij zijn gezicht naar mij: U bent broeder Bonaventura? Welwel. Ik kom nog geen uur geleden mevrouw Delahaye op straat tegen. Patricia Delahaye. Toen ik zei dat ik hierheen moest, drukte ze me op het hart dat als ik u misschien zou zien ik u haar hartelijkste groeten moest overbrengen. De hartelijkste groeten. Ik ken geen broeder Bonaventura zeg ik nog tegen haar en kijk daar sta ik tegenover u. Hij steekt mij zijn hand toe, de tweede hand van iemand in burgerkleren vandaag. Die van Jaap Goedgeboerd was sponzig slap naar kloostergebruik dat hij zich kennelijk al heeft eigen gemaakt, dokter Renting slaat zijn knuist krachtig rond de mijne, zoals ik in geen jaren nog een handdruk heb gevoeld. Hij brengt de wereld binnen. Eindelijk een gewoon mens waar geen gewone mensen zijn, al spreekt hij Limburgs. Rillend van atlasgewricht tot stuit voel ik bij het horen van de zoete naam en de mededeling dat ik rood word als een kardinaalshemd, meteen hierna verbleek tot kerkboekpapier. De zoete naam.

Heeft u koorts dat u zo rilt? Hij zwaait zijn tas op het kastje naast Marks bed, waar het lege medicijndoosje van op de grond valt. Geeft u hem Luminal? Dit vraagt hij zo te zien aan de muur. Verwacht hij antwoord? Dat van Bulletje kapt hij af met: Daar is geen enkele noodzaak voor. En dient u dat iedereen zomaar toe zonder een arts te raadplegen?

Met een hoofdbeweging geef ik Wil aan dat we de ziekenboeg met de kruisbeelden zullen verlaten. Het beste, Mark, zeg ik. Renting tegen Wil: Wacht jij eens even jongeman. Nu ik hier toch ben, wat heb jij daar van achter aan je been. Die diepe striemen.

Zal ik antwoorden in plaats van Wil, omdat die niets zegt? Bulletje verzint de verklaring dat Wil van Lanschot onbesuisd door struiken is gerend en er takken tegen zijn been zijn gezwiept. Nietwaar Van Lanschot?

Kan je zelf niet praten, jongen? De dokter is Wil genaderd, zijn handen op diens schouders. Hela hee, word eens kalm kerel, zegt hij. Vriendelijk. Een vriendelijke man. Kijk mij eens aan. En die rooie ogen, waar zijn die van? Gehuild omdat er takken tegen je been zijn gezwiept. Hou eens op je hoofd zo raar te zwiggelen. Je kan je hoofd gewoon stilhouden, net als ik en iedereen. Zie je wel. Heb je een tong? Dus kan je praten. Vertel dan eens hoe je echt aan die bloeduitstorting aan je been komt.

Wil blijft zwijgen, zodat ik opnieuw denk: Zal ik? Maar ook ik houd mijn mond en bewaar zo mijn leven, want wie zijn lippen openspert, hem wacht het verderf. Spreuken 13:3.

Zal ik er wat zalf op doen, oppert broeder Vianney.

U met uw zalf, zegt de dokter. Hoe heet jij jongen? Wim? De volgende keer dat ik langskom, Wim, wil ik jou nog eens bekijken. Dithier, hij voelt, is niet het gevolg van zwiepende takken. Iemand heeft je gemept. Heb je flink teruggemept?

En nu u meneertje. Zo spreekt hij Mark toe, die achterover op zijn ellebogen geleund het vertrek in kijkt, Wil groetend met een blik. Wil steekt zijn duim op. In de gang horen we Renting praten. En Bulletje die zegt dat Mark geen koorts heeft, ik heb hem vanmorgen en vanmiddag getemperatuurd. De stem van Renting: Dat zie ik zo ook wel. Tegen Mark: Heb jij dit vaker knul? Zeg eerst eens hoe je heet.

Wil klost naast me mee op zijn afgetrapte schoenen, waar niet alle ijzertjes meer onder zitten.

En jij nu verder?

Als ik dit vraag, verstart hij, schouders omhoog, traag het hoofd schuddend, niet meer spastisch maar van radeloos niet weten waarheen en hoe verder. Ik heb me al gerealiseerd dat ook Mark nieuwe straf te wachten staat voor zijn escapades afgelopen nacht. Dat wordt een middag rechtop of op zijn knieen op de speelplaats in de zon. Of de kolenkelder in, waar het zwart is van het donker en de angst die nog zwarter is. Of ten slotte toch het hout en het schreeuwen, de pijn en de vernedering. Is Mark Freelink overkomen wat hij heeft verteld? Moet dat niet worden gemeld? Wie zou ik dat moeten melden, dokter Renting? En dan? Markje denk ik weer. Ik ben me het met bevreemding bewust.

Wil van Lanschot is als een zoutzuil blijven staan terwijl ik ben verder gelopen. Als ik me naar hem omdraai zegt hij, hoor ik hem zeggen: Ik ga me doodmaken. Hij staat met zijn rug naar de kleurenexplosies in het raam van onze missiegebieden. Alsof hij daar staat en het zegt in een omdamping van woelig licht, zijn gezicht in de schaduw. Zulk voornemen komt niet in hem op na te veel strips lezen. Is hij van plan dat met zijn stropdas te doen? Het enige aan zijn lichaam waar hij niet is uit gegroeid. Hij steekt een wijsvinger uit en doet of hij schiet. Slungelend beweegt hij zich naar mij toe. Tast naar mijn hand. Laat zijn hand in de mijne glijden. Blijft mijn hand vasthouden als een bang kind, desperate puber. Niet janken. Wil van Lanschot en janken? Hand in hand, hij een halve meter achter me aan, alsof ik hem meetrek, lopen we de gang uit. Ik trek hem niet mee, hij blijft mijn hand omklemmen, nattigheid in nattigheid, zijn knijpende hand is natter van zweet dan de mijne.

Je doodmaken, doe dat maar niet, zeg ik sullig. Dat zou doodzonde van je zijn. Ik bedoel het woord in de betekenis zeer jammer. Ben je te intelligent voor. En je vriend Mark dan.

Zijn lopen stokt even en met een rukje aan mijn hand fluistert hij driftig: Niet mezelf. Hèm. Die viezerik rotmof ploert. Dat zwijn. Mmm ansuetus. Met een pistool. Als hij me van school stuurt kom ik terug en schiet ik hem door zijn vuile hersens. Mijn vader heeft een pistool. Dat weet ik te liggen.

Denk je dat het waar is van Mark?

Wil knikt met grote overtuiging. Geen twijfel aan voor hem. Ik weet dat hij dat doet. Van Klaas Bentinck en andere jongens. Mark wist het ook. Klaas Bentinck moest hem in zijn mond nemen. Gatverdarrie. Dat wilde hij niet. Hij moest eraan zuigen. Dan krijg je een mooier cijfer op je rapport. Als je je gezicht blijft wegdraaien komt hij met dat lapje. En als je het verder vertelt ga je lineaal directa naar de hel, brult hij dan. Jongens moeten ook weleens bij hem komen, en die moeten van hem broek naar beneden aan elkaar friemelen. Daar kijkt hij naar. Vraag maar aan Jochem van Kol. Jochem van Kol en Marcel Doodewaard. Friemelen tot er vet uit komt. Daar kijkt hij naar. Bij Marcel Doodewaard komt niks, die is net twaalf. Daar werd hij kwaad om.

Hou je mond, ik wil die praatjes niet horen, breek ik hem af. Natuurlijk heb ik deze en dergelijke verhalen en geruchten eerder gehoord, zoals iedereen in onze gemeenschap. Zwijgen. Wij zwijgen. Ssst! Hou je mond.

Aan het eind van de gang moeten we door zeepsop waden, daar is medebroeder Rochus bezig de vloer te boenen. Deze branding voorbij, vraag ik Wil opnieuw hoe hij de rest van de middag denkt door te brengen. Je kan niet de hele tijd mijn hand blijven vasthouden.

Strafwerk. Voor Julianus.

Broeder Julianus, wijs ik hem terecht. Omdat Rochus, die opkijkt, ons kan horen.

Uit zijn broekzak frommelt Wil een tot uiterste kleinheid opgevouwen schriftblaadje. In zijn hanenpoten de tekst die de prefect hem heeft gedicteerd. Ik hoor Julianus en zie hem er peripatetisch bij heen en weer benen. Schrijf op, stuk ongeluk: Hoewel bekend met de verplichting komma me te allen tijde aan de discipline van ons instituut te onderwerpen komma heb ik gemeend deze met voeten te kunnen treden komma hetgeen op een misvatting berust komma waarvoor ik straf behoef punt. Honderd keer. Daar kan je vanmiddag aan beginnen.

Binnensmonds, een andere Wil dan daareven: Ik durf niet

naar de studiezaal niet. Hij zal daar, begrijp ik, opnieuw met de eerwaarde ever te maken krijgen, dan nog niet door een pistoolkogel geveld. Omdat ik zijn hand loslaat, grijpt hij mijn koord en blijft aan mijn zijde, de branieschopper getemd, gemangeld door angst, de bult in zijn keel omhoog omlaag, zijn andere hand soms van achter aan zijn been. De galerijgang met de klok. Dertien uur drieënvijftig. Ineengedoken of hij sluipt, loopt Wil niet aan de kant van de speelplaats. Daar trappen de jongens tegen de bal. Over zeven minuten zal Julianus op zijn fluitje blazen. Uit de kapel komt Eduardus de speelplaats op, want op woensdagmiddag is er koorrepetitie. Zeker vandaag is het ernst, morgen mag vader bisschop geen scheve toon horen. Mark Freelink zou solo zingen. Hoe moet dat nu. Er valt een knaap, Gideon Samlee, over de bal met zijn kin op de vlakte. Staat op met een bloedknie. Hij bindt er zijn zakdoek omheen. Kreupelt manmoedig verder. Alles liever dan Bulletje.

Ik op de vloer van de witte en de zwarte tegels voel me lopen, zie mij, hoe ik veerkrachtig loop te lopen, door alles heen maar één gedachte: Patricia, zoete naam, mijn lief. Dat je de winkel op slot deed, het bordje OPEN naar de binnenkant van de deur, en dat we toen en alles. Hoe wanhopig ik vanmorgen was en ik dacht dat je dat je. Maar. Toch een tekentje van je van achter de hoge muur, o vreugde. Schone godenvonken. Weet dat ik nog adem en leef en loop en dat bij iedere stap bij iedere stap je naam en alles in mijn hoofd is.

Wat moet ik aan met Wil van Lanschot die mij niet loslaat, het getik van zijn schoenijzertjes aan de kant van de tuin. De onderbroeken zijn binnengehaald, de plassen verdampt. Nu hangen de witte boetekoorden in bogen overdwars tussen de lijnen te drogen, de knopen eruit gehaald. In de verte Bartholomeus en andere medebroeders op het land, zakdoeken rond de hoofden geknoopt. Een watersproeier werpt regenbogen, het paard staat er middenin. Voor hij zijn gezicht weer schichtig naar beneden richt heeft ook Wil naar buiten gekeken. Naar herkenningspunten die van hieruit onzichtbaar zijn. De wilg. Het poortje. Ik heb naar het wiel in de toren gekeken, dat draait.

In de sacristie zit Hyacintus in stromen zweet en blauw van het hijgen in lappen die over de troon voor vader bisschop hangen, intussen ergens vandaan gehaald waar veel stof is. Blij dat je terug bent, blaast hij. Meteen hierna: Wat moet jij hier, Van Lanschot?

Ik heb assistentie meegebracht, zeg ik. Blijf jij maar zitten broeder. Wij knappen het wel op. Heb je je apparaat?

Ik heb mijn apparaat, beduidt Hyacintus. Piepend tegen Wil: Hoe staat het met wiskunde. Is die acht al een negen of een tien?

Wil vertoont de neiging weer te gaan schokhoofden, maar het zet niet door. Slikt. Slikt. Een zzz zes op het ppp paasrapport, broeder Hyacintus, meldt hij zonder zijn vroegere leraar in de beslagen en bestofte bril te kijken.

Deze begint benauwd te rochelen, wegjagende bewegingen met zijn hand. Jij moet naar de universiteit met je begaafdheid voor mathematiek. Maar als je je best niet doet. Hij krijgt het, omneveld door stofontploffinkjes uit de lappen, met zo grote inspanning uit zijn luchtpijp, dat het beter is hem te laten.

Kom Wil, we beginnen eraan, zeg ik monter.

Van Lanschot, corrigeert Hyacintus mij.

Ik weet het weer, maar vergeet het vaak. Leerlingen nooit vertrouwelijk aanspreken bij de voornaam. Achter Hyacintus' rug voel ik de zweethand opnieuw rond de mijne. Wil knijpt mijn vingers. Dankbaarheid, zo interpreteer ik de aanraking, omdat ik hem voorlopig weghoud van de woede van mijn soortgenoten. Red ons heer, want wij vergaan. Ik red hem, maar moet hem nu toespreken, Hyacintus luistert mee, in de hier door hogerhand voorgeschreven toonsoort. Die trapleer moet daar weg, Van Lanschot. Die stapel touw ook. Die scherven ook. Voorzichtig. Die kunnen misschien nog worden gelijmd. Daarna stofzuig je de loper. Daarna is er nog meer te doen wat ik of broeder Hyacintus je zal opdragen. Ik zal broeder Julianus zeggen dat deze taakstraf nuttiger is dan strafregels in de studiezaal. Voeg ik hier een knipoog aan toe? Beter van niet.

In de laaiende hitte ligt Christus toegedekt tegen de altaartrappen, staan de heiligen als sneeuwpoppen tegen de pilaren. Vanwege de liturgie van morgen staat de gouden tabernakeldeur open, het tabernakel is leeg. Het vlammetje in de godslamp is gedoofd. God is afwezig. De zes koperen kandelaars van een meter hoog met daarop kaarsen van een meter hoog zijn van het altaar verwijderd. Ook voor mij is het of ik in een vreemd boek ben beland, waarin alleen de gebrandschilderde Franciscussen als vertrouwde illustraties zijn achtergebleven. Achter in de kapel, op het oksaal, bijna niet te zien door het zongeschitter dat als vlaggen in de ruimte hangt, is gestommel en rumoer van de binnenvallende koorleden. Er klinkt een noot van het orgel, daarop zetten de jongensstemmen rommelig in. Nee! roept Eduardus. Opnieuw! Een hymne voor Witte Donderdag. Ubi caritas et amor. Waar barmhartigheid en liefde is. Deus ibi est. Daar is God. Nee! roept Eduardus weer. Het tabernakel gaapt daar God is verhuisd en de voordeur heeft opengelaten en zijn zoon ligt onder een laken. Zouden die jongens weten wat ze zingen? Barmhartigheid en liefde in dit engeleninstituut waar God niet is en het hout regeert, om over de rest te zwijgen, wat wij allen doen. Nu nog eens en dan goed, houdt Eduardus vol. Het saaie gezang bladdert langs de plafonds.

Wil heeft de trapleer opgepakt om van het priesterkoor te verwijderen, maar legt hem meteen weer neer en duikt weg achter het zijaltaar van de ook al onder een laken onzichtbare niet-maagd-niet-martelares met de peer. Plechelmus is verschenen en de jongen herinnert zich wat misschien hemzelf eens in de wasserij is overkomen of anders van vriendjes heeft gehoord. Je krijgt er een reepje kwatta voor. Iedereen weet het. Doordat gij elkander liefhebt, zullen allen weten dat ge mijn leerlingen zijt. Woord van de Heer. Hier zijn de schone handdoeken, zegt Plechelmus. Links en rechts van het fonteintje hangt hij ze zelf aan de haakjes. Een voor ervoor, een voor erna.

Even later doemt Domitianus weer op, een dikke kloosterbruine envelop dichtgeplakt met kloosterbruin plakband in zijn armboog. Ik heb in iedere hand een altaarschel om naar de sacristie te brengen als hij me het pakje toesteekt. Morgen en overmorgen knarsen de kleppers, om ons eraan te herinneren dat wij pestlijders zijn, aangevreten door zonde en dat ons straf te wachten staat, het vuur, de hel, de goddelijke afwijzing voor eeuwig, dit is de verdoemenis. Een pak prugel is daarmee vergeleken niets. Aan mijn beide handen ontspringt belgerinkel omdat ze beginnen te beven, de rilling flitst weer over mijn ruggegraat. Een altaarschel bestaat uit meerdere belletjes met verschillende klank in een montuur met handvat. Bij de geringste aanraking klingelt dit miniatuurcarillon, terwijl ik probeerde het niet te laten klingelen. Broeder portier moet een beetje schreeuwen om in het lied verstaanbaar te zijn. Meneer Woltgens moest snel weg om de bus te halen om de trein te halen. Hij brengt met zijn gezin de paasdagen door in. Een oord waarvan ik de naam niet versta. Het koor galmt Gaudium quod est immensum. Hij vroeg me nog je dit te geven. Een boek denk ik. Bona heeft hij erop geschreven. Alsjeblieft. Pak jij het even aan van broeder Domitianus, Van Lanschot, ik heb mijn handen niet vrij, zeg ik. Vreugde dus. Niet een beetje vreugde, sed immensum. Deze regel doen we nog eens, horen wij Eduardus zeggen. Dezelfde, nee nog grotere vreugde als eerder vandaag. Of ik wegvlieg als een zwaluw. Boek? Hyacintus flappert naderbij en neemt Wil het pakje af. Dat moet dan toch eerst door onze oversten zijn ingezien en goedgekeurd, knerpt hij. Hier spatten zwarte bliksems door mijn gaudium. Ik ben al door mijn knieën gezakt en weer overeind gekomen, de belconstructies links en rechts naast mijn tenen, om Hyacintus de envelop af te grissen. Zijnde de smachtend verlangde boodschap van over de muur. Theo Woltgens bezorgt me Patricia's briefjes in een boek, verstopt achter het papier waarin het is gekaft. 's Woensdags voor de lessen beginnen, 's middags geef ik het hem terug met een verzuchting van mij voor haar erin. Niets verdachts aan het boek zelf maar het moet hier voordat de berichten uit de geheime bergplaats zijn gehaald, niet in andere handen vallen. Ik begrijp waarom Theo het nu in een envelop heeft verpakt en met plakband verzegeld.

Geef hier Hyacintus! Dit fluister of zeg of roep ik niet, ik denk het. Met gif en vlammen. En ruk het pakketje naar me toe. Daarbij raken mijn voeten de bellen die klaterend over de tegels buitelen, lawaai veroorzakend boven op de koorzang. Exultemus! klinkt het boven. Wij barsten los in gejuich. Hyacintus' mond beweegt, wat hij zegt gaat verloren, zijn natte brilleglazen zwartachtig van het stof dat ertegen kleeft. Nu lijkt hij op een panda. Mijn mond beweegt ook, maar zijnerzijds zal hij evenmin verstaan wat ik zeg. Ik zeg beleefd dank je broeder, en berg de envelop in de binnenzak op mijn borst, waar mijn hart bonkt. Is me dat zweten ook, het valt uit mijn haar in mijn hals.

Ik help Wil met de trapleer, hij kan het ding alleen de baas, maar ik moet een reden hebben om weg te glippen. Hij neemt de stellage aan de bovenkant, ik loop met de onderkant achter zijn striem aan. We zetten het ding in de gangkast met het schoonmaakmateriaal.

Verderop ga ik een pleehok binnen. In het slot bestaat het ontlastingsmeubel uit een houten kist met een houten deksel over een rond gat. Daarin valt alles meteen in de diepte zodat er geen stamper nodig is om een volle pot leeg te prakken zoals in het schoolgebouw. Stinken doet het toch wel. In de hitte gonst het van vette groengouden vliegen die uit de opening komen, erin verdwijnen, joelend erboven rondnavigeren. Een voorganger heeft het deksel ernaast laten liggen, een voorganger heeft naast het gat gewaterd. Maar het ruimtetje heeft in ieder geval een hele deur die de kloosterling volledig afzondert. Zelfs bevindt zich aan de binnenkant een haakje waarmee de kloosterling zich kan binnensluiten. Daar ga ik zitten waar alleen god mij ziet. Zijn oog hangt in een driehoekslijst aan de binnenkant boven alle pleedeuren in het slot.

Nerveuzig neuriënd, gaudium, haal ik het boek tevoorschijn. Het niet meer verwachte briefje in het visitekaartenvelopje aan de achterkant verstopt onder het stevige kaftpapier. De schat heeft het dichtgeplakt met een poesieplaatje.

III

Januari jongstleden.

Lichte vorst. Ik liep op straat. De bruine wintercape die tot onze uitzet behoort strak om me heen, de kap over mijn hoofd. Lichaam en hoofd warm, maar wie gaat bij deze temperatuur nu op blote voeten over straat. Uit verstrooidheid, half verdoofd door Luminal ook tegen de pijn in mijn mond, stapte ik soms door de ijsvliesjes over regenplassen, zodat de kou toch onder mijn mantel en jurk naar boven klom en bleef hangen bij mijn liezen. Had ik de onderbroek maar moeten aantrekken. Maar: ik liep op straat, buiten de kloosterburcht, de hoofdpoort achter me dichtgetrokken, de treetjes af, de straat onder mijn sandalen. Tussen gewone mensen, gewoon gekleed, op gewone schoenen. Na mijn intrede voor het eerst dat ik hier alleen liep.

Ik kende de straten en gebouwen van de schoolwandelingen op zondagmiddagen, ik naast de horde uitgelaten schreeuwende kinkels in rotten van drie door het dorp, altijd dezelfde route. Die legde ik ook deze datum gedeeltelijk af. De toneelkapper, de zijgevel metershoog beschilderd met het lachmasker en het half daarachter verscholen treurmasker, het lokaal van de fanfare, de kerk, de wijkbioscoop met altijd oude films. Deze week High noon, vertaald als Klokslag 12, met Gary Cooper en Grace Kelly. Daarna kende ik de weg niet meer en moest ik ernaar vragen. Een tegen elkaar geduffeld ouder echtpaar dat mij met angstig eerbiedige buiginkjes te woord stond. Al zag ik eruit, zoals Patricia zou zeggen, als een drolkleurige kobold, de mensen hadden ontzag voor mijn pij. Ik was er een van het klooster met het landelijk geprezen pensionaat. Sommige oud-leerlingen hadden het ver gebracht, zelfs tot burgemeester, een kegelkampioen, een schrijver of zoiets. Bij wie moet u zijn dan, vroeg de man in zijn dialect. Bij de tandarts, zei ik, vrieskou tegen mijn tanden.

Benedictus had na overleg met Johannes Vianney eindelijk toegestaan dat ik in de profane wereld een tandarts bezocht. Met mij en mijn pijn viel in onze gemeenschap niet meer om te gaan, waar ik zinneloos bleef rondscharrelen, krankzinnig van beroerdheid die vanuit mijn kaken regeerde over al mijn lichaamsfuncties en denken. Pijnverzachtende middeltjes uit Bulletjes apotheek, zelfs ether waar hij mij, niet te vaak, aan liet ruiken, leverden geen baat meer. Zo wanhopig was ik dat ik in de timmerwerkplaats van medebroeder Pancratius om een nijptang en een hamer ben gaan vragen. Wat wil je daar dan mee, Boon? Ik trek en sla er alles mee uit mijn kakement, kreeg ik nog gezegd.

In het dorp is een katholieke tandarts, wist Benedictus zich te herinneren van jaren terug toen Supplicius het ook niet meer uithield. Hoe heette die man ook weer. Weet jij dat nog, Amadeo?

Daar zit een tandarts ja, zei de man. Peters, Selig, Breking, meende de vrouw, die hulpvaardig knikte, haar hoofd in een wollen shawl. Zo heet hem niet, zei de man. Met een ee, zei de vrouw. Stevens, zei ik. Stevens ja zo heet hem, zei de man. Met een ee zei ik toch, zie je wel, zei de vrouw.

Amadeo wist het in het telefoonboek te vinden. F.H.M. Stevens. Tandheelkundige. Staat bekend als een goede katholiek. Zit in het parochiebestuur. Zal dus wel een goede tandarts zijn, moest ik waarschijnlijk denken. Dit is zijn adres, Bonaventura. En dit zijn telefoon. Broeder overste moet eerst bellen. Consult na afspraak. Is het zo erg met je? Denk aan wat onze martelaren hebben doorstaan.

Een flink eindje lopen nog, zei de man en wees met een wollen want. Kan u beter de bus nemen, suggereerde de vrouw. Dan moet u aan de chauffeur vragen. De man liet haar niet uitpraten. Ik dacht aan een van de knopen in het koord rond mijn leest. Armoede. Een minderbroeder heeft geen geld, kan dus niet met de bus. Ik liep wel. Niet erg. Zag ik weer eens wat van de wereld. De wereld.

Het kabinet van tandarts Stevens bestond uit een voor- en achterkamer met schuifdeuren ertussen. Die waren niet gesloten, er stond een roodgloeiend salamanderkacheltje op de rail van de deuren. Ik was vergeten hoe kachelwarmte voelt. In het slot wordt niet gestookt, het schoolgebouw is centraal verwarmd, maar 's nachts gaan de radiatoren uit om kolen te sparen, waarna het overdag tot 's middags duurt voor ze min of meer warmte afstralen. Wij moeten ons spartaans harden naar voorbeeld van onze stichter en er is schaarste en de volgende oorlog staat op uitbreken, de Russen komen, beter daar met zuinigheid op voorbereid te zijn. Huiverend van behaaglijkheid wikkelde ik me uit de cape en had opeens geen pijn meer bij het horen van de brommende boor in het belendende vertrek waar ik de tandarts bezig zag en hoorde praten. In de ramen van de praktijkruimte was een tuin te zien, naakte bomen met rijen ijsstalactieten, de wachtkamer gaf uitzicht op het pleintje met een oorlogsmonument. Ik zag en beleefde de wereld.

En daar en toen zag ik ook Patricia voor het eerst. Dat wil zeggen tegenover mij aan de andere kant van de lage tafel vol lectuur bevond zich een exempel van de andere mensensoort.

Verknipt van verlegenheid, dwaasgedraaid en in stukken gemalen in een rollende trommel van kloosterdoctrines, had ik op straat al niet rechtstreeks naar het vriendelijke mens met de shawl kunnen of durven kijken. Ik registreerde dat in de wachtkamer een vrouw op haar beurt zat te wachten, die bij mijn binnenkomst goedemorgen had gezegd, uit preutsigheid niet door mij beantwoord, maar ik deed of er geen vrouw was, ook niet iets anders, in ieder geval geen vrouw. Ik had haar met een scherende blik meteen uitgewist, zoals ik ooit in een polygoonjournaal paus Pius langs een rij mensen had zien schrijden die hij allemaal een hand gaf, bij vrouwen keek hij schichtig weg, zijn hoofd al afgewend naar wie naast haar stond en haar alleen zijn vingertoppen reikend. Terug in de wereld was ik er misplaatst, bangig, nerveus, schuw als een dierentuindier buiten zijn kooi. Ik hoorde achter hoge muren met erbovenop gemetselde glasscherven, daar ook misplaatst als een dier in een kooi.

Niet alleen zat daar een vrouw, er hing er ook een, waar ik wel naar mocht kijken. Een ingelijste prent van de heilige Apollonia, martelares want ze draagt een palmtak, of ze ook maagd was weten we niet, gedenkdag 9 februari, patrones van de tandartsen en aan te roepen bij tandpijn. Een tang in haar andere potige knuist, in de tang een kies. Mij heeft ze niet van mijn smarten verlost.

De vrouw naast de prentvrouw merkte op: Dat moet wel hartstikke koud zijn aan de tenen.

Toen zag ik haar. Zelf droeg ze schoeisel tot boven de enkels, benen verpakt in strakke kousen van warm textiel. Het woord hartstikke mag in het pensionaat niet worden gebezigd, want het is een ordinair straatwoord, wie het ontvalt krijgt een fleer. Haar stem. Nog voordat ik van haar kousen en de zoom van haar jurk verder langs haar omhoog had gekeken, mijn ogen naar de rest van haar durfde op te slaan, herinnerde ik me van ver geleden dezelfde stem, vrouwenstem, en dezelfde uitspraak. De huppelige, toch kleierige manier van praten in deze streek, leunend tegen het Duits, waar ik van huis uit mee vertrouwd ben geweest. Achter in mijn keel stagneerde even iets. Van ver geleden maar ik wist niet van waar en hoe ver. Toen zag ik haar, nu helemaal. Kastanjekleurig, neigend naar smeulend rood, kort, steil. Rondom het gezicht van een meisje, dat ik ongeveer zo oud schatte als ik zelf was. En toen onze ogen elkaar een secondeflard ontmoetten, ik verstijfde, kwam er bij haar een kort zachtzinnig glimlachje. Haar ogen achter kleine glazen in glinsterende randjes. Die nam ze af toen ze het blad op haar schoot verveeld dichtsloeg en op het tafeltje teruggooide. Een open, aardig gezicht.

Dikke wollen sokken, hebben ze die daar niet, vroeg ze. Je haalt je iets aan, zo door de ijsplassen te spetteren.

Wat te antwoorden, gesteld ik kon in mijn verbouwereerdheid iets zeggen. Dat onze heilige vader Franciscus ook geen wollen sokken droeg, niet dat is overgeleverd tenminste, en er ook niet mee wordt afgebeeld in enige iconografische weergave? Hoe hij het barrevoets met die stigmagaten erin volhield is ook niet opgeschreven.

Steek ze onder de kachel, ze zien paars van de kou. Het brilletje verdween in de karbies onder haar stoel, ze begon naar buiten te staren. Mooie kaaklijn, mooie ranke hals, mooie wimpers. Welke kleur haar mooie ogen? Die hadden zo te zien geen kleur. Ik besefte dat ik keek, dat ik bleef kijken, mijn ogen niet kon wegwenden. Ik, naar een vrouw. Ze ademde. Ze bewoog een hand. Haar blik gericht naar het monument. Bronzen soldaten. Een wijdbeens rechtop, de vuist gebald in de grijze lucht, de andere neergeveld op zijn rug, ook de vuist gebald, maar van hem is de helm van het hoofd gevallen en die ligt als een eierdop ondersteboven naast hem. Ik hield mijn hoofd gebogen, zo keek ik, loerend.

Alsof ze voelde dat ik haar zat te monsteren, keerde ze opeens haar gezicht naar mij, wat ik gewaarwerd in mijn borst, mijn hersens, adem. Werd ik rood omdat ik was betrapt? Naar een vrouw gekeken met zekere belangstelling. Dat moest ik biechten, ik wist ogenblikkelijk dat ik dat niet zou doen. Zij op haar beurt nam mij nu op, heel even, kort, scherp. Haar pupillen zo lichtgroenig dat ze bijna niet te onderscheiden waren van het omringende wit. Mijn ogen waar zij in keek had ik zelf in geen jaren nog gezien. Ze waren grijs. Misschien waren ze dat nog. Weer dat vage grimasje rond haar mond. Geringschattend natuurlijk, zoals het lichtgroen over mijn uitdossing gleed en zij natuurlijk dacht hoe zie je eruit man in die lappen met je moddervoeten. Ze stond op met haar karbies, want uit de achterkamer klonk haar naam. Mevrouw en iets als Dlahee. Ze gaf me een knikje. Daàg. Met mijn gezicht omlaag gluurde ik haar na. Groene jurk, gehaakt, gebreid, hoe heet het, nauw om haar gestalte. Tussen slank en mollig. De achterkant van haar benen in die kousen.

Alleen in de wachtkamer grabbelde ik door de leesstof op het tafeltje. De Bazuin liet ik liggen. Over de eeuwherdenking van het herstel der bisschoppelijke hiërarchie. Katholieke Missiën met een gekerstende mammeluk voorop liet ik ook liggen. De Uitkijk. Het kerstnummer van de Katholieke Illustratie, de paus omstraald door wonderlicht van opzij gezien op een fluwelen bidstoel. Wij moeten vaak de rozenkrans bidden. De Margriet? Ik wilde mijn ogen laten gaan over wat haar ogen misschien hadden gezien, gelezen, bekeken. Ik ritselde het snel terug op tafel toen er een volgende patiënt binnenkwam. Goedemorgen. Ik mijn handen vroom voor mijn buik, warmde hij de zijne bij de kachel. Gezond weer, wat u, eerwaarde? Ik keek voor me uit. De heilige Apollonia.

De tandarts: Komt u maar.

De bomen in de achtertuin of het kleine parkje. Tussen de druipende stammen en takken door de antracietwand van de terril, vlakbij, de brokken mijnpuin waren afzonderlijk zichtbaar, anders dan vanuit het klooster, waar de berg bestond uit een zwart massief. Ik zat in de stoel, mijn achterhoofd tegen de steun en ik zag die brokken. Stevens was een vijftiger in een lange witte jas, het haar in artificiële golven. Door die jas leek hij ook tot een kloosterorde of -congregatie te behoren. Hij zal in de parochiekerk wel een eigen plaats hebben met een naamplaatje.

Wat is er loos, broeder van de heilige Franciscus?

Ik wees overbodig naar mijn mond, die ik al dagen liefst gesloten hield om hem niet te hoeven bewegen, tanden en kiezen niet op elkaar, lippen wel, omdat alles er pijn deed, zelfs ademen door de mond als de koude lucht er doordrong.

Juist ja, zei de specialist. Doe maar open. Laat maar kijken.

In een museum ooit. Een gobelin waarop een leger poppetjes een dichte wolk pijltjes afschiet naar een tentenkamp in een donker landschap. Ik aan de voet van deze sombere sintelberg was het tentenkamp, bestookt en getroffen door duizenden pijlpunten. Met open mond, door de tandarts nog opener gewrikt, zat ik verstard in de stoelleuningen te knijpen, tenen rechtop, benen tegen elkaar gekrampt, puin voor mijn ogen, dat ik ook voelde neerkomen op mijn tong, hij met een haak, een priem, een spijker, een harpoen bezig in mijn mondholte waar piepend gekreun, bijna geschreeuw uit opsteeg buiten mezelf om. Mijn mond een grot vol putten en schachten waar pijlen doorheen gierden in de diepte in de hoogte waar overal zenuwen zaten die bij de geringste aanraking schokken en kortsluitingen veroorzaakten, sproeiende vonkenregens zoals in de bovenleidingen van de tram. Juist ja, zei hij weer, diep sonoor, zodat het klonk als gregoriaans. Daar is wat werk aan. Geribbelde haarlok van voorhoofd terug naar schedeldak. We doen eerst dit. Boven mij, in de buurt van de schijnwerper die mij verlichtte tot achter mijn huig, hing aan een rondgebogen snoer een instrument dat hij naar mijn gapende kaken omlaag bracht. Om het elektrisch te laten functioneren moest hij op de vloer iets met zijn voet bedienen, onder de behandelstoel begon egaal gegons. Handelingen vlak bij en boven mijn gezicht. Het geluid van het tandartstuig, ook gonzend, ratelender, kloppender, naast mijn oor, bij mijn neusgaten, zette zich vast op mijn gebit, ergens achterin onder, nee boven, nee voorin links, of rechts, niet te bepalen waar, mond volgepropt met geluid, hamerend, borend, zoals het onder de puinberg in mijngangen moet klinken. En daverende middeleeuwse pijn. Denk aan onze martelaren. Ether, dacht ik. Of geef me iets anders ter verdoving of verzachting. Dit bidden wij u, Heer, verhoor ons. Als het even ophield kakelde een stemmetje aan de kim van mijn hersengebied: bis durch entlang für gegen ohne um accusatief vierde naamval. Dat Duitsige dialect van hier, waarin ik ook tandarts Stevens hoorde praten. In het pensionaat wordt het de jongens afgeleerd of ze krijgen straf. Het hout wordt afgeschaft, in het vervolg krijgen ze bij hardleersheid en weerspannigheid de elektrische boor op hun oorlogsgebit. Hoe harder ze schreeuwen hoe beter ze het onthouden, Bonaventoera. Dank u voor deze mij rechtvaardig toegediende tuchtmaatregel. Dacht ik dit echt?

Tot zover voor vandaag, praatte Stevens. Ik heb de belangrijkste oorzaak van uw pijn voorlopig weggenomen, maar ik moet u gewis nog een paar keer terugzien want het is daar binnen een droevig stemmende toestand. Nooit eerder een tandarts bezocht zeker? vermoedde hij. Dit was juist. Nooit eerder. Eldert heeft gelukkig een gezond eetameublement, zei tante Suzan. Hè Eldert?

Een paar dagen later, nieuwe afspraak, het sneeuwde en er was een bult achter mijn wang ontstaan of ik daar een ei bewaarde, troffen die vrouw en ik elkaar opnieuw in de wachtkamer. Beiden verrast. Ook toevallig. Deze keer beantwoordde ik haar groet door in ieder geval iets als stemgeluid te produceren, articuleren bleef moeilijk. Zij weer bij het raam waar nu de sneeuw langs joeg in de ijzige wind die mij de tranen uit de ogen had gebeten. Ze droeg het brilletje, maar las geen tijdschrift. Dezelfde schoenen als vorige keer, haar benen nu in een lange zwarte broek. Een vrouw in een broek. Alleen wel eens in een film gezien. Over het leven van Chopin. Die leefde in zonde met een vrouw, een schrijfster, die uitsluitend mannenbroeken droeg. Ze zal varkenspoten hebben gehad, zei mijn stiefvader. Jij ziet er toch ook uit als een travestiet in die soepjurk, zou Patricia later tegen me opmerken.

Al dat wit, zei ze, haar blik naar buiten. Ik zag je aankomen door al dat wit. Dat moet toch niet te doen zijn. Weer bedoelde ze mijn tenen. Die tintelden. In haar glaasjes spiegelde het gebuitel van vlokken. Die stem van ver geleden. Ze was bleker, dacht ik, nadat ze me de voorbije dagen en nachten onafgebroken voor ogen was gebleven. Verstervende kloosterling had visioenen van een vrouw, haar in werkelijkheid terug te zien sloeg een vlam van blijdschap door me heen.

Ja, wit, zei ik maar, het uitsprekend als wifs. Afgelopen dagen weer bijna niet kunnen praten omdat pijn, andere, nieuwe pijn, zich manifesteerde met een gezwel, dat ik met een vleesvork uit de keuken had geprobeerd door te prikken. Ben je krankzinnig Bonaventura. Severinus kwaad. Daar is zo'n vork niet voor.

Lopen door dat wit waarin ik zelf ook wit werd, van franciscaan veranderend in norbertijn, had me toch opnieuw het besef van losgelatenheid gegeven, weer een paar uur weg uit het convent. Het moest zijn te zien aan hoe ik liep, in ieder geval niet sloffend zoals daar. IJswater in mijn ogen en aan mijn voeten die geen sporen nalieten in het wit, zo hard sneeuwde het. Weer geen onderbroek aan, maar zie mij gaan, pijn in mijn mond zodat ik niet kon zingen, maar zo bevrijd dat ik ook wit werd vanbinnen. Blijf zo toch altijd doorlopen, dacht ik, straat uit, volgende straat, volgende witte straat en weer de volgende, weg in dit wit. En toen was ook die vrouw er weer met die sneeuwogen en de salamanderkachel brandde.

Wat hebben jullie daar nu onder aan, vroeg ze en ik zie me nog als een voorzichtige juffrouw de zoom van mijn nog wit bespikkelde pij optrekken, enige centimeters, enige seconden, om haar zwijgend de pijp van de trainingsbroek aan mijn lijkkleurige been te tonen.

Ze rekte haar mooie hals om het over de lectuurtafel heen te zien, waarbij haar brilletje blikkerde. Dat is toch veel te koud jongen. Bij dit weer. Hoe leven jullie daar. Die stem. En die jungskes in hun korte broekjes. Ik zie ze weleens lopen.

Mevrouw Dlahee riep de tandarts. Bij het langslopen groette ze weer met dat knikje. Daàg. Met dat aanminnige lachje.

Dag mevrouw probeerde ik uit te brengen.

Het is erg met je hè, zei ze nog, tikje tegen haar kaak waar bij mij het ei zat.

Ik begon naar buiten te kijken, het gewarrel, het wit. Alle pijn in mijn mond ben ik bereid te ondergaan, dacht ik, als ik de rest van mijn leven daar zou mogen zijn. Ik bedoelde niet de sneeuw, maar het wit, de nietkleur van mijn heimwee naar ik wist niet wat, ik wist het wel. Ik zou haar toen ze langsliep hebben kunnen aanraken, heel even maar, dat had ik moeten doen, natuurlijk heb ik het niet gedaan, maar stel je voor ik zou. Alleen maar even met mijn hand.

Probeert u maar even aan iets anders te denken, broeder Bonaventura, sprak Stevens op de melodie van een antifoon en richtte het licht op de kuil in mijn gezicht. We doen eerst dit. Ik vermoedde al dat daar een abces zou komen. Denkt u maar aan iets moois dat u hebt gezien. Een mooi schilderij. Of aan iets opbeurends. In zijn hand een venijnig scalpeltje waarmee hij pratend een kerf in de huid van de puist stootte. Godallemachtig! Spoelt u maar even. Bloed, pus, rotsblokken. Daarna elders in mijn gebit het gedreun van de klopboor weer. Iets moois, iets opbeurends. De vrouw in de wachtkamer. Dat ik haar had nagekeken in die broek met scherp erin geperste vouwen en dat ik daar heel even met mijn hand. Et ne nos inducas in tentationem.

Het is allemaal te lang verwaarloosd, concludeerde de tandarts. Dat heb je in zo'n klooster. We zullen moeten trekken ook. Doen we de volgende keer. De pijn moet nu weg zijn, heb ik gelijk? Ik knikte hem dankbaar toe. De haargolfjes zaten wat stoeierig op zijn schedelnok. Door de sneeuwbestoven bomen heen was de berg onzichtbaar. Dat zou hij ook vanuit het klooster blijven zolang het landschap onder lakens bleef toegedekt. Wel de toren bleef gedeeltelijk zichtbaar, het wiel bovenin onrustig in beweging zoals bij mij bovenin de raderen weer waren gaan draaien om in beweging te blijven. Onrustig. Onkloosterlijk gejaagd, nerveuzig, angstig. Ik was Job uit de bijbel. Die zei: ik ben der woorden vol, de geest mijns buiks benauwt mij.

Weer een paar dagen later, nieuwe afspraak, de sneeuw was modder geworden, in de bioscoop draaide Fanfan la Tulipe, Gérard Philipe, Gina Lollobrigida, zat ze niet in de wachtkamer. Had ik dat dan verwacht? Behalve ik was daar niemand, ik moest meteen in de martelstoel. Niets moois, niets opbeurends om aan te denken omdat zij er niet was, die vrouw, om haar alleen maar even te zien, dat had ik gehoopt. Zo ging ik vroeger twee keer naar dezelfde film en jaren later weer twee keer om Ingrid Bergman alleen maar even te zien in een scène van misschien vijftien seconden. Dat ze met haar brilletje op of af weer bij het raam zou zitten en misschien ook weer iets tegen me zou zeggen. Ook toevallig. Waarop ik eindelijk iets zou kunnen terugzeggen nu het woeden in mijn kaken langzaamaan begon te luwen. Ik zou haar kunnen vragen: En wat draagt u onder die broek?

Bij het gemorrel in mijn mond kraakte er iets, daar brak iets af, ging iets kapot, aan gruzelementen die in mijn wang, bijna in mijn keel terechtkwamen. Ja ja, zei Stevens. Instrumentje met een sikkelhaakje. Instrumentje met een vingernagelgroot spiegeltje. Ander haakje, hoekiger. Instrumentje dat uitliep in een stekel. Onder de stoel zijn voet die daar van alle geluiden het verschrikkelijkste bewerkstelligde. Mijnwerkers legden in het zwarte massief een zenuw bloot als het skelet van een voorhistorisch monsterdier dat toch vlammen spuwt en brult dat de gewelven ervan daveren. Er knalde bliksemvuur van mijn gebit naar mijn hersens, ontploffend licht in het klokhuis van mijn hoofd waar pijn werd aangeraakt met een lasbrander. Iets opbeurends? De heilige Apollonia? Bij die sloopten ze met tangen en hamers alle tanden uit haar mond, waarna ze levend werd verbrand of naar ook wordt verteld met verbrijzeld kaakbeen zelf in het vuur sprong om verlost te zijn van de ellende. Ik begreep haar.

Hoe komt u daarbij, zei de tandenbeul. Ether? Aan verdovingsmiddelen is bijna niet te komen in deze krappe tijd en zijn door de schaarste erg duur. Het klooster vindt dat ik zulke kosten niet voor u hoef te maken. Maar ether, waarom denkt u aan ether? Ik zweeg. Afspraak dinsdag zelfde tijd maar weer?

De natte blubber op straat spetterde tegen mijn voeten. Cape als een vacht om me heen banjerde ik door het verdwenen wit, dat alleen tegen het verzetsbeeld ongerept was gebleven, het viel er in plakkaten van af. Marktkramen rondom het monument. Een vrouw riep: Hee pater hallo! Ze zwaaide. Ik hoorde en zag het, maar het bleef buiten me, de kap over mijn hoofd, het kon niet voor mij zijn. Nog eens: Pater hee! Blijf nou eens staan man. Schokje in mijn keel, waar speeksel te hoop stroomde. Die stem. Ik draaide me om en gleed bijna uit.

Toen zag ik haar. Magnificat anima mea. Mijn ziel juicht. Zag ik haar na een paar seconden aandachtiger kijken. Gebreide muts tot over haar oren. Oranje, met een pluisbol midden bovenop. Haar gezicht niet meteen herkenbaar, zoals het mijne verborgen bleef in de monnikskap. Die schudde ik af.

Ik wist het, zei ze. Ik zag je bij Stevens naar buiten komen. Daàg, hallo. Die dikke wang is weg. Je herkent me toch wel? De wachtkamer. Ik was twee keer voor jou aan de beurt.

Dag mevrouw, bracht ik uit, verbouwereerd, dodelijk verlegen weer, mijn ogen van haar weggewend.

Mevrouw, mevrouw. Zeg maar Patricia hoor.

Ik ben geen pater, zei ik. Gewoon een werkbroeder. Ik heet Bonaventura. Mijn tong schraapte over achtergebleven ruïneresten. Gaan we volgende keer aan verder, beloofde Stevens.

Bonahoe? Zo heet je niet. Zo heet je niet echt. Je heet gewoon Jan of Sjeng of zo.

Lachje om mijn zere mond en mijn wenkbrauwen spanden zich verbaasd. Waar moest ik kijken. Langs haar heen. Kinderen die elkaar met de natte vuiligheid bekogelden. Naar haar. Toen ik dat durfde. Het zwevende groen van haar pupillen is omrand met een donkerder cirkeltje, rode neus van de kou.

Van Napels, zei ik onnozel.

En dan sterven. Zij, er prompt overheen.

Patricia van Napels, verduidelijkte ik. En nog onnozeler: Heilige vrouw-niet-martelares. 25 augustus.

Laat ons bidden voor we allemaal gek worden, reageerde ze. Haar handen, ook oranje in gebreide wanten, omklemden links de karbies waar als devotiekaarsen twee stokken prei uit oprezen, en rechts een wortel waar ze de top van had afgebeten en wegkauwde.

Alleronnozelst presteerde ik nog: Mooie naam.

Ja. En hoe heet jij nu van je eigen?

Zoals het water rondom mijn voeten naar de trottoirgoot spoelde. Zo golfde die angst mijn hoofd weer binnen. Wat een aardige vrouw. Ik vond haar. Ik vond haar. Maar. Kon niet. Mocht niet. Alleen Christus, in trouw aan de knopen langs mijn been. Voorstellingen en geluiden van ijzeren grendels op gesloten ijzeren deuren en daar nog ijzeren hangsloten aan, knarsend dicht met ijzeren sleutels. Met een knikje, beleefd, maakte ik al aanstalten om door te lopen, het vreugdelied gesmoord, maar ze kwam naast me.

Ik moet ook die kant op. Loop een stukje met je mee. Of vind je dat vervelend of misschien ongepast? Krak, ze beet een andere hap van de wortel.

Zesentwintig jaar ben ik. En daar loop ik onder grauwe lucht. Naast haar die in mijn hoofd is komen wonen. De kinderen hadden het op mij voorzien en smeten me na met proppen druipsneeuw. De projectielen kwakten om me heen in de straatpap, een trof me tegen mijn rug.

Als je niet heel snel opsodemietert, riep Patricia, zich omdraaiend naar de jeugd.

Daar bewonderde ik haar om. Ik zou lijdzaam zwijgend zijn blijven doorbaggeren. Ik bewonderde haar.

Ik moet hierheen, zei ze bij een zijstraat. Hoe gaat het nu

met dat kerkhof in je mond. Wil je een wortel om in te bijten?

Ik moet nog een paar keer terug, zei ik. Dinsdag weer halftien.

Ik ben er gelukkig van af. Nou daàg.

In haar jas met de split van achter liep ze weg. In die broekspijpen. Met die hengselmand en die bol op haar oranje hoofd. Liep ze weg. Aan het eind van de straat de toren met het wiel, een stuk dichterbij dan hij vanuit de kloosterramen is te zien, veel groter zoals hij daar stond achter de leien daken. De sirene die opeens begon te loeien klonk hier verscheurender dan wij het kilometers verder achter onze muren hoorden als goedmoedig koegeluid. Ze keek niet om, al stond ik dat zielig te hopen, haar met mijn ogen volgend tot ze bij een volgende straathoek verdween. Ze verdween. Fata morgana.

Op het strand, ik ben zeventien. Stormwind uit zee slaat schuim tegen me aan. Met schokkend bewegende kleren sta ik scheef in het stuifzand, mijn versnipperde stemmetje schreeuwt tegen de elementen. Armen gespreid voor een omhelzing leun ik voorover, me schragend tegen de wind als tegen een lichaam. Van een wilde vrouw. De wilde wind grijpt in mijn broek. Zo kan ik blijven staan tot de stormmuur me plotseling niet meer tegenhoudt en ik mijn evenwicht verlies en val, door mijn knieën stuikend in het schurende zand.

Met een klap tegen de vlakte, terug op de aarde, zag ik haar oplossen, opeens was ze weg, die vrouw, zeg maar Patricia hoor. En als ze haar oranje hand wel nog naar me had opgestoken, zou ik devote monnik dan hebben teruggezwaaid, idioot die ik ben. Ze gaat preisoep maken voor haar man. Of iets met peen. Misschien allebei. De rotkinderen hadden me weer tot doelwit genomen. Boink! Pats! Kledder! Pak aan!

Pas toen ik het klooster dichterbij zag komen, schuivende sneeuw op het dak van de kapel dat boven de vestingmuren uitstak, realiseerde ik me hoogst verward wat ik met mijn hand omkneld hield, vertrouwd, maar waar ik het vasthield zat het niet aan mijn buik. Domitianus opende de poort voor me. Verbaasd: Wat loop jij nou met zo'n winterwortel over straat, Boon?

Ruggelings tegen de deur van mijn cel. De geest mijns buiks bevrijdend, die krachtig tevoorschijn sprong in dikke volle stralen alsof er branden moesten worden geblust. Tongpunt in een uitgeholde kies, ogen stijf dicht, werkte ik me leeg, en nog een keer, maar er kwam geen stilte in mijn wielende onrust. Ook eens in de sacristie, waar ik tussen de heilige handdoeken de geest losliet in het fonteintje, waar hij rond het afvoergat zwom voor hij werd weggeslurpt. Der woorden vol dacht ik aan die vrouw. Broek. Daàg.

Die dinsdag vond de extractie van de verwoeste kies en een hoektand plaats. Het haar viel tandarts Stevens in sprieterige golfjes over het voorhoofd toen hij het werktuig naar mijn mondkrater bracht. Geen gedachte aan iets moois of iets anders, uitsluitend bij het gewrik en gekraak dat ik hoorde terwijl ik het voelde. Het klooster vindt verdoving niet nodig. Opeens schoot mijn tong door een bres, op de plaats van de ruïnestompjes was er een spatie, even later ergens anders nog een, alsof je in het donker voelt naar iets dat er altijd is en het is er niet. Dit is hem. Stevens toonde me Apollonia's tang met een fragment van mijn gebit erin, het glazuur aangevreten door zwarte verrotting, er zat wat bloed aan. Tik van de tand in iets van metaal buiten mijn blikbereik. Spoelen maar.

Toen de straat weer op, met weerzin terug naar de burcht. Er hing roetdoorspikkelde nevel in de straat en over het monumentpleintje. De uurslag van de kerkklok. Ik besloot langzaam te lopen, nog even profiterend van mijn vrijheid, straks weer in te leveren. Zoals je vroeger het toetje zo traag mogelijk lepelde om er langer van te genieten.

En wie zie ik daar weer door de plassen sjokken op zijn blote kakkies?

Ordinair straatwoord dat me trof tegen mijn achterhoofd in de monnikskap. Maar ik herkende de stem. Die stem. Joehoe! Achter mijn rug naderde fietsbelgerinkel. Ze kwam oranjehoofdig naast me op haar fiets, het gerinkel als een serpentine om haar heen. Frater Bongodinges, riep ze giebelend.

Dag eh Patricia. Dat kwam zomaar tussen de gaten door mijn mond uit.

Ze stapte af, lopend voerde ze de fiets tussen ons mee. Op de bagagedrager een stapeltje van het weekblad Sportspiegel. Dat las ik vroeger ook. Het was wel degelijk dinsdag, dan verscheen het, ik fietste er speciaal voor naar het station. Deze week voor u! Scheef gedrukt in een gekartelde ster op het voorblad: Koning van de piste Gerrit Schulte.

Dat heb ik in geen jaren meer onder ogen gehad, verzuchtte ik begerig.

Dan neem je er toch eentje mee, zei de vrouw met de fiets, van wie ik op wie ik, maar dat wist zij natuurlijk niet, ik voelde het in mijn keel, die zat dicht, in mijn borst was onrust die niet ging liggen, als rondwervelende papiersnippertjes. Ik moet er op dinsdag speciaal voor naar het station op de fiets.

Dat ze dit zei nadat ik daarjuist hetzelfde had gedacht verraste me vertederend, volgens mij betekende het iets. O ja? dacht ik er meteen achteraan.

Daar liggen dinsdags twaalf exemplaren voor me klaar. Te weinig, maar ja, papierschaarste.

Ik: Twáálf?

Zij: Ik heb een winkel. Neem er eentje mee, dan ben ik er weer eentje kwijt.

Toen ik het fietsstuur van haar overnam, wat ik zomaar durfde, zomaar deed, raakten onze handen elkaar, warme wanten tegen mijn koude vingers. Ik liep met haar mee, kloosterfiguur naast vrouw in broek, de fiets tussen ons in. Straatgangers die ons zagen konden denken dat het mijn fiets, of dan toch een kloosterfiets was. Ook mannelijke rokkendragers in dienst van onze moeder en magister de heilige kerk berijden een vrouwenfiets zonder stang. Heimwee naar mijn Orbea Opal. Wat passanten mogelijk opviel, mij in ieder geval vervulde het met opwindend zoets, was dat de vrouw haar gebreide hand op mijn hand liet rusten die aan haar kant het stuur vasthield. Ha Patries, werd ze gegroet. En ik, ik liep gewoon naast haar. Zomaar. In een straat. Alles goed Tricia? vroeg iemand op de andere stoep. Het gaat weer sneeuwen, riep ze terug. Al die rotzooi. En ze hield mijn hand vast als de engelbewaarder uit een kleuterboekje.

De afvalberg lag achter de straat met boompjes waar ze zei hier woon ik. Met haar woorden klonk geratel van draaiend metaal, het wiel in de toren kwam op gang, van hieruit niet te zien.

Winkeltje. Kleine etalage naast een smalle glazen deur. Delahaye in onhandige verfletters. Oom Barend zou dat beter hebben gedaan, maar nu wist ik hoe die naam wordt gespeld. Ze nam het stuur over en reed de fiets naar binnen.

Wel eh goeiendag dan, zei ik.

Kom even binnen, hoorde ik haar terugzeggen.

Dat deed ik alsof iets, misschien de kou, me in mijn rug naar binnen duwde. Niet verder dan de drempel.

Sluit je wel de deur. Ik stook niet voor de hele straat. Haar stem, die stem, kwam uit de ruimte achter de toonbank. Winkeltje met de omvang van zowat drie keer mijn cel, schemerig, maar waar ze was zorgde ze voor licht. Ze kwam zonder jas en niet meer met oranje hoofd en handen weer tevoorschijn, het stapeltje sportbladen schikte ze op de toonbank, een ogenblik met haar rug naar me toe, broek opgetrokken tot haar middenrif, zoals mannen een broek dragen. Drink je een bakje koffie mee? Aan de deur waar ik nog stond, ik ging een stapje opzij, draaide ze een bordje om, het woord GESLOTEN naar binnen.

Dat kan ik niet doen, bracht ik uit. Ik moet terug. Ik kan niet zo lang wegblijven.

Dan verzin je maar iets. De straat was opgebroken en je moest een heel eind omlopen. Er lag een vrouwtje in de sneeuw en je moest het mensje eerst het heilig oliesel toedienen. De boor van de tandarts was kapot. Lul maar wat. Zeer platvloers straatwoord. Kom zitten, zei ze.

De kamer achter de winkel. Tafel, stoelen, dressoir met een grote kleurenfoto erboven. Brandende haard, twee kolenkitten. Het vuur moest de winkel en kennelijk het hele huisje verwarmen, er stonden deuren open naar een keukentje en een trap naar boven. De fiets in een verzorgd achtertuintje met twee kleumende kippen. Daarachter de berg. Het geronk van het wiel was hier te horen, hield op, even later begon het weer. Vier zenders op haar distributieradio, ze zocht muziek om het wiel te overstemmen en kwam uit bij Moeders wil is wet, kinderkoor De karekieten. Het bracht me terug naar vroeger. Moeders bil in bed, zei wijlen oom Barend. Ja, je bent weer kostelijk, zei tante Suzan.

Zou je die deken niet afdoen. Patricia nam de cape van me over en hing hem ergens weg. Koffie uit een rode kan, kopjes met fluitspelende haasjes. Tafelkleed weggeschoven want ze was met een werkje bezig. Naaimachine. Haar brilletje op een lap stof. Een ontbijtbordje met nog een korstje brood en wat korreltjes melkhagelslag. Een asbakje met één gootje. Daarin een na enkele trekjes gedoofde sigaret. Miss Blanche. Daar krijg je voetbalplaatjes bij. En het behangdessin bestond uit witte streepjes. Alles tegelijk viel me op om te onthouden. Haar wereld. En ik daarin onder de lampenkap met franjes. En tegenover mij zij, vanboven gebreid in het groen met kabelmotiefjes. Ik kon niets anders dan naar haar kijken, haar inzuigend met mijn ogen, erg onbeleefd.

Zo, zei ze. Zeg eens wat, broeder braafheid.

Ook toevallig, wist ik op te merken. Dat we elkaar alweer zijn tegengekomen.

Dacht je dat? Zij, met beide handen het kopje voor haar mond. Dinsdag halftien had ik onthouden. Ik bleef in de buurt met mijn fiets. Ik wou je gewoon nog eens zien.

Van de ene gaping in mijn gebit verplaatste mijn tong zich naar de andere. Zoals ik jou, dacht ik. Je moest eens weten hoe je in mijn gedachten bent. Maar ik slikte het in met koffie. Zoiets zegt een dienaar gods niet tegen een vrouw. We bleven elkaar zwijgend aankijken, ik bedremmeld. In de radio klonk een trompet.

Ik heb iets voor je. Ze legde een grijze wollen bol voor me neer. Eigen fabricaat. De bol bestond uit twee in elkaar gerolde dikke sokken. Nou? Doe ze eens aan.

Ik keek er verslagen naar. Niet meer zulke sokken aangehad sedert ik ook nog schoenen droeg. Daar kan ik onmogelijk mee aankomen, stamelde ik. Wij lopen blootsvoets.

Ja. Bezopen genoeg, sprak Patricia. Doe ze nou eens aan. Je kan ze hier toch wel even aandoen. Lekker aan je kouwe voeten.

Ik moet heus weg, piepte ik benauwd. Ik zou ze graag van je aannemen, dank je, maar.

Ja, zei ze weer. Trek ze aan en drink je koffie. Hoe zitten ze? Te ruim in de hiel misschien. Onder de tafel door keek ze naar mijn voeten waar behaaglijkheid in stroomde, zich voortzettend naar hoger en nog hoger naar mijn ziel. Die heb ik voor mijn man gebreeën, zei ze en verplaatste haar blik een ogenblik naar de in zilverig hout ingelijste kleurenfoto, waarbij haar uitdrukking even veranderde. In de radio begon een persoon te praten. Ik keek in het fotogezicht van een jonge man, mijn leeftijd, open, opgewekt, het haar aan de zijkant wat omhoogkruivend, het moet hebben gewaaid toen de opname op straat werd gemaakt.

Wat doet je man als ik vragen mag, durfde ik na veel seconden.

Ze reageerde met een schokje, terugkerend van waar ze was met haar gedachten. Sorry, ik zat naar hem te luisteren. Hoofdbeweging naar de radio. De groenteman vertelde wat er in dit seizoen aan groente te koop is en hoe men die smakelijk kan opdienen. Tante Suzan sloeg bij deze rubriek de vaatdoek door de lucht en riep naar ons, de mannen: Hou je kop nu even.

Rogier is dood, zei Patricia. De naam uitgesproken op zijn Frans. Werkte bij de mijn. Niet aan dat wiel met de lift omlaag de zwarte gangen in, hij zat op kantoor. Op weg erheen werd hij door een vrachtwagen van de fiets geslagen en hij was dood godverdomme. Een paar jaar terug, in 1950.

Zijnde het jaar, dacht ik, haar gruwelijke vloek negerend, dat ik op slot werd gedraaid met ijzeren sleutels. Het Heilig Jaar. Nooit meer sokken gedragen sindsdien.

Zitten ze lekker of niet.

Ik knikte dankbaar. Zei: Maar ik kan zijn sokken toch niet aan, dat is toch, dat is niet.

Ze zette de radio harder om mijn bezwaren niet te horen. Willy Alberti intussen met veel mooier dan het mooiste schilderij.

Ze vroeg: Hoe heet je nu eigenlijk. Je heette thuis toch niet Bonofantius?

Eldert, zei ik bedeesd. Haman. Eldert Haman. Of ik rag van een vergeten koffer veegde en daarin mezelf terugvond.

Waarom geven jullie elkaar andere namen als in een toneelstuk? En wat doe jij in dat instituut?

Van alles, mompelde ik. Waar ging mijn bestaan mee heen. Ik ben surveillant, hulpkoster, hier wat daar wat, de wasserij, de keuken, soms buiten op de akkers, wat schilderwerk, als er een bal door de ruit is gegaan zet ik een nieuwe ruit in, dat kan ik, heb ik van mijn stiefvader geleerd.

Machtig interessant, concludeerde Patricia. En veel bidden zeker? Hoe kom je daar in godsnaam terecht. Uit bevlogen roeping? Op een ochtend werd je wakker van god, die riep in je oor: Eldert Haman, ik heb een paar vodden in strontkleur voor je hangen en je hoeft nooit meer sokken aan. Van al die ouwels krijg je vanzelf een rot gebit, dat is geen wonder.

Toen ik lachte wist ik dat ze het gat in mijn boventanden zag. Eigenlijk ben ik leraar Duits, begon ik en serveerde haar vervolgens, het nam kwartieren in beslag, ik begon te praten, bleef praten, de taferelen uit mijn leven. Hoe dat een kloosterleven was geworden. Waar een kloosterleven uit bestaat en hoe dat is verknoopt met het leven van de kostschooljongens. Ze keek me aan met dat zeegroen onder de romaanse boogjes. Niet te geloven, zei ze soms. Echt waar?

Twee keer meldde zich een klant. Een meisje dat een lijntjes- en een ruitjesschrift moest hebben en een rolletje kaftpapier, een man die vroeg mag ik even van je telefoon gebruikmaken, Tries? Tuurlijk, Sjaak, doe je een dubbeltje in het busje? Ik keek haar na als ze in de winkel verdween. Haar broek. Ik hoorde haar praten tussen haar schrijfwaren en tijdschriften, haar stem melodieus, vriendelijk, lief, en opeens wist ik het. Een jaar of zeven ik en liep aan mama's hand. Een vijver. O die eendjes, zie je dat Eldert. Wat een schrokkerds. Niet janken, hield ik me voor, want het leek of een huilbui zich opdrong, opgespaard in jaren, nu ik het allemaal tussen ons in over de huiskamertafel uitstortte.

En geef jij die jochies ook met dat hout, vroeg ze streng. Ik schudde nee. En doe jij ook van die dingen met die jochies? Nee. Jezus Christus die brave broedertjes. Daar gebeurt nogal wat achter die muren. En jij bent een schlemiel.

Ik moet nu echt terug, zei ik, de sokken weer tot bol gedraaid, en stond op.

Moet je nu nog eens naar dat ei? Ze bedoelde Stevens.

Vrijdag voor het laatst.

Ik liep naar buiten door een winkel vol tijdschriften die gewone mensen lezen, verboden in het pensionaat. De Lach met Katharine Hepburn liggend op een motorfiets, benen tot de liezen bloot. Panorama. Revue. Ha, Tuney Tunes. Voorop een vierkantig dikke zwarte lachende man met een gitaar. Fats Domino. En een nieuw stripblad. Op de voorkant Blake en Mortimer, nieuwe figuren voor mij, in keurige herenkostuums, maar anders dan Dick Bos.

Hier, neem zo'n ding mee. Patricia stopte me bij de deur Sportspiegel toe, die ik niet kon betalen. Hier, drong ze aan, stop het ergens in je jurk. Moet je centjes voor de bus?

Domitianus, nadat ik had aangebeld: Wat ben je laat broeder. Duurde het zo lang?

De boor was kapot, loog ik. Liegen is zondigen tegen het achtste gebod. Ik bedoel niet wat je daar doet, maar wat je daar dóét, zei Patricia. Niet wat voor werkjes, maar waarom een vent als jij daar blijft hangen als een lege zak.

Die vrijdag. Er lag nieuwe sneeuw waar de afdruk van mijn zolen in achterbleef van de poort vandaan richting maakt niet uit welke richting, weg van daar in ieder geval. Mijn geluksgevoel nu onder de domper van het besef dat het de laatste keer was dat de richtingen zich voor me uitstrekten. Wit. Achter me aan het eind van de straat waar het land ophoudt rammelde de Straßenbahn voorbij, tingting, helderder tingelend dan achter de muren is te horen, waar de leerlingen als ze opkeken in de klas het wit ook zagen.

U zult wel hebben vernomen wat het water heeft aangericht op onze eilanden, zei de tandarts nog voordat ik in de stoel zat. Wat vreselijk, wat vreselijk. Mensen op het dak van hun huis in de kou in de hoop dat een bootje ze komt redden. Stevens stond met zijn rug naar de salamander en masseerde de warmte in zijn zitvlak. Op zijn hoofd was het golvengewoel getemperd, want hij bleek naar de kapper te zijn geweest. Bidden voor die mensen is voorlopig het enige wat we kunnen doen. We houden in de kerk de hele dag gebedswake. Zijn er leerlingen uit het watersnoodgebied in het pensionaat, misschien broeders?

Mijn mond al opengesperd kon ik hem niet antwoorden. Ik had de knipsels op het prikbord gelezen en het gewauwel van Sneef aangehoord. God geeft, god neemt, god stelt op de proef, god straft. Ja, ook de schuldelozen. Soms degenen die hij het meest liefheeft. Laat ons bidden voor onze getroffen landgenoten. Onze vader. De ramp bracht geen verandering in de slenter van iedere eendere dag, gods water ging elders tekeer en vrat zich daar door de dijken. Er waren geen leerlingen uit de ondergelopen provinciedelen. Ik dacht aan Patricia.

De wondjes zijn mooi dichtgetrokken, stelde de tandarts vast. Uw dentuur, hoewel gehavend, moet nu weer in orde zijn. Ik doe u nog een keer pijn en dan is alles achter de rug en hoef ik u niet meer terug te zien.

Toen ik uit de stoel opstond, zei hij nog: Doet u mijn warme complimenten aan broeder Benedictus?

Weer buiten in mijn cape, hoofd niet in de kap, bleef ik treuzelen in de buurt van het monument, uitkijkend, verlangend naar haar, maar ze vertoonde zich niet. Ga terug naar je treurnis, stumper. Dat dacht ze natuurlijk. Mij nu nog eens zien, wat de vijfde keer zou zijn, hoefde voor haar niet meer, wat verbeeldde ik me met mijn loze illusies en dromen die altijd plotseling ophielden. Ik besta niet eens, prentte ik me in, al stond ik daar, onbestaand bestaande. Ik ben jaren geleden gestorven, der Welt abhanden gekommen, al zag ik mezelf en zagen anderen me niettemin lopen. Zekere richting uit door de sneeuw die aan mijn tenen kleefde, wat ik wel degelijk voelde als een levende die gewaarwerd dat hij met blote voeten door koude materie kloste. De wasem rond mijn neus en mond is de ademuitstoot van een dode ondode, nu bijna rennend in zijn wapperende kloosterklof. Ik ben er niet en toch ben ik er en ik ben verliefd, is dat het woord ervoor? Stuur me nog meer pijn in mijn mond, god die geeft en beproeft, zodat ik vaker hier zal mogen lopen met dispensatie van de boven mij gestelden.

Ik had onthouden hoe ik moest lopen, welke straatjes door, me oriënterend op de ijzeren toren. Aan de binnenkant van de winkeldeur met haar naam, duizend keer in mijn hoofd en prevelend met mijn lippen herhaald, hing het bordje met de vermelding OPEN. Zij was open. En ik dicht. Weer leek het of er iets, een macht of kracht, mij de deur deed openen en naar binnen duwde. Of de durf om opnieuw het winkeltje te betreden van buiten mij kwam. Uit mezelf durfde en ondernam ik nooit iets, besluiteloos, initiatiefloos geworden in onderworpen gehoorzaamheid aan de regel, die ik nu zomaar overtrad. Verplaatst naar een andere dampkring.

Ze kwam uit de achterkamer naar voor, brilletje op, haar gezicht vervrolijkt toen ze me zag. Ik wist het, zei ze. Koffie staat klaar, sokken liggen nog precies zo op tafel. Ik hoefde niets te zeggen en had ook nog niets gezegd. Zit neer, zei ze en raakte me aan. Ze raakte me aan. Haar hand een veegje over mijn schouder toen ik zat en ze had sprits met chocola van onder op een schoteltje zag ik en van het rekje bij de haard nam ze een warme handdoek waarmee ik mijn voeten kon drogen zei ze en toen trok ik de sokken van haar man aan.

Ik wou je gewoon nog eens zien.

Ja, zei ze.

We lachten zonder geluid, zij met spettertjes in haar bril die ze afdeed en op tafel legde. Dat ik daar zat en naar haar keek in haar kabeltrui en de beige pluisrok die ze nu aanhad in plaats van de broek die gewassen over het rekje hing, dat kon niet. Het groen van de trui harmonieerde met haar ogen en roodachtig blond en bedekte een bescheiden heuveling. Dat mijn ogen daar als de vorige keer overheen bleven scheren als de opgejaagde vossen uit de bijbel door het groene koren, dat kon niet. Ik mocht daar niet zijn, zondigend tegen alle geloften. Wat zijn geloften? vroeg Patricia. De radio, een amusementsorkest van glijerige strijkers, zette ze zachter. De hand waarmee ze dat deed liet ze lichtjes, maar zo onverwacht dat ik ervan rechtveerde, op mijn hand neerkomen. Ze kneep even.

Word eens wakker, fossiel. Ben je er nog?

Ja. Hoewel op straat nog dood voelde ik me hier volledig aanwezig. Haar hand. Warme hand, frêle mooie zachte hand. Stevig. Mama houdt jongetje vast. Mama's stem.

En geef me nu eens antwoord, zei ze, schuddend aan mijn vingers. Waarom je in dat spookslot blijft rondwaren als een wereldvreemde bruine schim. Jij hoort daar niet. Dat zag en merkte ik aan je. Meteen al dat je de eerste keer in die wachtkamer opdoemde. Niet goed in je vel en die kleren, al kan je er twee keer in, zitten je te krap. Aardige man zo te zien, dacht ik, maar wat een verwaarloosde hangplant.

Ik kan daar niet weg, begon ik te stamelen.

Patricia: Wil je daar dan weg?

Hoe zou ik daar weg kunnen al zou ik het willen, zei ik. Zie mij als een aap in Blijdorp die zich buiten de tralies waar hij jarenlang is vastgehouden geen raad zou weten. Waar moet die heen, wat kan hij beginnen. Je pij afleggen en het klooster verlaten, dat komt niet voor, dat doe je niet.

Hoezo niet? Ze stak een Miss Blanche op. Zwaluwlucifers. Rook uit haar mond en tussen haar vingers, krinkelend naar de franjes boven de tafel. Ze verfrommelde het doosje.

Wie een pij draagt, zei ik, heeft zich nu eenmaal tot de kloosterlijke staat geëngageerd, zoals mensen die getrouwd zijn zich voor het huwelijk hebben geëngageerd. Scheiden, dat komt toch ook niet voor? Dat is een doodzonde, scheiden.

Wat ben jij een zoeterd, reageerde Patricia.

Maarten Luther heeft zijn orde verlaten, betoogde ik. Drie eeuwen geleden. Luther was dan ook een ketter en werd door de paus uit de kerk gebannen.

Hierop barstte ze los in geschater. Droeve kleuter!

Wat moet ik als aap of giraf buiten de dierentuin, begon ik opnieuw. Ik ben mijn identiteit kwijt. Mijn naam en alles waar mijn naam op heeft gestaan, paspoort, diploma's.

Onzin. Ze stak de hand met de sigaret naar me uit. Ook even zuigen? Dit is mijn laatste, we zullen moeten delen. Hoeft niet, zei ik. De vuurpunt van de tot de helft opgerookte sigaret drukte ze in het asbakje uit, legde het restant zorgvuldig in het gootje.

Ik was doorgegaan: Ik weet niet eens meer hoe mijn gezicht eruitziet, wanneer ik voor het laatst op een foto heb gestaan. Er zijn daar geen spiegels want, natuurlijk zei ik het nadrukkelijk ironisch, wij spiegelen ons in deugd.

Zij: Jongetjes slaan met stukken hout en aan die jochies hun pikkies zitten en nog veel meer en erger, is dat deugd?

Dat doen heus maar een paar van ons, temperde ik. Je moet nu ook weer niet denken.

Zij: Ja. Die paar misbruiken wel op schandelijke manier hun macht over die ventjes en jij houdt net als de hele bende je mond erover dicht, want de macht van zo'n opperjurk strekt zich uit over de hele kwezelgemeenschap die uit schijtlaarzen en laffe apen bestaat. Jij bent medeplichtig, besef je dat.

Ik probeer er juist voor die jongens te zijn, verdedigde ik me. Die zitten daar ook gevangen om te worden gedrild als circusdieren. Ik ben aardig voor ze. Ik hanteer geen slaghout of zweep. Ik gooi geen dampende soep over hun hoofd.

Mmm, deed Patricia. Je bent daar zelf voor je leven gedrild en volslagen verknipt. Jij zit daar zelf precies zo gevangen. Ook de cipier leeft achter tralies.

Ik wil ze geen angst inprenten, ging ik door. Ik wil ze het gevoel van betrokkenheid geven, vertrouwen, geborgenheid voor zover dat daar kan. Dat heb ik mezelf als taak gesteld als ik toch verantwoordelijk voor ze ben. In ieder geval zijn ze voor mij niet bang. Gesteld ik zou daar weglopen, ik zou ze in de steek en aan hun lot overlaten. Bye boys, barst maar verder, broeder Bonaventura is ervandoor want broeder Bonaventura kan het hier zelf niet harden.

Patricia: Ja. Nobel van je. Die jongens gaan straks van school en zullen zich verder wel redden met de daar opgelopen trauma's. Maar voor jou is er niet zo'n zelfde straks zolang je daar blijft rondschuiven om te zien of die snuiters hun handen boven de bank en de dekens houden. Wat kan jou dat schelen. Ben je echt van plan dat je hele verdere leven te blijven volhouden? Wat heb je dan met je leven gedaan. Je kan daar best weg. Ze hebben daar hun netten over je heen gegooid en je verstikt in hun fascistische systemen. Daar is die gefrustreerde sexualiteit met al die afschuwelijke uitwassen het gevolg, zelfs een onderdeel van.

Dat woord kende ik niet.

Sexualiteit, herhaalde ze. Met een x.

Ik moet haar hebben aangestaard of ik bommen hoorde vallen.

Daar van onder aan de voorkant, weet je wel. Wat mensen daar zoal mee doen. Heb ik het nu tegen een kind van drie? Hoe is het mogelijk.

Wat men bij het zwemmen met de zwembroek bedekt, schoot door me heen.

Dat broedergespuis reageert zijn beknotte driften af op die jongetjes, ging ze verder. Dat machtsmisbruik en moffengeschreeuw, dat graaien in jongensbroeken en hoe ze zich ongelimiteerd uitleven op die knapen. Dat is, hier kwam dat woord weer, sexualiteit die geen gezonde normale uitweg krijgt. Het celibaat, kokhalsde ze. Hier in de parochie zit er ook zoeen. Pastoor Glaudemans. Laat de misdienaartjes bij hem thuis op de pastorie komen voor een sigaretje, een glaasje chocomel en dan viespeukerij. Een ventje van hier verderop heeft het aan zijn moeder verteld, zodat iedereen het weet, de schoolmeester ook, er wordt hier in de winkel over gepraat, achter de hand natuurlijk, en nu vertel ik het aan jou. Hij zit ook aan meisjes van elf twaalf dertien en allicht ouder. Hij lust alles. En kijk op alle fronten maar uit voor meneer pastoor en hou er vooral je mond over, meneer pastoor heeft al zijn machtige vingers, ook die zonder nagel tussen zijn benen, in alle pappen, meneer pastoor oefent macht uit tot in de hemel en de hel. Nonnen weten er trouwens ook raad mee zal ik je vertellen. Hoe los jij dat op met die vinger van je zonder kootjes. Het edele handwerk zeker? Loop jij ook geil te kwijlen naar jochies? Nou?

Ik antwoordde als onderworpen aan een gewetensverhoor: Nee. Al lopen er cherubijnen van jochies rond. Dat zie ik wel. Soms denk ik zonder het goed te beseffen hun voornaam in verkleinvorm. Markje.

Daar zal het wel mee beginnen, oordeelde zij. Als je er maar met je poten van afblijft. Zoek dan liever een leuke medebroeder uit.

Ik dacht aan mijn parkietenmedebroeders en zweeg maar verder. Die x bleef in mijn hoofd. Als in het monogram van Christus, een X met een P erdoor. We luisterden naar het nieuws. Paniekberichten. Stormvloed, springtij, windkracht. Alles onder water maar hare majesteit de koningin en zijne koninklijke hoogheid de prinsgemaal zijn al onderweg naar het rampgebied. Zij had de sigaret weer aangestoken en opgerookt tot haar vingernagels. Het laatste eindje dovend, zuchtte ze: Dat wordt weer wachten tot volgende maand. Geen geld voor nieuwe sigaretten, alles op de bon en de Canadezen zijn naar huis. Die gooiden volle pakjes over onze hoofden, weet je nog?

Wij hadden eerst nog de hongerwinter. Mijn stiefvader rookte toen bukshag, zei ik.

Zij hernam het onderwerp. Hoezo je identiteit kwijt. Trek die hobbezak uit en je bent weer Eldert Haman. Dat kan je nu onmiddellijk doen. Telefoon staat in de winkel. Je belt dat instituut en zegt tegen het gajes gewoon ik kom niet meer, glück auf en de groeten. Bellen hoeft eigenlijk niet eens. Ze merken vanzelf wel dat je pleite bent.

Dat gaat niet, dat gaat niet, zei ik halfluid, net niet fluisterend, en voelde een rilstoot van schouders tot diep beneden, of mijn rug was veranderd in dezelfde gladheid als buiten en iemand erin uitgleed.

En daarna stuur je ze een kaart van een blote mevrouw en daar schrijf je op: Hulp het brandt in mijn gulp. Dat zei Rogier altijd.

Er zakte neerslachtigheid in me tot de diepste mijnschachten. We keken elkaar aan, lang, en daarna weer, zoekend in elkaars ogen, en ik hield van haar, maar dat kon gezien mijn kloosterstaat natuurlijk niet. Ik kon het niet zeggen en durfde het ook niet. Of durfde ik wel.

Ik eh, begon ik.

Ja. Ze legde haar hand weer op de mijne, die onrustig over de tafel bewoog. Ik weet het, zei ze. Onze vingers in elkaar gevlochten.

Ik eh. Nu maakte ik de zin af: moet nu echt terug. Ik deed de sokken uit en legde ze voor haar neer. Dank je.

In de winkel keek ik langs de leesbladen naar de schriften en het postpapier en de schrijfdingen die ballpoints heten en die de schooljeugd niet mag gebruiken. Er zijn er met vier kleuren in één pen. Alles wat ik haar had verteld en beleden zou ik moeten opschrijven, dacht ik hardop. Alleen maar om het op te schrijven. Alleen voor mezelf.

Begin eraan, zei Patricia.

Ik weer: Dat gaat niet.

Zij: Om doodmoe van je te worden. Vind je jezelf niet een ontzettende. Ze sprak niet uit wat ik mezelf zou moeten vinden. Zonder predicaat begreep ik het wel. Ongetwijfeld een biechtwaardig straatwoord.

Ik opende de deur, het bordje GESLOTEN wiegelend voor mijn gezicht, zij deed hem achter me dicht. Glij niet uit, grote heilige, zei ze nog en verdween. Ze draaide zich onmiddellijk om in het glas van de deur, waar de straat zich in spiegelde. Mijn voeten alweer sneeuwkoud, keek ik bij de hoek nog even om, maar ze was er niet meer, opgelost in het neerdwarrelende wit waar de sporen van mijn zolen al onzichtbaar waren geworden.

De ziel blijft als kluizenaar in de cel van broeder lichaam, aldus onze stichter. Hij kon zich beeldend uitdrukken. Daar zat ik, mijn lichaam als mijn broeder die een kluizenaarscel is opgesloten in een kluizenaarscel zoals mijn ziel in broeder lichaam. Geven jullie alles namen alsof het naaste familie is, vroeg Patricia. Zuster maan, moeder kerk, heilige vader. Wat zeg je tegen dit boterhambordje. Neef? Oom wasteil, broer pindakaas, tante asbak, nichtje autoped? Dat ik hier inwendig lachend aan terugdacht, bewees me dat mijn ziel, zuster ziel, zich niet in mijn broeder bevond. Mijn ziel was bij al het wit van de hele wereld, van de celvloer zich voortzettend tot in de eindeloosheid daar buiten, waar ik mezelf zag rennen, waarheen dan ook, hier vandaan. Geen pijn meer in mijn kaken, maar er was ander zeer voor in de plaats gekomen, onrust, wringing, twijfel, radeloosheid.

Je lijkt zo veranderd, Boon, zei Wiro.

Ik hield me leeg, zoals mijn tong leegten voelde in mijn gebit. Mag ik een sigaret van je bietsen, was hij komen vragen.

Ik heb er geen meer, loog ik, terwijl ik er nog genoeg had. Je hebt er vast nog wel, drong hij aan. Nee zeg ik toch! Wat is er met je, Boon, je bent zo, opeens, ik weet niet, zo. Ligt het aan mij?

Zou ik het Wiro vertellen van het wit en de hunker en de schaduwen en wat me gebeurde? Tong dubbelgevouwen waar de kies had gezeten hield ik er mijn lippen over gesloten. Niemand vertrouwen.

Hier, ik heb er toch nog een, gaf ik toe. De ware broederliefde, glunderde Wiro en stak de sigaret meteen aan, waar het niet mocht, op een verboden tijdstip. De verkoolde lucifer terug in het doosje. Neem mij mee, zwaluw, op je vlucht door de lucht.

Ik hield het niet uit in mijn cel. Ik hield het niet uit in mezelf tussen de crucifixen, bidstoelen, heiligenbeelden, medebroeders, al dat bruin, Tricia, in die logge gebouwen, waar ik alleen nog maar aan haar kon denken, aan jou, en ik het wit onafgebroken, steeds als ik het kon, uit broeder lichaam molk, soms het boetekoord tegen mijn keel gestropt, Patricia.

Kort na die vrijdag en het weekend wandelde ik dertien uur vijfenveertig de hoofdpoort uit of ik weer naar de tandarts moest. Daar komt ook geen eind aan, zei Domitianus. Moet je nu opeens 's middags? Vanmorgen zat vol met andere patiënten, verzon ik. Het kon alleen 's middags.

Zie mij lopen. Ik zag mezelf gaan met zo grote stappen als mijn rokken en lappen het toelieten, bij iedere stap haar naam, hopelijk is ze OPEN en thuis. Het regende flauw, maar ik zette mijn capuchon niet op. Wees niet vergramd, god, en zie niet naar mijn zondigheid. Wat kan mij het schelen ook, nu ik hier bijna rennend door de intussen bekende straten walste, haar nat, gezicht nat, zij geeft me de warme handdoek van het rekje. Orson Welles. In het bioscoopje ging The third man. En is ze niet thuis dan wacht ik, blokje om langs de toren en de terril, zou ik op haar wachten, ik moest haar zien, ik eh zal het nu misschien durven zeggen, ik wilde bij haar zijn want ik want ik.

OPEN was ze. In de winkel, het eerste wat ik opmerkte was de verse Sportspiegel, hoorde ik de naaimachine ratelen voor ik haar naam riep. Patricia?

Kom verder Eldert. Met klank in haar stem of het vanzelfsprekend was dat ik daar zou staan en ze me zelfs verwachtte. Ze bleef aan de tafel zitten toen ik op de drempel van de achterkamer met het portret van Rogier verscheen, die naar mij keek. Brilletje op bleef ze gebogen over textiel dat onder de naald door rimpelde en zij met secure fijne vingertjes wist te draaien en te plooien, speldenkussen aan haar pols, het haar viel langs haar wangen en de naaimachine met het lampje dat haar bezigheid bescheen heette in gouden elegante letters Gracia. Een gebreid mannenvest droeg ze, donkergrijs, op een wollen bloes met figuurtjes en rode knoopjes. Onder de tafel, zag ik, alles in het ene zelfde moment van kijken, zien en in me opnemen, had ze slofjes aan en broekspijpen, andere dan vorige keren, dit waren donkerblauwe. Kleren van haar man, zoals ik nu begreep. Ze keek op naar mijn druppelende aanwezigheid. Watersnood nu ook doorgedrongen tot het mijngebied, stelde ze vast, in het geheel niet verbaasd dat ik onverwacht in haar huis verscheen. De lap stof gleed uit de stilgezette machine op haar schoot. Ook goeiendag.

Ik had nog niets gezegd, al stroomde ik over van woorden, die ik toch niet zou durven zeggen.

En ik maar zuchten en wachten. Die zie ik niet terug dacht ik. En daar dwars doorheen dacht ik natúúrlijk daagt hij weer op. En daar is hij, de heilige Joep uit de hemelen. Wat sta je daar nou.

Me uit de mantel wikkelend of ik thuiskwam en hier hoorde, de sokken hingen boven de haard had ik al gezien, sloeg over mijn blijdschap de zwarte angst al toe, wat doe ik, wat deed ik, het kan niet, dit kon niet.

Ze hing mijn cape over een stoel bij het vuur. Met warme voeten tegenover haar, naaimachine opzij, schoof ik de sigaretten naar haar toe, veertien stuks, twee smalle pakjes met het rode stoplicht, een nog dicht. Iets voor je meegebracht. Het malachiet van haar ogen vonkte even. Wat schattig van je. Dat woord, lang niet gehoord, was ik vergeten. Onder ieders beraaik een Lucky Strike, jubelde ze en nam mijn hand, wat gebeurde er, ze drukte er een kus op. Koele lippen. Een kus. Op mijn hand. Een aai eroverheen.

Ze had de watersnood gezien, vertelde ze. Met zowat de hele straat hier om de hoek waar ze een televisie hebben. Een wat? Nee, schudde ik, daar had ik nog nooit van gehoord. Zij begon het mirakel uit te leggen, bioscoop in de huiskamer, maar ik luisterde er niet aandachtig naar, alleen haar stem horen, die me ook leek te strelen, was me voldoende. Ademloos op haar gefixeerd, alleen naar haar kijken, naar haar te mogen kijken. Rond de lamp de walm van haar sigaret, waar ze zuinige, genieterige trekjes van nam. Ik houd van je. Dat zei ik niet. Maar in een opwelling durfde ik wat ik tevoren had gedacht nooit te zullen durven. Mijn vingertoppen over de tafel verlegen tegen de hare. Ze trok haar hand niet terug. Zelfs geloofde ik te durven ze met één vinger te strelen. Ze draaide haar hand open en ontving mijn hand, die beefde, in de hare en keek mij aan zoals ik haar.

Ik, zei ik, maar zij kapte het af. Witte rook uit haar mond, reageerde ze: Ja. We weten het van elkaar. Maar we zeggen het nog niet. Ze wrong haar hand in die van mij, zij met één vinger raakte mijn polsslagader, onder de stugge band van mijn kloosterklok door, wat ik tussen mijn benen gewaarwerd, en stond op want er was iemand de winkel binnengekomen. Brilletje af.

Een vrouw: Dag Tricia, ik kom eens vragen naar de jurk van ons ma. Ik ben hem aan het innemen, Virginie. Die naad aan de zijkant en dan moet er alleen nog een zoom in. Doe ik straks. Je moeder krijgt hem terug als nieuw. Hoe is het er nu mee? De vrouw: Nog hetzelfde. Almaar mauwen en kotsen. Wormen volgens de veearts.

Bij de naaimachine lag een fotoblad open bij Richard Burton en Jean Simmons, bijbels gekleed voor een film over de mantel van Christus. Kamerbehang van verticale witte streepjes. Daar staarde ik naar. Nu beginnen de middaglessen, terwijl ik intussen word geacht slaapzaal Innocentius III te vegen en te dweilen op mijn knieën voorover in het zweet mijns aanschijns, hoewel het er koud is als op Antarctica, er wordt niet gestookt. Missen ze me? Ik ben gedrost. Gedeserteerd ben ik en zoals in het leger wacht mij executie. Op de speelplaats? Aan een paal?

Patricia liep met de vrouw mee naar de winkeldeur. Weer in de kamer: Ziezo. Deur op slot. Bordje omgedraaid. Ik ben er niet. Wil je een borrel of zo?

Geschrokken weerde ik af. Nee. Stel je voor. Dat ruiken ze. Dat niet ook nog.

En toen was ik opeens op de trap. Opeens de trap op liep ik, achter haar broekspijpen aan over zeekleurig donkerwit geschilderde treden, of ik op golven liep. Ga je mee? had ze simpel gezegd, geen antwoord afwachtend, en ik volgde haar verrast verbaasd verward verdoofd zomaar gewoon, ik was toch al dood, de golven voerden mij hemelwaarts. Dit dacht ik er later pas bij.

Eenzelfde niet zo grote kamer als beneden. De besneeuwde berg in het raam als de Fuji op een Japanse prent. Een wagentje tegen de helling kiepte de laadbak om, zwarte puinbrokken over de flank omlaag als mijn allerergste zonden. Huivering over mijn rug en ik kon niet slikken van wat niet van zenuwen niet en verlegenheid niet en van nog meer niet. Een lits jumeaux, aan één kant beslapen, en een kleerkast die openstond. Schoenparen op de bodem, van haar en haar man op het kerkhof en hangers met kleren van haar, van hem. Een tel ging door me heen dat toen mijn vader in de moffentruck was weggevoerd, wat ik door een kier tussen de gordijnen had gezien, de kast in zijn slaapkamer en voorheen die van mijn moeder ook openstond. Drie deuren, de middelste een ovale spiegel. Ik had zijn bril in mijn hand, die de kerels van zijn gezicht hadden geslagen, en keek naar zijn kleren aan zijn kant van de kast. Wie moet die nu aan? Tussen twee zondagse overhemden de kralenketting van mijn moeder. Die deed ik om en zette de bril erbij op, maar daar kon ik niets door zien, ik vervaagde in de spiegel.

Patricia ging op de kant van het bed zitten waar de dekens en lakens onordelijk waren blijven liggen zoals het in het pensionaat niet mag. Daar moet na het opstaan het bed worden afgehaald, het beddengoed tot strakke vierkanten opgevouwen aan het hoofdeinde op een stapel. Ze deed het vest uit en liet het op het kleedje voor het bed vallen, zoals het in de opvoedburcht ook niet mag. Alles meteen aan het jukje en in de kast of in de wasmand onder het bed, en niet zoals hier, waar kledingstukken achteloos verspreid lagen. Kom hier zitten. Naast haar, waar ze een rimpel uit het laken trok. Mijn hand in haar hand op haar knie, haar knie tegen mijn knie.

Op het meubeltje naast het bed stond het schoteltje sprits met chocoladen onderkant, daar ook een tweede brilletje op een open boek, daarachter een foto in een lijstje, zij met fresia's in het haar in een wit gewaad tot halverwege de onderbenen naast hem in het zwart met hoge hoed. Hier geen behang, de kamer was geschilderd in dezelfde wittint als de trap. De blikken met onderscheiden witten stonden in de winkel van oom Barend rechts op de planken bij de lakken en vernissen.

Jij weet ook van toeters noch blazen hè, zei de vrouw die mij naast zich op het bed had neergetrokken. Ik had mijn knie al zedig opzij en mijn hand weer terug en leunde voorover op mijn ellebogen zoals ik deed op de strozak in mijn cel, naar mijn voeten kijkend waaraan ik grijze wollen sokken droeg.

Hee! Ze stootte me aan. Waar ben je helemaal overal met je hoofd. Doen we nog wat?

Wat verwachtte ze van me.

Godjozefmaria en christus op een kameel, nee zoiets aanbiddelijk onnozels als jij, zo kuikenachtig onwerelds heb ik nog nooit in de winkel gehad. In mijn bed ook niet.

Dit hoorde ik haar nog zeggen toen ze haar armen om me heen klemde en me achterover drong. Zacht bed in mijn rug, dat niet kraakte van oud hooi. Een laken onder me, ook een vergeten sensatie. En nog meer. Ze drukte haar mond op mijn mond en nog meer. Er begon iets langs mijn lippen te bewegen dat naar binnen schoof, het tastte langs mijn voortanden met het gat erin zo groot als een voetbalgoal. En nog meer. Alsof ik de heilige hostie ontving, kwam het op mijn tong, krulde rond mijn tong, zoog, trok hem bij haar naar binnen. Wat vies allemaal. Ze smaakte marsepeinig. Mijn armen onbruikbaar door haar omknelling, ogen dicht omdat zij de hare ook dichthield, overkwam het me, zag ik gekleurde lichtlinten door mijn hersendonker waaien en het leek of ik begon te zweven als op een schilderij van Chagall. In mijn kloosterharnas kreeg de verstijving geen ruimte voor verdere expansie, als een binnenshuis groeiende boom die niet hoger kan dan het plafond. Toen hoorde ik het openritsen van knopen en dat ze kleding uittrok. Was het gepast als ik mijn ogen opende, wat zou ik dan zien?

Haar zagen mijn ogen, mijn kijken werd een brassband van verwondering bewondering exaltatie religiositeit opgetogenheid of mij een verschijning werd vergund, de brassband was in werkelijkheid een serie geluidsstoten waar de sirene aan was begonnen. Patricia mijn beminde zag ik, naakt als het meisje op de schelp op het schilderij, veel te klein en grauw afgedrukt in Geschiedenis der Pausen, van boven en onder met inktstroken gecensureerd ook. Voor het eerst dat ik een vrouw in deze staat ongeschilderd in het echt mocht zien. Ze liet zich helemaal bekijken door haar armen wijd te spreiden als de gekruisigde engel die zich in een visioen aan Franciscus vertoonde, hem werden toen de stigmata toegebracht. Wie weet ontstonden er nu gaten in mij, nog andere dan ik al in mijn gebit had. Buiten het raam begon het te regenen en te sneeuwen tegelijk, het ijzeren lawaai van het wiel begon. Zij liet zich achterovervallen en keek naar mij, die als uit beton gehakt bij haar voeten bleef zitten, niet wetend wat te doen. Wel? zei ze. Haar versieren moest ik, zei ze. Bloemblaadjes op de krullenvlok waar haar benen beginnen, sprits tussen haar borstjes. Haarborstel. Gloeilampje. Jij hebt er verstand van, zei ze. Stroop jij al die onzin nu ook maar van je lijf, kan ik jou ook eens bekijken.

Het scapulier, het koord, de pij, de kiel, en ja de broek, door de stof waarvan de domtoren zich aftekende. Ze vouwde haar hand eromheen, nooit een andere hand daar gevoeld, ik hoorde haar dingen tegen hem zeggen waar hij nog verwaander van werd en toen haar mond, haar tong, ik steigerde, dit kon niet, mocht niet, ik deed zonde! Heilige Antonius van Egypte, vader aller kloosterlingen, door satan bekoord en verleid met de verrukkelijkste verlokkingen die gij alle hebt doorstaan, ik was ten prooi aan de zonde met een x! Ze trok mijn magerte over zich heen en leidde hem ergens naar binnen, een vochtige inham, warm, liefkozend zacht, waar hij zich ten volle mocht uitstrekken in diepte zover hij kon, nog dieper ging niet, voorhuid binnenstebuiten achter de vuurmond die gloeide en dieper wilde, nog verder de smalle hemelgang in waarvan de wanden uiteenweken om hem door te laten tot waar hij niet verder kon. Daar stootte hij zich tot ontlading. Zo heftig dat het als bloemstelen uit hem, uit mij wegschoot, kolenvuur in mijn testikels, stroomstoten tegen mijn anus. Ik verdronk. Dit is het dus. Dit is het. Had ik er intellectuele gedachten bij? Geen enkele.

Hebben we, of misschien ik alleen, toen even geslapen? In paradisum, nog steeds op haar lichaam van engelendons, lag ik onder dekens die ze over ons heen had getrokken. We kusten elkaar. Ik haar helemaal, van haar ogen naar haar tepelknopjes en verder omlaag, op reis met al mijn organen en extremiteiten, tot ik de poort zag waar ik doorheen had gemogen, de vleugeldeurtjes aan de ingang, die mocht ik openen met schroomvallige vingers, dat vond ze goed. Kijk maar, zei ze, dat is nu het andere geslacht waar jullie zo bang van zijn. Bij ons heet het kut. Vulva, vagina, schaamspleet, schede, muschi, poes, pruim, gleuf, doos, flamoes, fotze, als je kut zegt weet iedereen wat je bedoelt. Het nat dat daar naar buiten druipt, dat is nu de poel der zonde.

Nog terwijl ze het allemaal zei, sloeg de angst, van metaal, tegen me aan en boven op me. Een vermiljoene satansgedaante sprong mijn ogen binnen, zijn armen rond een fallus omvangrijker dan hijzelf, de spuitkop gevormd als de hoed van een vliegenzwam reikte tot boven zijn hoorns en daar spatte lava uit, vuurwerkraketten en arcadebogen van brandende substantie. Het kletterde neer in mijn zwarte ziel die schroeiend ineenrimpelde, god is vergramd en rekent mij mijn zondigheid aan door duivels op mij af te sturen. Waar mij te verbergen, ik schaam me, want ik ben naakt. In zijn gerimpelde zak, zo zwaar dat hij tot tussen zijn hoeven afhing, puilden ballen als rubberen wereldglobes, daar ging hij schrijlings op zitten om verend en kaatsend om me heen te springen, bulderlachend vanuit zijn holle buik, scheten latend, stralen spuitend als een geiser. Opeens was hij ook weer weg. Maar ik had hem gezien en hij sloeg angst in me van donderend koud staal, zoals ik het hoorde van het wiel in de ijzeren toren.

Ben je mal, zei Patricia. Wat ril je opeens. Niks om bang van te zijn. Kom hier met dat verfrommelde dingetje van je. Met haar hand, beide handen, met haar mond maakte ze hem weer strak als een soldaat van de Zwitserse garde, niet zo kolossaal als de stronk van Beëlzebub, heerser over het duister, maar stevig naar mensenmaat, wat gebeurde zoals het gebeurde en zonder dat ikzelf zeggenschap over mijn onderdaan had. Opnieuw gleed hij binnen waar het nat was van melk en hij meteen opnieuw begon te rammen, maar de geliefde zette haar nagels in mijn billen. Rustig. Bedaard. Kalm. Niet meteen holadiejee. Probeer je in te houden tot ik het zeg en dan. Ik leer het je wel.

Er begon zacht golven van haar buik en waar hij in haar stak spande er dacht ik iets omheen dat bij het bewegen en schuiven beurtelings ontspande en weer samenkneep, zij hield hem in bedwang met een spier als een elastiekje. Ze ademde in mijn oor, haar tong was in mijn oor, ik ging het niet volhouden dacht ik en hield mijn adem in waar zij juist begon te hijgen, haar benen over mijn rug, ze beet in mijn schouder, haar nagels in mijn zitgedeelte, waarvan ze de helften uit elkaar trok. Ik voelde hem voortijdig druppen maar hij bleef gestrekt, ergens in haar diepte was iets als een mondje dat aan hem slurpte. Het elastiekje schoot los op het moment dat ze Ja riep. Nog eens Ja en jajaja achter elkaar en op mijn Orbea Opal 20 Speed, billen los van het zadel, beukte ik me voorwaarts, stormram, drijfstang, pneumatische stamper, zo diep als er diepte was, eruit tot de rand en terug zover hij kon en mijn knikkers tegen haar op kletsten, zij klitte aan mij vast, haar voeten, koud, in mijn oksels, jajaja met die klepel van je laat komen laat komen, ik voelde dat zijn kop zwol tot hij barstte, er kwam wel iets, maar het stokte. Het zwart kwam terug, waar bliksemcurven doorheen sloegen die bleven hangen. Satan maakte obscene woordgeluiden in de keel van de vrouw die onder me lag. Toch bleef ik verbeten doorraggen in haar poel kut poes gleuf muschi of hoe het allemaal heet, waar ik hem nu door niets meer beteugeld op hol liet slaan tot voorbij de finish het schuim uit de flessen golfde. Iedereen juichte.

We rolden van elkaar af en bleven hijgend liggen, armen en benen verstrengeld, zij haar voeten warmend door ze in de sokken te wurmen die ik nog aan bleek te hebben. Jezusmina, bracht ze uit. Godallemachtig. Dat is lang geleden. Over haar hoofd heen met het verkreukelde haar zag ik dat ze het lijstje met de trouwfoto plat had gelegd, zij en haar man naar beneden. Het kamerwit was aan het vergrauwen in de binnengeslopen schemer. Hoe laat kon het opeens zijn, het horloge zat niet aan mijn pols.

Die kloosterknol moet hier ergens liggen tussen de rotzooi in bed, zei Patricia lui. Heb ik van je losgegespt toen je het zo druk had. Merkte je niet eens. Ik wilde je helemaal bloot, in ieder geval zonder troep van daarginds. Kan jou het schelen hoe laat het is. Ze kwam op een elleboog overeind. Wat bezielt je opeens?

Woekerende onrust en beklemming. Die bezielden me. Niet opeens, maar aanwezig gebleven door alle bedrijven. Ik moet terug, fluisterde ik, zittend al, zweet over mijn hele lijf.

Je moet helemaal niet terug, zei ze weer. Laat ze de hik krijgen. Was het niet fijn dan, neuken? Weer een nieuw woord. Vogelen, ficken, boemeleboemsen, onderwees ze didactisch. Ketsen, van bil, wippen, naaien, kezen, pezen, fukfuk. Dat zal daar wel uit alle woordenboeken zijn geschrapt. Nou? Vond je er niks aan misschien? Ze trok me opnieuw achterover in de chaos van lakens, dekens, kussens, een rode schoen, de haarborstel had stalen pinnetjes die in mijn huid prikten en schoof over me heen. Dacht jij dat ik je zomaar liet gaan, vrome kerkkabouter? Je bent zelf naar me toe gekomen toch knibbelknabbelknuisje en nu verslind ik je als de gulzige geile heks. Haar tong weer, mijn tong weer en alles begon opnieuw, spuug en marsepein, glibberende lichamen waaraan niets met de zwembroek werd bedekt, mijn zweet, het hare, hijgen, zij hijgde in mijn mond en begon van onder van voren tegen me op te wrijven, haar haar penselend over mijn gezicht. Brilletje op dat ze ergens in bed had teruggevonden, opeens had ze iets strengs, zat ze op me. Hier met dat schaakstuk, zei ze. Ik voelde er een speekseldraad op neerkomen, die ze uitwreef over de kop van de vliegenzwam, en stopte hem waar ze zelf ook weer nat was rechtop in haar lichaam. Op haar knieën, maar het had niets met bidden te maken, begon ze te roeren te draaien te stoten, knopjes vooruit, onder het middenrif alles naar binnen getrokken, haar diepe navel gevuld met wat in stroompjes naar beneden gleed, daar had het haar een andere kleur dan boven, er kleefden wat bloemblaadjes tussen. Met korte en langere bewegingen schokte ze op en neer over Beëlzebubs uitwas, die soms tevoorschijn schoot en dan werd teruggepropt. Naar binnen jij, niet weglopen. Mijn handen tegen haar borstjes, mijn handen haar strelend waar ze konden, zo zacht overal en of onder de zachtheid de zachtheid pas begon. Mezelf onderlangs omhoog krikkend op haar ritme zag ik haar in het schemerduister of ze licht afstraalde. Haar gezicht met open mond naar boven gekanteld reed ze zich op mijn fakkel naar hoogten waar ik niet bij kon. Vlak voordat het zou gebeuren spreidde ze weer haar armen zoals de heiland sprekend tot de scharen en op het moment van gebeuren kwam uit haar gestrekte keel een litanie van liturgische aanroepingen. Ooo! God. Godver. Godchristuskolere. Jaa! Jezusjenever. Toen het was gestopt keek ze naar mij omlaag, waarbij ik niet haar ogen zag, wel dat de glaasjes naar haar neuspunt waren gegleden. Jij ook weer lekker? vroeg ze met die stem van suikerstroop die ik mij herinnerde uit de wieg.

Mijn stuit had zich verlengd tot een staart met angels eraan, gevormd als runen-x'en, uit mijn voorhoofd puilden hoornstompen, ik was overdekt met stug ruig rood bokkenhaar en waar ik nog in haar stak had tot mijn zondenstraf geen ontlading plaatsgevonden, daar verslapte het en glipte de poort uit.

Zij leunde voorover, handen op mijn schouders, gezicht vlakbij. Je moet niet weggaan, zei ze in het donker, haar adem over mijn satanskop. Zullen we bij elkaar blijven, gewoon hier samen bij elkaar? Ik ben er wel weer aan toe en jij al helemaal, verwaarloosde aap.

Uit het diepste holle van mijn buik, opborrelend als uit de onderaarde, klonk: Dat gaat niet.

Zij: Daar heb je hem weer met zijn gaat niet. Waarom gaat dat niet. Je bent hier toch al? Ik houd van je, hoor je het me zeggen? En jij niet van mij want jij wil per se terug in je kooi met andere radeloze chimpansees. Het is al avond, de nachtploeg gaat met het wiel omlaag, ik maak iets te eten en jij blijft gewoon hier. Daar staat een kast met normalemannenkleren, waar jij gewoon in kan, als het mij allemaal past, past het jou ook, anders zorg ik daarvoor, jasjes, broeken, hemden, truien, sokken, schoenen. Zoek maar uit. En morgen ga je bij het gemeentehuis langs om die identiteit van je terug te halen, nieuw paspoort en zulke dingen, nieuw adres, we zullen bonkaarten voor je moeten regelen. En dan begin je een baan te zoeken in de gewonemensenwereld, broeder Adriaan.

Bonaventura, verbeterde ik.

Die had twee paar schoenen voor zijn bedstee staan, rijmde zij met een lachje. Jij heet Eldert Haman.

Dat lachje werd in de hel duizendvoudig bijgevallen met schaterend boegeroep, gehuil, gemekker, geproest, gebulder en gebulk, dat de woestijnheilige Antonius ook moet hebben gehoord, verleid met zeer aanlokkelijke visioenen, zoals ik en onze zaligmaker, die van de duivel alle koninkrijken en hun heerlijkheden kreeg aangeboden.

Hou op met dat onzalige getob, zei ze, en kom terug op aarde.

Ze stapte uit bed en deed licht aan, zodat mij nu werd getoond hoe een naakte vrouw staat en loopt en haar knieën buigt, de vloer vol kledingstukken waar ze er een paar van opraapt. Venus met armen voor mij tentoon met rondingen en welfsels en geheimheid, niet als beeld in het Louvre, niet als verschijning in een film waar ik zoiets trouwens nooit heb gezien, niet als droom, niet als fata morgana, maar in wezenlijke gedaante voor mijn ogen, zij is de verleiding, ik hoef mijn hand maar in haar hand te leggen die ze naar me uitsteekt.

Kom je ook?

Ze verdween achter een half doorschijnend gordijn, waar ze in contour zichtbaar bleef in licht en damp en neerstortend water.

Kom je nu?

Ik zat op een rond gloeilampje, zonder gedachten beet ik een stukje van de sprits met chocola die in een kronkelplooi lag van het ding uit de Wehkampcatalogus dat ik nooit eerder in het echt had gezien. Tante Suzan hing het niet aan de drooglijn of bij de kachel. Bustehouder. Ik kende het woord, dat wel. Ik nam het bij de bandjes op en drukte de kleine ondiepe vormen tegen mijn ogen. Maagdenburger halve bollen van een niet-maagd-niet-martelares-niet-heilige vrouw en toch godin, voorgoed mijn geliefde, zij heeft mij ingewijd en het mij geleerd, ik zal het van nu af altijd weten.

Als je nu niet komt is dalijk het warme water uit de boiler op, riep ze.

Naar haar kijkend terwijl zij door het beslagen gordijn heen mij niet zag, deed ik de sokken uit. En nu? Alsof satan mij vlammen spuwend naderde bekleedde ik mijn schamelte haastig met de broek, de kiel, de pij, het scapulier, het koord met de knoopconstructies waarmee ook stroppen voor de galg kunnen worden gemaakt, een van die knopen herinnert de kloosterling aan kuisheid. Waar zijt gij, door mij Bonaventura geheten mens? Ik ben bevreesd, Heer. De kloosterknol vond ik in het bed terug tussen de verspreide sporen van verdorvenheid. Het was negentien uur tweeënveertig. Ik had in de studiezaal heen en weer moeten lopen met de rozenkrans. Mijn sandalen? Die moesten nog beneden zijn.

Langs het gordijn met de vernevelde vrouw sloop ik de witte trap af. in de kamer trof ik mijn schoeisel, daar achtergelaten als door Mozes op de berg Horeb. Daar ook mijn cape. De winkeldeur met het naar binnen gedraaide bordje OPEN. In de regen trok ik de capuchon over mijn hoofd.

Bij de hoofdpoort stond een auto met een Duits nummerbord. Hitlerauto uit de oorlog, dofzwart, met zijn koplampen en grijnzende bumper naar de straat gekeerd, bij het langslopen bleef ik even aan de bumper haken.

Boon? Domitianus bekeek me als door de watersnoodramp aangespoeld. Wij vroegen ons al af. Benedictus verwacht je nu onmiddellijk. Zijn gestrekte hand bewoog heen en weer naast zijn hoofd.

Broeder overste zat mij met gespreide vingertoppen tegen elkaar op te wachten. Samengeperste stilte waarin hij mij geruime tijd aankeek, ik hem ook, uit mijn pij lekte regen in onregelmatige druppels op mijn voeten, tik, weer tik, dat was te horen.

Zo Bonaventura, broeder, zei hij eindelijk. En, hoe staat het met je gebit. Waar heb je uitgehangen vanmiddag tot dit tijdstip ik bedoel telefoontje met tandarts Stevens en die had geen afspraak meer met jou. Zwijg maar voordat je begint te liegen.

Ik was de wolf op zijn bureau en hij, met nu opgestoken vermanende vinger, sprak mij toe. Foei, broeder wolf. Ik staarde naar het beeld dat het sprookje voorstelt, niet van plan mijn zwijgen te verbreken, de wolf zei ook niets terug tegen Franciscus, al bewoog hij kwispelend zijn staartpunt naar is opgetekend, wat zou ik mijn medebroeder met het pauswitte haar trouwens opbiechten? Dat ik had ge-, al die woorden buitelden door mijn hoofd, dat ik had ge-? Ik zou hem waarschijnlijk moeten uitleggen welke verrichting ermee wordt bedoeld, zoals ik het een paar uur geleden zelf ook niet wist. Wij kloosterbewoners doen dat niet.

Benedictus vulde zelf mijn zwijgen in, door feiten te veronderstellen die ik niet weersprak. Hier in het dorp en in Rodakerken flierefluitend rondgezwalkt en in boekenwinkels nietwaar al die boeken die je las voor wij in onze gemeenschap je opnamen in liefde die zedeloze rommel en in winkels waar ze van die muziekschijven hebben van jes en liedjes ik bedoel. Hij bedoelt jazz, was me duidelijk, verachtelijke negermuziek, bedoelt hij. En toen misschiens gegeten in zo'n oosters waar je voorheen ook altijd met bier want erg pittig wat je daar op je bord krijgt zegt onze Severinus. Betaald door iemand die daar jullie elkaar nog kenden van toen je nog niet ons habijt mocht dragen in armoede. En je plichten hier? En je toewijding aan onze regel van ons heilige voorbeeld onze heilige vader Franciscus die Bonaventura jij bij je eeuwige geloften? En toen mogelijks ook nog naar een film gaan kijken in het donker naar vrouwen en elkaar vermoorden en zedeloos. Je weet de jongens ruilen plaatjes van die filmvrouwen die moeten verscheurd en verbrand ik bedoel die plaatjes bedoel ik.

Tik op mijn linkervoet. Tiktiktik op de rechter.

Nietwaar, zei hij weer, zijn handen plat voor zich op het oppervlak van zijn bureau dat ik weleens in nederigheid met boenwas en een wollen lap heb moeten opblinken, bleef hij mij aankijken. Ik hem ook, bij zijn schildering van attracties alleen maar denkend: Het was honderden keren feestelijker, een miljoen keer spannender, en jij kan je daar geen voorstelling van vormen. Ik zie haar nog alsof ik bij haar ben gebleven, wat ik had moeten doen, haar geur is nog bij me en ik proef haar nog en daar beneden tintelt het nog en hij zou zo opnieuw zonder zwembroek van de hoogste duikplank terug willen in het diepst. Praat jij maar, verdroogde kweepeer, zoals in de kapel de houten vrouw met de wormgaatjes er een toont in haar hand, babbel jij maar je rare zinnen, lang als een stofzuigersnoer waar hier en daar een knak in zit, je zou jaloers op me zijn als ik het je met alle verven uit mijn stiefvaders winkel zou vertellen. Wat sta ik hier als een kostschooljongen een reprimande te ondergaan van deze overste, nooit iets anders gelezen dan de fletse werken uit het kloosterboekenkastje en de Volkskrant die opgevouwen bij zijn elleboog ligt, nooit dixieland gehoord, nooit de lieve Marilyn Monroe op een plaatje gezien waar ze op haar knietjes een miniem broekje en een bustehouder aanheeft in de schaduw van palmbomen. Weet jij wat een bustehouder is? Waarom ben ik hier, waar eerder de duivel huist dan ik hem zo'n anderhalf uur geleden heb gezien.

Ik moet je een penitentie opleggen, wauwelde Benedictus, want ernstige overtreding en gaat mij aan het hart. Na telefonisch beraad met onze broeder Gabriël onze broeder provinciaal in ons hoofdhuis in Germisch.

Daar hebben we die ook weer, dacht ik. Vernoemd naar de boodschapper met het blijde bericht, naamdag 24 maart. Weer telefonisch beraad aangaande mij met de aartsengel, zoals de eerste keer dat ik hier tegenover Benedictus stond. Dat mij boetedoening te wachten zou staan na mijn ontsnapping buiten de muren zoals de heilige apostel Paulus, viel op de kralen van de rozenkrans na te tellen. Ik had naar Tricia Patricia moeten luisteren, o Beëlzebub mijn vriend, en me hier niet meer moeten vertonen. Maar ik kon me nu toch alsnog weer omdraaien, op mijn voetstappen terug, hier weg, wat ik na het eerste onderhoud in dit kabinet met Christus aan zijn rekstok meteen had moeten doen, over de gangtegels met mijn natte zolen het klooster uit in plaats van in, maak de slotpoort maar weer open, Domitianus met je ijzeren sleutel, groter dan die de heilige Petrus in zijn hand houdt in het vaticaan, niet Bonaventura maar Eldert Haman treedt uit.

Tien dagen recollectie in ons hoofdklooster in Germisch, luidde het verdict over mij. Daar schrok ik van, ik had er van anderen over gehoord.

Kans om me uit de voeten te maken kreeg ik niet. Ik werd als door de Gestapo gearresteerd en door de gangen weggevoerd, bij mijn armen vastgehouden door medebroeder Laurentius en een andere medebroeder, die ik niet kende.

Dat bleek een Duitser te zijn, in ons toneelstuk Pontianus geheten. In het hoofdkantoor is hij de baas over de algehele boekhouding en administratie van onze franciscusfirma, vandaag toevallig hier om bij het begin van het nieuwe jaar de telmachinecijfers van het paard Laurentius te controleren. Hij rijdt rond in de auto die ik voor de hoofdpoort had gezien. Van het merk en het gedrongen insectmodel dat de Führer zijn dankbare volk heeft geschonken. Gabriël had Benedictus geboodschapt dat ik door Pontianus, nu die toch hier was, in Germisch moest worden afgeleverd. Met handboeien? Gelet op de aard van mijn vergrijp mocht Benedictus mij in geen geval zelfstandig op reis sturen, want wat zou ik met het mij te verstrekken geld voor de Straßenbahn in mijn hoofd kunnen halen, nu ik mij eenmaal aan de tucht binnen onze gemeenschap had onttrokken en van verboden vrijheid had geproefd.

Het autoportier werd opengehouden door Amadeo die voor ons uit was gelopen. Hij dwong mijn hoofd omlaag en stootte me met Laurentius het voertuigje in. Als een jood of een andere jachtbuit in de oorlog, een collaborateur of moffenmeid na de oorlog, hoofd vooruit het ingewand van de auto in en een schop achterna. Ik kreeg geen schop. Domitianus, sleutel aan zijn koord, volgde het gebeuren, in het schoolgebouw brandden de lichtbuizen in de studiezaal en in Mansuetus' kamer, hijzelf als een zwarte schaduwkolos in het raamvierkant.

Ik werd achterin gepropt, mijn hoofd, sagte Pontianoes, mocht niet voor de kleine ovale, in het midden gescheiden achterruit, da er hinter sich sonst nichts sehen konnte. Meer zei hij niet tijdens de hobbelende rit, stuurs achter de tentakels van de koplampen aan, voorzichtig in de gladheid. Ik zat achter zijn oude nek met een litteken. De oorlog? Misschien heeft hij vanwege de verwonding een lintje in een knoopsgat van zijn uniform mogen dragen.

Ik zei ook niets. Het was voor het eerst dat ik in een rijdende auto zat en ik vroeg me af of alles nu sneller voorbijschoof dan op een Orbea Opal. Buiten was het grotendeels donker, in mijn hoofd zonk de zwaarte en het niets waarin ik weer verdween als onder hypnose. Starend naar onzichtbaar blijvend landschap kwam het wit in mijn hersens, waar ik mezelf zag lopen, nee rennen, nee vliegen als een zwaluw. Zou ik Pontianus durven vragen even te stoppen om mij te laten uitstappen. Ik vind het wel in het wit door het donker, Patricia beminde. Ik had Pontianus tegen zijn litteken moeten tikken en hem in oorlogsduits, dat klinkt als titanium, moeten bevelen de kever tot staan te brengen en mij aan mezelf over te laten. Dat had ik moeten doen, zoals er zoveel was dat ik moest doen of had moeten doen zonder het te durven. Waarom durfde ik niks uit mezelf.

Recollectie is bezinning. Overpeinzing van begane zonden, overtredingen van de regel, verkeerde gedachten. Dient tot inkeer en hernieuwde overgave aan God en zijn geboden en instituten, gedachtig onze geloften en in liefde voor de boven ons gestelden. Miserere mei, domine. Het geschiedt in totale afzondering en met uitsluiting van alles.

Ik werd, opnieuw door drie medebroeders-cipiers, weer twee aan mijn ellebogen, door lange, echoënde gangen naar een cel geleid, waarvan medebroeder drie de ijzeren deur opende en achter mij op slot draaide. Alles zoals in de auto onder grimmig zwijgen.

Eenzelfde cel als ik gewoon was, maar nog kleiner. Gloeipeertje in het plafond dat dag en nacht bleef branden, al raakte ik het besef van dag en nacht kwijt, want ze namen me het horloge af. Strozak op de vloer, zonder hoofdkussen en dekens. Er stond een emmer. Verder bevatte het ruimtetje niets dan nog een boek dat naast de strozak lag. De Bijbel, opmerkelijk, want die wordt in katholieke kring niet gelezen. Het Oude Testament kende ik niet, op de paar verhalen na. Ik las het tijdens mijn detentie. Ik kwam er Haman mijn naam in tegen, als jodenhater opgespietst aan een paal. Geschrift vol vijandschap, moord, haat, vergelding, marteling, sadisme, oorlog, bloed en een wrede wraakzuchtige despotische terreurgod, Heer der Heerscharen en opperbevelhebber over vernietiging van volken, erger dan – ik laat vergelijkingen met personen uit de jongste geschiedenis maar achterwege. Ik las het zittend met mijn rug tegen de koude muur, of liggend op de dunne strozak op de koude vloer, soms staande in het stenen hok waar de kou als kleffe adems om me heen bleef. Wakend en slapend hield ik mijn kleren aan, capuchon over het hoofd. De eerste nacht was de mantel die ik als deken over me heen dacht te trekken nog nat van de regen en hij zou de volgende etmalen niet opdrogen. De klamheid ervan trok door de pij en andere kleren en mezelf, rillend van het eerste uur af aan en zonder ophouden. Waken en slapen werd zoals het vermoedelijke verloop van de tijd, ik raakte het benul ervan bijster, slapend bleef ik wakker en was ik wakker sliep ik gewoon door met het boek der boeken en mijn gedachten bij jou, zoals je me bleef verschijnen in gedaanten die ik beschreven vond in het Hooglied. Uw ogen zijn als duiven en gij hebt mij betoverd.

Eens in de emmer klaterend, waarin het vorige geel in de kou lag te stollen, voelde ik iets, vreemd aan mijn vingers, vreemd aan mijn ineengerimpelde plasorgaantje, waarvan zelfs de meest geïnspireerde bijbeldichter de omvang niet zou vergelijken met een trotse loot aan een ceder van de Libanon. Er plakte een bloesemblaadje, liefste, tegen de binnenkant van mijn voorhuid, voelbaar waar de straal naar buiten kwam, een van de bloemblaadjes die ik plukte van de plant op je vensterbank en waar ik je lusthof mee versierde als met hennabloemen, nardus en saffraan en mirre en aloë. Ik kon het bewaren in de bijbel bij deze passages en na mijn vrijlating in mijn kerkboek bij de hymne Tota pulchra es, helemaal mooi ben je.

Dat ik het bloemseltje pas na geruime tijd in mijn kille vodden tegenkwam aan het lichaamsdeel dat aan de uitgang was gaan jeuken, had als oorzaak dat in de cel geen kraan was, geen wastafel waaraan ik me desnoods met ijswater kon wassen. Soms ging in de deur een luikje open en werden daar door iemand die niets zei een klomp zurig brood en een kom water door naar binnen geschoven. Met dat water kreeg ik me van onder wel zuinig schoon, ik dacht erbij aan medebroeder Tiburtius, in het pensionaat opzichter in de douchezaal, maar het bleef provisorisch bij wat gespetter en geklungel. Ik voelde me vervuilen en begon te ruiken dat ik stonk. Aan mijn wangen en kaken braken stoppels door, die na al die etmalen verzachtten tot een beginnende baard, waarachter eerder de onhoudbare pijn had gewoed en de sporen van Stevens' verrichtingen nog te voelen waren met mijn droge tong. Soms ging de deur helemaal open en kwam een jeugdige postulant de emmer ophalen en een nieuwe neerzetten, zwijgend en met van mij afgekeerd gezicht.

Nog eens ging de deur opeens open en kwam de Sneef van Germisch binnen, een pater van onze orde, die voor zichzelf een klapstoeltje had meegebracht en een deken voor over zijn benen. Hield zijn predicatie en vermaningen in het Duits, hij vroeg me of ik Duits begreep, zeer kort, de ademwasem steeg op voor zijn gezicht, ook hij met van mij weggewend hoofd. Of ik wilde biechten. Dit vroeg hij niet aan mij, maar aan de ruimte waar alles stonk en bewoog zijn hand al in een zegengebaar, snel snel, hij had het koud. Ego te absolvo, hij vergeeft mij, al had ik niets gezegd. Echter, beminde gelovigen, reeds de intentie tot biechten geldt als biechten, wat wel zo makkelijk is, die intentie was overigens niet bij mij aanwezig. Ik vertrouwde de kerel niet, in kloosterverband überhaupt niemand. Tussen de strozak en hem zat ik op mijn knieën, waar ik weinig kracht meer voor had, ik neigde voorover of zijwaarts om te vallen als na te veel Luminal of na het doordrenkte lapje van Mansuetus, ik steunde mezelf voorover op mijn vingertoppen. Na het zegenen van de lucht kwam hij met een hostie uit een zilveren doosje. In het pensionaat gaat Sneef met ons Heer in zo'n zilveren doosje langs de ziekenboeg en de kloostercellen waar bedlegerigen naar ons Heer in ouwelgedaante liggen te smachten. Voor hem uit loopt een misdienaar met een belletje die zijn nadering aandient als de ijscoman. Bevoorrecht als ik ben, alle heilige en sedert kort ook onheilige woorden te mogen kennen: dat doosje is de pyxis, met een x. Bijna bezwijmend zag ik het ding vervluchtigen, alsof het eerst vloeibaar werd en toen verdampte. De persoon voor wie ik op mijn knieën zat werd een bruine mistvlek, vervolgens doorzichtig, weer even later was hij helemaal verdwenen. Met zijn stoeltje en deken door de deur, waar hij eerst met zijn vuist op had gebonkt. Dat had ik die dagen ook ettelijke keren wanhopig gedaan, vruchteloos, terwijl voor hem de deur meteen werd geopend. De in het slot gedreven sleutel. Het krassen en kermen van scharnieren. IJzeren geluiden, ook het bonken, die tot me doordrongen of ze door water werden afgedempt.

Ik, te ver in zee kopje-onder geslagen ooit, waar de motor van een boot op honderd meter afstand ook zo klonk en voor mijn ogen en overal om me heen water en kou tot zwarte mist vernevelden, waar ik steeds dieper in wegzakte. Dat ik toen met zelfde wanhoop als hier begon te roepen met hetzelfde effect. Het effect van roepen onder water is luchtbellen. Bonken, schreeuwen in deze kerker waar ik mezelf al tot onzichtbaarheid voelde oplossen, bracht niets teweeg dan stilte, suizend, zoals onder water. Hier veroorzaakte het ritselen van papier bij het omslaan van een bijbelbladzijde al gerucht als van wind door boomtoppen.

Voor de koorleider. Tot het einde. En met u mijn God spring ik over een muur, las ik. Een psalm van David. Te onthouden voor als ik hier uit ben, God heb ik er niet bij nodig. Het lichaam des Heren God dat de mistvlek op mijn tong had gelegd, wreef ik tussen duim en top van de wijsvinger tot een rolletje, tot een bolletje dat ik wegschoot tegen de emmer. Het tikje tegen het metaal klonk als een bekkenslag in de stilte, de stilte. Niets te horen, niets te zien, niets te ruiken dan mezelf, niets te proeven of te tasten, alsof ook mijn zintuigen nog van me waren afgenomen.

In de zee, toen die mij omlaag zoog, wist ik nog één keer naar boven te spartelen, nog één keer adem, maar ik ging het niet redden, mezelf niet, ik verdween alweer naar het zwart dat aan me trok en ik werd steeds zwaarder. Mamaatje! Toen, tegen mijn hoofd, op het allerlaatst, sloeg een drijvende plank me terug bij positieven. Die kon ik grijpen, waarbij hij verticaal boven en onder de golven tegen me op kwam en me tussen mijn benen optilde.

Die plank was tijdens mijn recollectie Patricia. Wakend slapend, omgekeerd, of het deed er niet toe, dacht ik aan haar. Tricia, Patriciaatje! Zo intens dat ze soms door de muren en ijzeren deur heen in de cel verscheen, zoals in bijbel, evangelie en andere vertelsels ook van alles wat er niet is opeens verschijnt. En dan bij me op de vochtige stromatras kwam en ik me de dingen verder voorstelde. Samen naakt, al bleef ik in de niet weg te fantaseren kou de mantel, die begon te verspochten, stevig om me heen trekken. En bij de x in dat geheimzinnige woord uit Patricia's mond bleef ik aan het nazisymbool denken, een x met weerhaken. Rotterdam en heel Europa hing er vol mee. Een zwart beest met geknakte poten in een witte bol op een bloedrood veld. Door de Führer zelf ontworpen. Vraatzuchtig met die poten door alles heen ratelend, alles vermorzelend, vermalend, verpulverend tot alleen angst overbleef. Dezelfde angst als hier heerst voor wat dat magische woord zoal inhoudt. Dezelfde misdaden onder een ander symbool, ook gekruist als een x, maar rechtop.

Zeker tijdstip, het bloemblaadje lag op mijn handpalm, ik kon er mijn vingers omheen sluiten voor het zou wegwaaien toen opeens de deur weer openging, was de temptatie voorbij.

Achter een zwijgende medebroeder liep ik rillend door de kille gangen, ik kon nog lopen, naarmate we bevolkter gebieden naderden vleugde wat warmte op me toe. Mijn medebroeder opende ergens een deur waar ik naar binnen mocht. Een heldere douchecel met zeep en een scheerkrabbertje, waar ook schone kleren op me wachtten. Nu de bevlekte ziel was gereinigd door het heil van de biecht, mocht het lichaam zich wassen, zoals Christus in de Jordaan. De deur kon vanbinnen worden afgesloten, hoe ongekend en verbazend en diametraal anders dan in het thuisklooster. Daar bevinden zich in het slotgedeelte een paar grauwe douchehokken zonder deuren of gordijnen, daar wij broeders niets te verbergen hebben. Uit de sproeiers daar, die niet sproeien maar druppelen zoals de dakgoot, komt water uit één kraan, dat nooit echt warm is, afkomstig uit een ketelreservoir, ergens. Wij broeders mogen eens in de maand op toerbeurt onder de drup. De leerlingen in de douchezaal, veertien open cabines tegenover elkaar, beschikken zelfs niet over een kraan die ze eigenhandig kunnen bedienen. In het midden van de ruimte regelt medebroeder Tiburtius de centrale installatie waarmee hij water laat stromen, water afsluit, de temperatuur ervan bepaalt. De leerlingen moeten het iedere vrijdag doorstaan. Iedere vrijdag beducht voor Tiburtius.

Hier was een warm- en een koudkraan. Ik stroopte de plakkende vachten van me af en stapte in de regen. Onder het weldadig neerstortende water, zo heet als ik kon verdragen, bleef ik rillen. Eerst de baard van mijn gezicht, waar Christus en onze heiligverklaarde ordestichter nooit aan toe zijn gekomen. Ik zat op het afvoerroostertje in de vloer om het water onder me door te laten spoelen waar ik me op de emmer al die dagen met de zakdoek had afgeveegd. Die dreef om me heen door de golfjes om er het franciscaanse bruin van af te laten weken. Bovenbenen tegen elkaar verzamelde ik water in mijn schoot en keek naar mijn ontdooiende pik die langzaam groeiend naar de oppervlakte kwam als een dobber. Van mijn hand eromheen beeldde ik me in dat het haar hand was, tien, elf dagen geleden, eeuwen geleden.

Wat is er dan met die douchebroeder Tilburgus, vroeg Patricia.

In de douchezaal staan de jongens bloot bij elkaar voor ze een hokje in mogen, handdoek en zeepdoos verlegen voor de onderbuik. Tiburtius steekt een toespraak af. Over het reinigen van het lichaam. Iedere vrijdag opnieuw. Daar wijst hij een willekeurig demonstratiemodel bij aan, dat met brandend hoofd voor de troepen moet komen en niet weet hoe en waar te kijken. Handen weg. Over de aanblik van wat zich daarachter ontrolt krijgt hij op de speelplaats de recensies van zijn schoolgenoten wel te horen. Kamelentamp. Zielepieletje. Wij beginnen aan de achterzijde. Van nek tot brievenbus. Iedere vrijdag dezelfde humor waarbij niemand een kik lost en hij zijn vinger op de gleuf zet en tot beneden volgt, eronder even aandrukt. Zeep gebruiken. Ik kom het controleren. Omdraaien. Het haar. Al die cosmetische rommel eruit. Gezicht. Oren. Oksels. Buik. En dithier. Hij neemt het bij de jongen tussen duim en vingertop. Dit moet helemaal naar achter, onderwijst hij. Deze brutale eenoog moet helemaal met zijn koppetje voor de dag. Bij sommigen kan de eerwaarde de voorhuid met een ruk verwijderen zodat het instructiemodel sist en zijn benen kronkelt van pijn, bij anderen is het penisje zo angstig dat mijn medebroeder met beide handen in de weer moet voor de vertoning. Hier rondom zijn kraagje, waar bij deze slungel smeerkaas omheen plakt. Met washand en zeep. Ik kom het controleren. Ook wat er nog onder hangt. Broeder Tiburtius licht het met twee gestrekte vingers op en toont het in de krimpende stilte. Als de jongens onder de sproeiers staan, blijft hij langslopen. Bij de centrale kraan draait hij het water soms poolkoud, soms vulkanisch kokend, zodat de jochies schreeuwend, druipend de cabines ontvluchten. Dan kan hij, zegt Tiburtius, controleren of alles volgens zijn instructies is schoongeboend. Laat maar eens kijken, jij.

Hier onder de douche, opeens niets te vrezen, geen blikken

op mij gericht, besloot ik eerst tot lang genotzuchtig pissen, recht tegen de stralen in. Daarna dat andere, waarvoor ik me op mijn rug liet glijden, de hete neerslag striemend op mijn vel. Patricia's hand en ikzelf onzichtbaar in de witte dampwolken die het vertrekje begonnen te vullen. Ogen dicht. Uitstellen tot vlak voor en weer tot vlak voor. Rustig. Kalm. Bedaard. Patricia's stem in het water, en achter mijn ogen de poort tussen haar benen die ze vaneen deed. Het andere geslacht. Kijk maar. Tot er geen houden meer aan was en mijn hand het door de buis omhoog voelde komen, eruit, naar buiten, veel, langer dan de haastseconde die het gewoonlijk mocht duren en overeind als hij bleef in het neerslaande water op mijn buik, scrotum, dijen. Geen enkele gedachte in de ogenblikken dat het eigenlijke plaatsvond, de bevrijding, de genade. Meteen hierop zoals altijd het terugzinken in de uitzichtloosheid. Er bestond geen Patricia, het was gewoon mijn eigen hand, ik mocht me haar niet herinneren noch haar verzinnen.

Toen werd er op de deur geklopt, daarna gebonsd omdat ik het kloppen niet hoorde onder de waterval, en iemand riep iets, in het Duits, de eerste voor mij bestemde woorden zolang mijn strafretraite had geduurd. Bonzen op een deur en horen roepen in de nobele taal van Goethe en Gestapo, ik dacht aan eerder in mijn leven. Ze mepten de bril van mijn vaders gezicht en die kletterde eerst tegen de muur, toen onder de tafel, waar ik hem kon pakken voordat een van de hufters er zijn laars op kon zetten. Na het sluiten van de kranen begon het rillen weer, dat nooit helemaal zou overgaan. Boven op de klaargelegde kleren lag de kloosteronderbroek. Die moest ik nu wel aantrekken, tot onder mijn tepels, veel te wijd rond mijn spillebenen. Men zou vaststellen en het vermoedelijk melden dat tussen mijn afgelegde plunje zich geen onderbroek bevond. Hoe dat weer uit te leggen.

Ik kreeg een molshoop zware Duitse hutspot opgeschept door een stille jongeling die niet naar mij keek. Bij het bord lag het horloge dat ze me eerder hadden afgepakt. Het kleine geluid van het mechaniekje was alles wat klonk in het vertrek vol stoelen en buffetten, droogboeketten, heiligenbeelden waar ze me hadden neergezet. Christus aan de muur. Pius ernaast met zijn fanatieke prikogen. Het eerste warme voedsel na al die dagen.

Twee medebroeders vertoonden zich in de deuropening, beiden in reismantel. De voorste beduidde met zijn hoofd dat ik moest meekomen. Er werd niet gesproken. Ik ook gehuld in een cape, die vers rook, namen ze me mee de straat op, ieder aan een kant. Stevige pas. Betrokken weer, niet onaangenaam, waarin ik mijn longen volzoog, toch te koud voor blote voeten. Normaal geklede gewone mensen op straat, de jonge vrouw met de gebloemde hoofddoek die ons rinkelend met haar fietsbel van achter naderde en inhaalde, was niet jij, geliefde, mijn geheim, bloemblaadje in de omslag van mijn mouw, mijn weemoed en verdriet omdat ik zal worden gedwongen je te vergeten.

Straßenbahn in. Achter elkaar geplaatste tweepersoons houten bankjes. Ik aan de raamkant, waar de wereld voor het laatst aan me voorbijschoof, de ene bewaker naast mij, de andere op het middenpad, staande, hand aan de lus, bij de doorgang van het bankje, geen ontsnappen aan als ik dat soms in mijn hoofd mocht halen, zwijgend staarden ze uitdrukkingloos voor zich uit. Ik begreep waarom ik onder de douche had gemogen en schone kleren droeg, natuurlijk kon ik niet vervuild en stinkend in de tram, al zal onze stichter in zijn middeleeuwen er zelf meurend naar wolven en met klitten in zijn baard hebben bij gelopen. Het lichaam is een ezel, sprak hij. Het lichaam dient als werktuig, preekte hij.

Overstappen in een andere Straßenbahn, de oudste begeleider had er geld voor in een bruin stoffen zakje met een bruin koordje. Daar zag ik ten slotte na een scherpe bocht de achterkant van het thuisbolwerk achter de ringmuur opdoemen. De jongens in de klas moesten het getingel horen. Zonder een woord leverden ze me bij de hoofdpoort af. Toen die naar binnen week en Domitianus verscheen, draaiden ze zich van ons vandaan en marcheerden de straat weer uit, hoofd omlaag in de puntmuts, de blik naar de straat gericht, waar die onder hun voeten voorbijdraaide. Daar ben je weer, kom binnen, Boon, zei broeder portier.

Op de speelplaats kwamen jongens om me heen staan, een paar pakten mijn handen, trokken aan mijn armen, verderop bleef de bal even liggen, het spel gestaakt om vast te stellen dat ik het was, waarlijk teruggekeerd na afwezigheid, een paar begonnen op en neer te springen met hun handen omhoog, zowaar juichend als hun ouders naar de tanks van de bevrijders. Er sijpelde iets als berusting in me, verzoening met het feit dat ik daar toch weer was, meteen en vanzelf teruggeplaatst in mijn functie of de rol die ik hier moest vervullen. Hou je statig. Niet janken.

Daar was Wiro. Bonaventura, I presume? Goed dat je terug bent kameraad broeder. Jeeminee, dat knapentuig heeft je gemist en vroeg almaar naar je. Remigius heeft hier zolang je taken overgenomen. Dan weet je het wel. Hoe was het daar. Wat zie je grauw.

Ik wisselde een blik met hem en hoefde hem niet te antwoorden. Iedereen weet wat recollectie in Germisch inhoudt. Ook niet op de vraag die hij mij niet stelde, wat ik in godsnaam had uitgehaald om zo'n penitentie te krijgen. Dat was hem en iedereen in onze broedergemeenschap natuurlijk bekend, doorgefluisterd, becommentarieerd. Onze medebroeder Bonaventura is zonder medeweten laat staan toestemming van onze medebroeder overste een hele middag tot 's avonds buiten de muren geweest. Wat heeft hij daar gedaan? Men moest eens weten. Die kiespijn? vroeg Wiro alleen. Die is weg, zei ik.

In de slotgangen, -vertrekken en -zalen knikten de medebroeders me toe als gewoonlijk, over mijn misstap werd niet gesproken, die was bestraft en voorbij. Benedictus informeerde of ik daarginds onze provinciaal overste onze wijze broeder Gabriël misschien had ontmoet. Ik schudde mijn hoofd. Mij in gevangenschap niet verschenen als een engel zoals er een verscheen aan onze eerste paus Petrus in zijn kerker. Mansuetus knikte me niet toe, zond me in het voorbijgaan een bliksemstraal. Grômm! Alles als voorheen. Ik overdag weer ingezet voor werkzaamheden van huishoudelijke aard, met als eerste karweitje een nieuwe ruit inzetten waar er een was gesneuveld bij het sneeuwballen gooien. Donaat Houweling die het op zijn geweten had kreeg van Remigius meppen met de stoffer tegen zijn halfbevroren bovenbenen. 's Avonds toezicht in de studiezaal. De slaapzaal. Bittere theesmaak in mijn mond. Maarten Luther in Geschiedenis der Pausen. Wat die heeft gedurfd! Onhoorbaar heen en weer tussen de chambrettes, mijn schaduw voor me, onder me door, achter me, rozenkrans slap aan mijn vingers, Alard Haagen ligt weer te snikken, wat ik mezelf verbied. Bij iedere stap Tricia Tricia. In de verte verlicht in het donker de toren met het wiel, het geluid daarvan ken ik nu, ik lag eronder in haar slaapkamer met de kleerkast. Versieren, dacht ik. Had ik maar parels en robijnen gehad en gouden guirlandes, had ik de vibrafoonkunst van Lionel Hampton maar als linten over je heen kunnen draperen, mooiste, liefste, maar heb ik je niet versierd met de aanbidding in mijn ogen. Ja hoor schat, en met je wondernaald. Ik bleef haar horen, haar stem, haar hijgen en daar mijn hijgen doorheen als ik met mijn rug tegen de celdeur mijn haastige witte offers plengde. Alles zoals het altijd was geweest, ook mijn nu toegenomen onrust, en alles altijd in eeuwige herhaling zo zou blijven. Voortdurend bleef ik haar zien, mijn ogen open, mijn ogen dicht. Satan toonde mij haar naakt, lachend, wulps aan een kruis, haar onderbuik naar mij vooruit gestulpt, daar kende ik de heilige woorden voor, ciborie, monstrans, custodia, al waren het de andere die Beëlzebub in mijn oren giechelde. Nooit in woord, daad, voornemen of gedachte? moedigde Sneef met zijn stinkende adem me aan in de biechtstoel. Ik houd mijn tong stijf achter mijn gesloten lippen, met tong en lippen heb ik haar versierd.

Tito, dit is Theo Woltgens van aardrijkskunde, kwam op de speelplaats naar me toe. Waar heb je al die tijd uitgehangen, wilde hij weten. Op vakantie geweest in Rome om Duits te praten met nazivriend Pius de twaalfde in zijn vrijetijdspaleisje Castelgandolfo? Je weet dat de heilige vader alle vogeltjes in zijn tuinen heeft laten doodschieten omdat hij werd afgeleid bij het bidden door al dat getierelier?

Toen sprak hij haar naam uit.

In het geschreeuw en gedraaf van de jongens en op het moment dat er een kleine onvolgroeide kastanje uit een van de bomen vlak voor mijn tenen neerkwam. Haar naam.

Patricia Delahaye.

Niet een mislukte kastanje met een tikje op de tegels, er kwam met dondergeluiden die alleen ik hoorde gruis uit de kosmos omlaag, niet voor mijn sandalen maar overal binnen in mij, hart, maag, ingewanden, alles raakte van slag en verstopt en er kwam geen adem meer.

Die vroeg naar je, voegde hij erbij. Wat heb je. Blijf je wel overeind? Dat is een aardige vrouw, begon hij uit te weiden. Weduwe op haar vijfentwintigste. Haar man was stopperspil in het elftal, prima vent, dood voor hij het wist, paar jaar terug. Ze redt zich als verstelnaaister en met een winkeltje in papier en pennen en paperclips en zo en tijdschriften. Ik haal iedere week dinsdag na school de Sportspiegel bij haar. Dan babbelen we wat. Zo weet ze dat ik hier werk, op het pensionaat van de broeders, ik zal haar dat wel eens hebben verteld. In ene vraagt ze naar jou. Broeder Bono en nog iets zegt ze. Met een a aan het eind. Of ik jou ken. Bonaventura? Ja die ken ik zeg ik. Hoe ken jij die vraag ik. Van de tandarts zegt ze. Ik zeg die heb ik toch zo'n week of langer niet meer gezien. Zij zegt is er iets met hem? Als je hem ziet, doe je hem dan stiekem mijn groeten, heel hartelijk. Nounou denk ik nog. Tuurlijk zeg ik, als ik hem zie. En daar zie ik je. Of je bij de paus een badkuip miswijn hebt leeggezopen, zo sta je te trillen. Je krijgt heel hartelijke groeten van Patricia Delahaye.

Dank je. Ik met een stem die ik zelf niet als die van mij herkende. Doe haar mijn groeten terug. En zeg haar. Nee laat maar.

Wat heb je, vroeg Theo.

Wat zei ze. Zei ze nog iets. Hoe was ze. Wat had ze aan.

Nounou, zei Theo weer. Niet op gelet. Alleen de groeten.

De dag hierna was woensdag. Ik zag Theo toevallig voor schooltijd, ik op weg naar de schoonmaakkast voor mijn woensdagochtendtaak, hij stalde zijn fiets in de hal achter de hoofdpoort.

Moet je horen. Hij fluisterde en nam me bij zijn mouw mee de speelplaats op, daar hoeft niet voorzichtig te worden gefluisterd. Patricia. Zo begon hij. Gisteren weer in haar winkel voor de Sportspiegel. Die is een halve cent opgeslagen. Alles wordt maar duurder. Wat kijk je of je niet kan slikken.

Ik keek naar hem en zag tegelijk al het andere. De muur waar ik niet overheen kan, de hoge barse gevels rondom de speelplaats waar tegen een bal wordt geschopt, het torentje op de kapel en de lichte lucht met wolken. Haar naam, mijn geheim, weer hier uitgesproken, wimpelde als een geluksvlaag door me heen terwijl ik kromp van wanhoop.

Weer over jou. Hij leeft nog en is terug uit het vaticaan zei ik. Zij verbaasd. Het vaticaan? Daar moest hij vogeltjes doodschieten zei ik. Grapje. Ik weet niet waar hij al die dagen was zei ik. Waar was je nu eigenlijk al die dagen. Ik heb haar niet gezegd dat je eruitziet als een spook. Jezus wat zie je wit.

Wit, dacht ik.

Toen ik wilde weggaan zei ze wacht even wacht even. Ze kriebelde iets op een kaartje met zo'n schrijfding als je tegenwoordig meer en meer ziet met verschillende kleuren. Deed ze in een envelopje. Vroeg me je dat te geven. Persoonlijk. Hush hush in het geheim.

Eerst plaatste hij een trap tegen de bal die naar ons toe was komen hobbelen, Hup Sparta!, daarna opende hij zijn tas en trok er een bruinrood gekaft boek uit dat hij mij gaf. Het zit onder het kaftpapier. Geheimer kan ik het niet verzinnen. Je haar briefje zomaar geven lijkt me te link met al die ramen en ogen hier. Stop het weg in je juten boezeroen. Krijg ik het van je terug? Ik zeg nog tegen haar Héloïse geeft de boodschapper een berichtje mee voor Abélard. Weet niet of ze het begreep. Trouwens, ze droeg een donkerblauwe pullover en een mannenoverhemd. Is er iets tussen jullie? Spannend hoor. Denk je wel na?

Julianus had al op zijn fluitje geblazen. Theo wandelde weg. Een lief wijfje zei hij nog. Maar ja.

Ik haastte me naar mijn kamertje op de slaapzaal waar ik met een emmer, een harde bezem en een dweil naartoe was geklommen. Woensdagochtend mits geen dringender bezigheden slaapzaal boenen, wat in de loop van dezelfde ochtend door Julianus wordt geïnspecteerd. Op een visitekaartje had ze een rood hart getekend. Niet het heilig hart van Jezus dat onze salvator brandend op zijn opperkleed draagt, ons er met beide wijsvingers op wijzend, ook niet het hart van zijn moeder der zeven smarten, doorstoken met zeven dolken, dat ook zij als een broche op haar boezem toont. Hoe verkiezeld zijn mijn hersens intussen. Patricia's hart was omringd door vrolijke gele zonnestreepjes. Ik, dan het hart, van jou. Daaronder een aantal x'jes in vier kleuren. Ik keek ernaar, het kaartje tussen mijn duimen, rillend van opwinding, van ontroering, al zal het zeker ook van kou zijn geweest, ik word hier van niets meer warm, liefste. Met een potloodstompje trok ik verticale tralies door het hart. Ik ook van jou. Voor meer was geen tijd, Julianus kon opeens achter me staan. Wat zou ik je veel willen schrijven, der woorden vol, vellen vol, ik zou je een heel boek willen schrijven. Zuchtend het kaartje terug in het enveloppje, met mijn spuug over haar spuug probeerde ik het dicht te plakken en verborg het weer waar ik het had gevonden.

Ik gaf Theo het boek terug. Ik heb haar iets van me terug laten horen, vertrouwde ik hem toe. Zou je.

Zonder me te laten uitpraten, hij: Ik ben alleen dinsdags als ik hier klaar ben in haar V&D'tje. Het ligt niet op mijn route, ik moet ervoor omfietsen. Maar goed. Vanmiddag trainen. Ik kan even extra bij haar langsgaan.

Ik zal uit dankbaarheid voor je bidden, zei ik.

Hij: Daar zijn we vet mee. Waarom breng je het haar zelf niet. Weet je wat ik jou begin te vinden. Een lul. Broeder Lul. Wordt vervolgd. Ik moet nu weg.

Voor dat woord krijgen de leerlingen klappen.

De woensdag daaropvolgend ging de tas opnieuw open en overhandigde hij me hetzelfde boek.

Hij zei: Ik ben op de hoogte, eerwaarde, en hou mijn mond wel. En ik moei me er niet mee, alleen in deze zin dat je dus een lul bent als je het voorbij laat gaan door hier als een halfgare schijnheilige harlekijn te blijven rondhangen. Dat heb ik ook tegen haar gezegd. Ze praat met warmte over je. En jij? Jij bent een zielige slapjeweetwel. Als je zo hecht aan je kloostergedoe moet je niet briefjes wisselen en überhaupt niet aan vrouwen denken. Zet haar dus uit je hoofd. Maar jij bent even vol van haar, dat merk ik gerust wel, maak mij wat wijs. En leer mij wat. Hoe langer dit gaat duren hoe eerder zij jou uit haar hoofd zet, in plaats van omgekeerd. Ik zeg het je maar.

Weer woensdag. Tas open. Weer het rode boek. Ik begon hem al op te wachten onder de klok.

Hij zei: Ik zie haar ervoor aan hier te komen aanbellen en jou de straat op te trekken, mee naar huis. Zet toch een kras door het onzinleven dat je hier leidt en kruip bij haar voor de haard. Hier loop je je capaciteiten te verklungelen. Groente hakken en piepers jassen voor honderdvijftig man in de keuken, de mangel draaien in de wasserij, heiligenbeelden afstoffen en op de angstige jonge honden passen. Ze heeft het me verteld. Ik had er geen idee van. Jij bent zo gek als een tol. Schande dat ze je dat laten doen en dat jij het nog doet ook, zo'n voortreffelijke leraar. Dat Mansuetuszwijn met zijn vioolstok moeten ze stenigen en die Benedictus erbij en nog zo'n paar. Trek die flauwekul van je lijf en ga naar haar toe. Hoofdpoort door. Rechtsaf. Rechtdoor. Je vindt het wel, loop je ding maar achterna. Enfin je bent zelf.

Theo zweeg abrupt. Andreas kwam zeggen dat Hyacintus mij die middag in de sacristie verwachtte om te komen koperpoetsen. Onze broeder koster verdraagt de lucht van het poetsmiddel niet, die op zijn adem slaat.

Koperpoetsen, herhaalde Theo honend. Hij draaide zich om naar zijn fiets en zwierde de boekentas op de bagagedrager. In de tas het boek dat ik hem steeds terugbezorgde. Op de geheime plaats in het boek mijn gekrabbel aan haar. De snelbinders knalden eroverheen, twee keer het geluid als van een banvloek. Domitianus opende de poort met zijn sleutel. Ik zou hem die sleutel afhandig moeten maken, de poort is altijd op slot. Buiten de poort zag ik Tito rechts afslaan.

Na het visitekaartje met het hart een half schriftblaadje. Daar stond boven: Dierbare wollen sok. Waarom was je nu opeens weg! De woensdag erna een heel schriftblaadje. Man van mijn hart. Kuise schuinsmarcheerder. Liefste. Ze was langs het klooster gefietst en had heel lang met haar bel gerinkeld, dat had ik zeker wel gehoord? Spring maar achterop. Je was daar ook opeens weg, hoorde ik van T. Waar was je? Wees je wel zuinig op jezelf en op alles. Zie je kans mij ook te schrijven, iets? Ik denk aan je met groot verlangen. Kom toch naar me toe, dat is wat je zelf ook wil. Voel ik. Weet ik eigenlijk zeker. Neem dat besluit. Gewoon durven. Er is niets aan te durven. Ik wacht op je. Some sunny day. Hieronder druk ik een kus. Ondertekend P met een hartje, tien hartjes, x'jes tot onder aan het papier in dansende kleurtjes. De blaadjes klein gevouwen tot ze in een visitekaartenvelopje konden.

Ik moest wat ze schreef woordelijk zien te onthouden, want kon de briefjes, als de dood, niet bewaren. Ik moest ze verbranden, lieveling, mijn hart in gruizels. Zwaluwlucifers. Wat moet jij opeens met lucifers, vroeg Wiro. Met mijn vingers klopte ik de verbrande snippers tot zwarte as die ik met de dweil meteen van mijn tafeltje op de slaapzaal kon wegvegen.

Van een uitgescheurde leeg gebleven bladzijde achter in Geschiedenis der Pausen maakte ik repen om er het iets waarom ze vroeg op neer te krassen, haastig, als de dood, met het potloodje, de punt was stompig. Jij ook mijn liefste. Ik denk na maar kan niet besluiten. Durf niet. Durf dan weer wel. Hoe kan ik hier weg. Veel kussen. Hier tekende ik een hart achter, dat mislukte door de ribbels op het tafelblad.

De woensdag daarna was het potloodje geslepen. Met dunne lettertjes schreef ik de geliefde dat ik wankelde van twijfel. Als schip in hevige storm. Denk heus na over besluit maar veel enerzijds anderzijds. Gedachten als door elkaar krioelende pissebedden. Ik ook van jou. Maar dit. Maar dat. Mijn geweten, mijn zorg voor de jongens. Ik weet wel dat ik zou moeten durven wat ik niet durf, maar ik durf niet. Wacht maar niet op mij, ik ben toch maar een. Hier brak de punt van het potloodje, dat zo kort was geworden dat de punt nog nauwelijks tussen mijn vingernagels uitstak. Geen slijpertje bij de hand dat ik in de studiezaal van een knaap had geleend, of een zakmesje, waarvan het bezit hier trouwens verboden is, om te proberen het stompje nog aan te scherpen. Te zenuwachtig en gejaagd. Handbewegingen niet onder controle. Als de dood. Wanhopig frommelde ik het papiertje in het envelopje en stopte dit terug achter het kaftpapier.

Toch maar een wat? Dat kreeg ik opnieuw van Theo te horen toen ik hem het boek voor de derde keer teruggaf. Zo'n lief vrouwke en zo moedig en jij? Moet ik nog zeggen wat jij bent?

Toch nog teruggeschreven heeft ze me.

Poesieplaatje van een engeltje met pijl en boog als sluitzegel achter op haar boodschap, die opnieuw begint met Liefste. Het maakt me gelukkig, maar ik blijf beklemd ongerust. De cycloop boven de pleedeur doormonstert mij tot in de stegen, sloppen, achterbuurten van mijn ziel en hersens. Mijn geheim dreigt poreus te worden nu het boek van Theo al door verschillende handen is gegaan, nu goddank verborgen in een envelop met plakband, en natuurlijk gaat men zich afvragen waarom de leraar aardrijkskunde mij een boek bezorgt. En haar naam, binnen deze muren wordt die al hardop uitgesproken, jouw naam, voluit, Patricia Delahaye, door Theo, vanmorgen door dokter Renting in aanwezigheid van al drie getuigen.

Ik zit, ellebogen op mijn bovenbenen, op de houten kist met het gat erin, ik zit op het deksel. De vliegen ratelen als Messerschmitts om me heen in het stomende hok met de stank van eeuwen. Ze landen op mijn hoofd en trillende handen en op Patricia's meetrillende brief. Ze heeft hem geschreven op doorslag- of luchtpostpapier, waar het van mijn gezicht neerpletsende water doorzichtige kladden in veroorzaakt. Daarin vervloeien haar inktlettertjes, vandaag met kroontjespen, en steeds dezelfde steeds een andere gezwelvormige kamikazevlieg stort zich erop neer, loopt erdoorheen, maakt de vlekken groter. Water van mijn gezicht is zweet, het zwelt ook tegen mijn ogen, ik kan janken van drift waarmee ik de beesten blijf verjagen en van spijt omdat ik haar woorden in zilt zie oplossen.

(...?...) alleen maar ademen zolang je kan en Geluk (met hoofdletter) (...?...) afgepakt. Ik heb zo'n (heimwee?). Jij bent mijn nieuw Geluk en ik verlang naar je, onze liefde is begonnen, maar (...?...) en kan die gedachte niet (verdragen?). Kom naar mij toe, de wereld is hier. Jij leeft in een (onwereld? onzinwereld?) waarin je niets mag (onderstreept) durven wat je zou (willen? onderstreept) (durven?) Jij bent niet toch maar een... en ik wacht wèl op je. (...?...) open, anders bel of roep je maar. Pasen. Ik verf eitjes van mijn eigen kipjes voor je. Ik houd (van je?) en jij van mij toch. Tien (dikke?, kussen?). Neem nu je besluit.

Er valt, als een erwt, een druppel uit mijn haar op dit laatste woord, dat meteen verbleekt, zoals andere woorden ook in plasjes zijn vervaagd. Als ik de brief verder van mijn gezicht houd kan ik hem in het zieke licht van het gloeipeertje helemaal niet lezen en het lijkt of de satansvliegen het glanzende papier dan nog eerder voor een landingsplaats aanzien, ze komen er gillend op af om de natte woorden op te zuigen en ze met hun walgelijke lijven als levende censuurmarkeringen te bedekken.

Voor het andere papier, opkrullend aan een touwtje aan een draadnagel, hebben mijn vliegenbroeders geen belangstelling, dat is afval van de drukkerij waar een door Laurentius uitverkoren jongen met de perforator gaatjes in heeft mogen maken. Doe eens als een katje dat melk slurpt. Het herenpaard, het boerenpaard. Dat papier is te glad en te hard, andere keren zo zacht dat je vingers erdoorheen stoten, die je dan maar afveegt aan de kist of de muur. De jongste novice mag het schoonmaken. Alleen maar ademen. Stank.

Ik probeer de brief opnieuw en opnieuw te lezen, maar trek er een scheur in door te bruuske bewegingen om de aanvallers af te slaan. Onwereld denk ik nog te lezen. Neem nu. En dat er Liefste boven heeft gestaan. Tranen dring ik terug. Je hebt het allemaal jezelf aangehaald. Ik hoor het je zeggen, ik hoor je stem, die stem, ik hoor je neuriën in je winkel waar je voor mij een poesieplaatje uitzoekt.

Als ik overeind kom blijft het deksel aan mijn achterste plakken, het rolt op zijn zijkant naast het gat en blijft met de onderkant naar boven liggen. Een paal hete strontlucht stijgt op uit de diepte, waarboven wervelingen van om elkaar heen spiralende vliegen ontstaan die eruit ontsnappen, die erin verdwijnen. In de klankkast resoneert hun geluid dat klinkt als de vespers, opgalmend uit de hades. Ik ben Eldert Haman, ademend door mijn mond om het zo min mogelijk te ruiken maar ik ruik het onverminderd. Eldert Haman ben ik, een kokhalzend niets dat alleen maar ademt. Troebelte voor mijn ogen scheur ik de brief verder in stukken, kleinere stukken, nog kleinere, wat ik eerder voel dan zie, en met satan om me heen, vorst van de vliegen die overal tegen me opbotsen, open ik mijn hand in het gat en weet ik dat de snippertjes de donkerte in waaieren. Daar is geen geween en knersing der tanden, wel altijddurend gegons boven moeras van stront, ook die van Mansuetus, Benedictus en iedereen, daar zakken je lieve woorden en het poesjeplaatje in weg. Ik schuif het deksel op zijn plaats, plooi het kaftpapier weer om het boek en berg het in de envelop terug op mijn borst. Eldert Haman zweet van hitte en angst. Mag (onderstreept) niet durven wat hij zou willen (onderstreept) durven. Het is tien voor veertien uur.

Wil van Lanschot heeft zich in de kast waar we de trapleer hebben weggezet verstopt gehouden en komt tevoorschijn als hij mij ziet. Ook hij, schiet door mijn hoofd, heeft te maken met correspondentiesnippers. Mama's boodschap. Een kusje op je neus en alle liefs. Rooddoorlopen ogen. Niet janken, ik heb ook niet gejankt, al heb ik op het punt gestaan. Wij mannen janken niet. Ben ik een man dan in mijn bruine jurk?

Wel Wil, ben je al klaar in de kapel?

Hij loopt weer dicht naast me mee, niet aan mijn hand of koord. Als hij me van school stuurt, hoor ik hem benepen, toch stoer, is dat niet erg, vind ik dat niet erg. Ik wil hier toch al weg. Ik ook, denk ik. Ik vind het hier vvv verschrikkelijk, brengt hij uit. Ik ook, denk ik, niet eens verwonderd over de vrijmoedigheid waarmee hij tegen me praat. Wij zijn het eens, het lijkt of hij dat vermoedt. Ik pers mijn lippen op elkaar en doe of ik hem niet hoor, vliegengebrom in mijn oorgangen. Mijn vader is bij de luchtmacht en heeft een pistool, zegt hij weer. Dan zullen we nog wel eens zien. Ik ga universiteit doen. En Mark de stuurmansschool, ook in Amsterdam. Blijven we bij elkaar. Pact is pact, denk ik. Of hij het in de kast als vaststaand heeft besloten en er niet van zal worden afgeweken. En gelofte is gelofte.

Woensdagmiddag. Op woens- en zaterdagmiddagen mogen de leerlingen onder leiding van timmerbroeder Pancratius figuurzagen, timmeren, kleien. Die maken deel uit van de slöjdclub. Andere zijn bij de natuurclub, de sterrenkundeclub, de missieclub. Deze laatste sorteert zilverpapier en de zilveren doppen die op melkflessen hebben gezeten en weekt postzegels van enveloppen en prentkaarten. Het wordt te gelde gemaakt ten bate van de arme zwartjes in onze missiegebieden. In de drukkerij mogen er met de letterkast en de inktroller in de weer en zelf tekstjes drukken op papier dat vervolgens in de plee aan een touwtje komt te hangen. Medebroeder Casimir van de drukkerij houdt niet van het woord club en spreekt van gilde. Eduardus leidt de zangclub die niet club heet maar schola cantorum, hun gregoriaans loeit rondom ons hoofd nu we terug zijn in de kapel. Gestraften zijn van dit alles uiteraard buitengesloten. Wil van Lanschot zou het honderd keer reproduceren van het strafdictaat van Julianus allicht volbrengen met drie onder elkaar geklemde pennen in zijn vuist, bevend voor de onhoorbaar opdoemende ever die hem aan zijn haar uit de bank kan komen trekken. Slijmprop. Nageboorte van een stinkdier.

Medebroeders zijn op het priesterkoor met ijzeren buizen bezig, die ze in de lengte aan elkaar schroeven en rechtop zetten. Er is een houten podiumpje aangesleept waar de troon voor vader bisschop op moet komen, met de buizen wordt daar een staketsel op gebouwd voor het baldakijn. Wie heeft gezegd dat die trapleer al weg mocht, krocht Hyacintus over zijn toeren. Haal dat ding terug, Van Lanschot. Wil beweegt of hij het bevel meteen zal uitvoeren maar kijkt er bijna smekend bij naar mij, de pistoolheld beseft dat hij het beste bij mij in de buurt kan blijven. Hyacintus: Jij hoeft niet weer met die jongen mee, Bonaventura, ik heb je hier nodig. Van Lanschot kan dat alleen. Trek die kous op, Van Lanschot. Als Wil door een van de zijpaden langs de muur met de kruiswegstaties begint terug te sluipen ben ik niet de enige die hem even nakijkt. Is hij daar door een hond gebeten, vraagt medebroeder Martinus. Dat is nogal een kerf daar van achter aan zijn been. De anderen kijken nu ook, wisselen dan blikken met elkaar. Er wordt verder gezwegen.

Hyacintus sjouwt met vaandels, die morgen bij de verwelkoming van eminentie in de processie moeten worden meegedragen. Zware doekgevaarten aan stokken als masten met de beeltenissen van heiligen en heilige symbolen. Een in gouddraad weergegeven Jozef, een kelk waar een hostie uit opstijgt als een ontwakend zonnetje, een wolk engelen rond de letters IHS, een in vervoering voorgestelde Franciscus met de Christuswonden. Ze worden onbeschermd op zolder bewaard, waar ook de troon vandaan komt. Ik neem het van Hyacintus over, hij staat krom van het niezen in het eruit opbollende stof. Hou jij je nu rustig broeder, zeg ik, maar broeder koster, zijn natte hoofd beurtelings paars, oker, lijktintig, blijft nerveus en hijgend bij de dingen aanwezig.

Ik stel me voor dat je mij ziet, Tricia liefste, zoals ik jou heb gezien en nog steeds zie in je winkel, in je kamers. Nu weken geleden. Onze liefde is begonnen. Hoe kan je dat schrijven. Wat kan beginnen waar misschien geen vervolg aan is. Ik heb zo'n heimwee. Het is of ik het je hoor zeggen, al is wat ik in werkelijkheid hoor het steeds door Eduardus onderbroken gegalm van de zangers. Ik ook, antwoord ik, zou ik haar antwoorden, ik ook heimwee. Duizelig van verlangen naar jou. Maar wat kan ik. Wat ben ik aan het doen, wat doe ik hier. Alles aan mijn lichaam, alles in mijn overhoop geploegde hersens hunkert naar jou.

Daar nadert uit de einder van de lange gang medebroeder Olaf van de naaiafdeling. Achter hem aan twee broeders assistenten die een baal meekraprode stof tussen zich in dragen. Dat is het baldakijn voor boven het hoofd van zijne hoogwaardigheid, morgen weer eens bezoek, waar iedereen het van op zijn stuipen krijgt. Het baldakijn moest worden opgelapt en de mot zat erin. Olaf bekijkt de vaandels op enige centimeters van zijn ogen en voelt eraan. Mompelt tegen Benignus die net als Patricia een speldenkussen aan zijn pols draagt: Deze lappenwinkel is ook hoog tijd aan restauratie toe. Voel eens, als je hier blaast blaas je erdoorheen. Benignus voelt ook, Norbertus ook. Een van de vaandels, Hyacintus en ik hebben ze naast elkaar tegen de gangmuur gezet, kantelt opzij tegen een ander, dat blijft staan, maar wij horen de scheur. Hyacintus kermt. Kan ik zeggen dat ik iemand ken, ook behendig met naald en draad?

Wil van Lanschot houdt de trapleer vast waar Martinus bovenop staat. Hamerklappen tegen de stellage waar het baldakijndoek overheen moet. Dat wordt uitgespreid en Martinus aangereikt. Er ontstaat iets als een Romeinse legertent, aan de voorkant open, afgebiesd met zilveren franjes, hier en daar moet nog een speld, hier en daar nog iets gestikt, bovenaan blinkt het bisschoppelijke wapen in wit, zilver, goud. Wil aan de ene armleuning, ik aan de andere, slepen we de zetel voor vader bisschop uit de sacristie naar het rode gewelf, zwaar of hij van ijzer is, de troon is van een ander rood dan het baldakijn en is tot vaalheid verschoten. Olaf buigt zich over de zitting en naar het gecapitonneerde medaillon in de rugleuning, klopt erop en pulkt eraan, weer mompelend tegen zijn gezellen die ook voelen en knikken. Tegen Hyacintus: Als je het allemaal op die vochtige zolder laat staan daar kan het niet tegen. Als je erop gaat zitten valt er een gat in en springen de veren tevoorschijn. Broeder kleermaker neemt plaats op de troon en begint aan verende bewegingen. Broeder knutselaar die de buizen aan elkaar heeft bevestigd vult aan: Hij wankelt ook. Hier moet een spijker, hier, beter een schroef. Broeder koster, de verstikking nabij, verdwaasd van zenuwen, roept met beprangd falset: Ben je gèk geworden Olaf. Daar zomaar te gaan zitten. Dat is de stoel voor de. Daar mag je niet. Ben je gèk geworden. Ga eraf. Ik moet dit melden. Dit is. Dit is. Je hebt er zelf toch ook op gezeten. Dit zeg ik natuurlijk niet. Hij zakt naast onze neergestorte en toegedekte heiland op een altaartrede in elkaar, waar is zijn luchtpomp. Zijn uitval was zo heftig dat Wil van Lanschots hoofd er weer is van gaan schokken.

In de gang met de vaandels staan intussen de stoelen die ook naar het priesterkoor moeten. Twaalf, de zittingen in elkaar gestapeld. Een staande stoel heeft de vorm van een zes, een daar ondersteboven aan hangende lijkt op een negen. Alsof ze. Ik leer het je wel, zegt Patricia. Wil en ik zetten ze in twee rijen achter elkaar aan de andere kant van het koor tegenover de sedes voor de bisschop. Elf is genoeg, hijgt Hyacintus, weer overeind en dravend, hierheen, daarheen.

Op het oksaal is het orgel gaan klinken, al moet het morgen na het gloria zwijgen tot pasen. Gregoriaans wordt niet door orgel begeleid, het moet dus de intro zijn van een niet-gregoriaans lied dat de kerkleider morgen zal worden toegezongen. Het oude instrument produceert dondergeluid dat overgaat tot zachter in vriendelijker akkoorden waarbij ik mij kalmer voel worden en die zelfs iets verfrissends door de hitte lijken te strooien. De jongensstemmen zetten opgewekt in, Eduardus aan het orgel laat ze stoppen, het is goed maar moet ingehoudener, het begint opnieuw. Dan klinkt opeens een jongenssopraan boven alles uit, zo helder dat het snijdt, zoemend begeleid door andere hoge stemmen, sopranen, alten, tenoren, en ondersteund door zelfs al een paar bassen in de schola cantorum. Waar het klinkt, achterin boven, is niet te zien door de verblindende zonbalken die schuin door de ramen in het middenschip hangen, doorschoten door stilhangend stof, maar we hoeven het niet te zien. Wil van Lanschot en ik kijken elkaar aan bij het allereerste horen van de stem, hij houdt zijn hoofd stil, een grimas van openbloeiende opgetogenheid op zijn gezicht. Mark! De stem van Mark Freelink. Terug uit de ziekenboeg. Wil luistert met opgeheven hoofd, gestrekte hals, adamsappel naar voren, zijn gezicht nat of hij met zijn rooddoorlopen ogen van blijdschap, ontroering, andere emotie, maar Wil van Lanschot en tranen?

De andere medebroeders zijn vertrokken. Hyacintus die geagiteerd loopt te regelen draait zich plotseling naar mij, tikkend op zijn polsklok. Moet jij niet om halfvier bij Benedictus zijn? Op mijn eigen pols, zie ik, is het vijftien uur zesentwintig. Hoe weet jij dat, vraag ik hem. Geen antwoord.

Wil loopt met me mee over de witte en zwarte tegels, het gezang uit de kapel blijft nog even bij ons. Je kan niet bij me blijven Wil, zeg ik. Je moet nu zien dat je. Hij draait zich om zijn as, naar links, naar rechts, en kijkt me radeloos aan. Ik heb met hem te doen, maar kan ik hem onder mijn scapulier verstoppen? Hij rent van me weg, terug naar de kapel, nee niet terug naar de kapel, waar dan heen, hij stuift langs me naar het eind van de gang waar hij ook niet weet waarheen en ik hem zie verdwijnen. Hij met zijn pistool. Mama!

Seconde. Seconde. Nog drie. Nog twee. Als het op de gangklok exact vijftien uur dertig is, de secondenwijzer glijdt op de twaalf, klop ik, waarna het seconde seconde seconde duurt voor Benedictus, naamdag 11 juli, Binnen! roept.

Zo Bonaventura. Afgemeten intonatie.

Het beeld met de wolf is wat opzij geschoven. Midden op Benedictus' bureau staat de telefoon, kennelijk is er juist een onderhoud ten einde, zijn hand rust nog op de hoorn. Onder zijn andere hand een aantal notitiepapiertjes die hij steeds zal opnemen en weer neerleggen na het bovenste papiertje naar onderop te hebben verplaatst. Ernstig met je praten.

Gisteravond, begint hij. Ik denk: Het begint.

Onze medebroeder Mansuetus heeft zich over je beklaagd meteen vanmorgen voor de mis wat jij gisteravondnacht in het schoolgebouw moest. Wil ik ook weten wat jij daar moest gisteravond laat in het schoolgebouw. Jouw plicht was nietwaar op slaapzaal Innocentius III waar je zomaar in de steek de jongens aan hun lot. Geen verantwortungs ik bedoel je verantwoordelijkheid zomaar naast je nalatig. Dat is kan niet Bonaventura.

Zal ik mijn mond openen en antwoorden?

Daarbij zei Mansuetus, vervolgt broeder overste, je was niet volgens onze regels gekleed. Alleen in pij, scapulier niet koord niet. Zo vertonen wij ons niet broeder Bonaventura. Medebroeder Mansuetus was ontsticht jou zo onverzorgd voor zijn deur te zien waar jij niets te zoeken. Je stoorde onze medebroeder Mansuetus bovendien bij zijn meditatieoefeningen.

Doet onze medebroeder dat in onderbroek? Ik weet nu

dat antwoorden niet hoeft. Mijn blik schampt de kronkelchristus boven Benedictus' hoofd. Die zou met de hem eigen ingetogen bescheidenheid hebben gezegd: Ik ben de weg, de waarheid en het leven. Wat is de waarheid? Wat door de machtigste vogel wordt beweerd. Moet ik naar waarheid antwoorden: Onze broeder Mansuetus is een hypocriete schoft die voor zijn misdaden zou moeten worden aangeklaagd bij overheden buiten deze burchtmuren? In de zijkamer waarvan de tussendeur openstaat luistert Amadeo mee. Hij zal voor Benedictus de papiertjes op volgorde hebben gelegd, klachten en overtredingen melden doet men bij de sluipwesp, al zal Mansuetus in alle vroegte rechtstreeks Benedictus hebben aangesproken, meteen ook over Wiro die hij heeft zien roken.

Broeder Mansuetus, zegt broeder Benedictus, is geschokt en ontdaan over hoe jij je onbeschoft tegen hem hebt gedragen zoals wij broeders ons niet tegen elkaar. Hij heeft vanmorgen meteen met deze telefoon hier met zijn freund vriend bedoel ik broeder Gabriël.

Daar istie weer, denk ik. Onze broeder provinciaal in Germisch, Benedictus verduidelijkt het nog maar eens. Hoe zullen in dat gesprek de waarheden door de ever zijn weergegeven, hoe heeft hij omkleed wat hij met Mark Freelink heeft uitgehaald?

Broeder Gabriël heeft een paar keer minuut geleden nog teruggebeld om met mij en Mansuetus ook te overleggen. Over jou. Onze wijze broeder Gabriël is tot een beraden oordeel gekomen beslissing oplossing, voor jou en ons allen. Wij komen daarover te spreken kom ik dadelijk.

Bovenste papiertje onder het stapeltje.

Niet alleen verwaarloos je je plichten als surveillant Bonaventura, ook andere taken die je worden opgedragen doe je Hyacintus zegt ik citeer hier staat schandalig zonder eerbied voor handdoeken en de emmer waarmee zondags asperges mei. Heb jij je gezicht en handen in gewassen afgedroogd gebruikt voor reiniging kruisbeeld waarvoor niet tot dat doeleind.

Broeder Hyacintus meldt voorts, volgende papiertje, dat jou door broeder Domitianus een boek van meneer Woltgens. Zeer ernstig zo niet nog veel ernstiger, je lijkt je niets meer van onze orderegels aan te trekken. Niet eerst mij noch broeder Mansuetus hoofd van het onderwijs voorgelegd voor goedkeuring. Dat lees ik hier. Jij ontvangt dus illegaal van die boeken die je vroeger ook las vol van die smerigheid goddeloos en seterasetera ongeschikt voor leden van onze gemeenschap. Hyacintus meldt door jou heftig uit zijn handen getrokken. Wat voor boek Bonaventura. Haastig weggestopt in je pij. Citeer hier staat. Ik wil dat boek nu hier zien op mijn bureau. Waar is dat boek.

Hoe zie ik eruit. Ben ik bleek? Dan niet van schrik. Ik houd mijn gezicht strak, kijk hem aan. Als hij ophoudt met zijn nerveuze taalhaksels breekt in beide kamers nadrukkelijk stilte door zoals soms in films voordat het lot toeslaat. Tricia. Ik denk aan haar. Zij hoeft vandaag niet op Theo Woltgens te wachten, die zal hebben gezegd dat hij met vakantie is, zij hoeft vandaag niet op een machteloze krabbel van mij te wachten. Maar jouw brief aan mij is in mijn hoofd, lieveling, gelukkig gelezen voor ik de envelop met het boek tevoorschijn haal om het de Gestapo te tonen. Neem nu je besluit, roep je me toe. Stilte. Het lot zal zich voltrekken. Welk oordeel hebben ze over me geveld, veroordeling, uitspraak, vonnis, zoals uit te brullen door god bij zijn terugkeer op aarde wanneer de doden zullen opstaan. Stel je dit voor.

Ik leg de envelop voor Benedictus neer, die er zijn handen op slaat als een hond zijn voorpoten op een kluif. Graait het boek eruit, tien dikke kussen denk ik nog, en slaat het open. Op dat moment doemt Amadeo tevoorschijn om over Benedictus' schouder mee te loeren. Het titelblad, broeder overste leest het hardop, luidt: Op de fiets door Umbrië. Broeder overste kijkt naar mij op. Jij hebt toch geen fiets meer. Maakt zijn duim nat met zijn tong, bladert. Umbrië? Landstreek in Italië, fluistert Amadeo tegen de achterkant van Benedictus' oor. Aardrijkskundeboek, begrijpt Benedictus. Van onze leraar aardrijkskunde met natuurschoon en kerken vanbuiten en ook interieurs. Maar wat moet jij.

Hoor mij antwoorden. Spontaan à l'improviste. Het boek nooit vanbinnen bekeken, alleen het wortelrode kaftpapier er opgewonden van afpellend en weer omheen vouwend, mijn aandacht uitsluitend voor wat het verborgen hield, voor nadere bestudering was geen tijd, ik ben even verrast. Ter aanvulling en verrijking, zeg ik, van mijn kennis omtrent het leven van onze heilige stichter Franciscus van Assisi. Umbrië is zijn geboortestreek.

Benedictus zwaait mijn woorden weg. Hij sluit het boek en geeft er met gebalde hand een bons op voor hij het van zich af schuift. Amadeo maakt zich weer onzichtbaar. Wat een deceptie.

Nu gaat hij me vragen waarom ik het Hyacintus zo ruw afhandig heb gemaakt. Nee, we gaan door met het volgende papiertje, iedere melding op een afzonderlijke snipper.

Broeder koster meldt ook dat je leerlingen bij hun voornaam aanspreekt terwijl, bovenste papiertje naar onder, onze broeder Rochus heeft gezien dat je met leerlingen hand in hand loopt met die jongen. Op de gang met onze missiegebieden zegt onze broeder Rochus ik bedoel dat raam kom ik zo meteen op waar je ook geen toelating voor had.

In mijn hoofd begint het te gonzen. Neem nu je besluit. Als

de galm van een luiklok die steeds dat woord herhaalt. Besluit. Besluit. Besluit. Ik moet hier weg. Besluit. Besluit.

Vertrouwelijke omgang met de leerlingen is ons voornaamste devies Bonaventura te allen tijde. Ik bedoel dat is dat kan niet doen wij niet. Wij gaan niet of we kleffe vriendjes zijn met de jongens om en raken de jongens niet aan. Hand in hand. Alleen als een leerling zich misdraagt voor een de leerling rechtvaardig toe te dienen correctie mag de hand zich naar de leerling uitstrekken voor een de leerling rechtvaardig toe te dienen. Broeder schoolhoofd heeft ons opvoeders dat duidelijk nadrukkelijk als regel. Hand in hand. Ben je op de slaapzaal ook niet meer te vertrouwen zegt broeder Mansuetus ook en broeder Gabriël.

In zweet dat ik koud aan mijn lijf voel kleven verander ik in honderd keer mijn eigen zwaarte. Ik lijk weer als in etherbedwelming door de wereld te zakken en te vallen, te vallen, in diepte, diepte. Niettemin ben ik klaarwakker en het vallen is niet vallen, het lijkt alsof ik ergens heen geschoten word, als een projectiel, de diepte is gonzende ruimte, daar lanceer ik mezelf doorheen. In plaats van door de wereld te vallen blijf ik met rechte rug waar wel een rilling doorheen huivert tegenover deze Oberfeldwebel staan en kijk naar zijn hoofd met het meeldunne haar. Hij zweet ook. Mijn handen zijn vastgehecht aan het koord rond mijn middel als aan de reling van een schip. Zo vaar ik weg. Hij kijkt mij niet meer aan, verplaatst zijn blik voortdurend, muur, tl-buis, radio, Franciscusbeeld, telefoon, zijn vinger in de kiesschijf, het gaatje van de nul, het papiertje dat nu bovenop ligt.

Die jongen Van Lanschot waarmee jij hand in hand, is hij verder gegaan, daar was jij ook vanmiddag mee in de ziekenkamer. Geen toestemming voor en niets te zoeken met die jongen. Broeder Mansuetus heeft mij over die jongen en jij loopt daarmee onbeschaamd. Broeder Johannes Vianney meldt jullie betrapt in de ziekenkamer toen hij afwezig was waar die andere jongen ik kan zijn naam niet lezen. Mark Freelink, roept Amadeo uit zijn kantoor. Die daar vanwege epileptische aanval inmiddels de hemel gedankt voorbij. Onze broeder ziekenverzorger acht het ontoelaatbaar onverantwoord dat jullie en jij Bonaventura omdat die jongen moest rusten. Onze broeder Johannes Vianney weet heus wel hoe met leerlingen als die ziek zijn hoef jij je niet mee. Al die overtredingen Bonaventura stapelen zich op. Broeder Mansuetus zegt ook en broeder Gabriël.

Hij draait de kiesschijf gedachteloos helemaal in het rond. Bij het terugratelen houdt hij zijn vinger in de opening. Ik heb zo'n heimwee maar ik weet je telefoonnummer niet, Patricia, mijn lief. Amadeo heeft een telefoonboek, zou ik hem vragen dat even te mogen doorbladeren naar de D? Besluit. Besluit. Hallo Patricia? Met mij.

Volgende papiertje, hij heeft het stapeltje weer met beide handen vast. En zoals soms vaker als ik iets denk en een ander zegt het, articuleert hij, ik verstijf, lettergreep na lettergreep: Pa tri ci a. Met een hindernis in zijn keel waar hij rochelend doorheen kucht. Daarna nog eens, dan met een vraagteken: Pa tri ci a?

Ik sta met de onderste koordknoop in mijn vuist. Klaarwakker in het diepst van de ruimte en er gaat een schok door me heen dat het schemert. Mijn geheim is nu ook al doorgedrongen tot het hoofdkwartier. Hoe komt hij aan de lieve naam, die hij opleest met bruin smeer in zijn mondhoeken en uitspreekt op een toon of hij er een adder bij doorbijt. De naam van een vrouw in onze celibataire mannengemeenschap, nu treedt duisternis aan en scheurt de voorhang in de tempel middendoor in tweeën.

Wie is dat Bonaventura? Zijn ogen weer op mij gericht. Klaarblijkelijk ken jij blijkbaar een persoon die zo heet. Patricia. Wie is dat.

Ik antwoord niet, adem niet. De stilte slibt weer binnen. Mijn vuist spant zich om de ribbels van de knoop. Ik bijt op mijn tanden waarvan er een paar ontbreken. Ik moet niet wankelen, ik zak niet door de onderwereld.

Dokter Benning, zegt Benedictus. Renting, kraait Amadeo aan de andere kant van het deurgat. Broeder Johannes Vianney heeft gehoord staat hier dat dokter Brenning van hier in het dorp jou Bonaventura iets zei van een vrouw hier in het dorp. Broeder Johannes Vianney heeft de naam Patricia gehoord. Wie is dat. Willen wij weten. Daarover ook gebeld, hand op de telefoonhoorn, vingertop streelt de kiesschijf, met Germisch onze broeder Gabriël provinciaal. Willen nee moeten wij weten. Vrouwen. Wie is Patricia, Bonaventura. Geen familie. Je stiefmoeder heet Suzanna heeft broeder Amadeo opgezocht en je hebt geen zus noch zussen heeft broeder Amadeo opgezocht die Patricia. Schijnlijk hier in het dorp ontmoet wanneer. Toen je vroeger nog vrij in en uit of begin dit jaar alsmaar naar de tandarts. Ons steeds ernstiger afgevraagd broeder Mansuetus ook broeder Gabriël ook wat je die middag tot ver na middernacht nu eigenlijk zonder toestemming van je oversten buiten ons convent. Een persoon die zo heet. Patricia.

Ik kan hem het niet steeds horen zeggen. Hij spreekt je naam uit of hij hem opdregt uit de kloosterstront.

Heb je niets te zeggen Bonaventura. Wij wachten. Antwoord. Verklaring. Ons respect verschuldigd. Gehoorzaamheid en trouw aan je heilige geloften en aan je oversten en onze gemeenschap maar jouw houding en gedrag één woord voor, hij leest het van een papiertje: deplorááábel.

Tjoeketjoek. Piep. Klepperklater. Bommelebom. Ik heb niets te zeggen en maak dat duidelijk door hem onbewogen aan te kijken, mond gesloten. Onwereld. Onzinwereld. In mijn hoofd de klok die gonst, blijft gonzen.

Welnu?

Dit vraagt hij aan de stilte, waarop stilte volgt. Hij herhaalt het woord, nu om tot conclusies te komen. Het oordeel gaat klinken. Hij gaat erbij zitten zoals Olaf op de troon voor eminentie. Hij zweet. Ik ook.

Welnu. Al die misstappen en overtredingen en onverschilligheid. Je plicht verzaken en intieme betrekkingen met leerlingen dat is helemaal. Wij gedragen ons zuiver ten overstaan van de ons toevertrouwde pupillen respecteren wij uiterst zorgvuldig en staan niet toe dat jij de goede naam blazoen van ons instituut. Te grabbel Bonaventura! Hij steekt zijn vinger naar me uit zoals de stichter van deze bende naar de ondeugende wolf. Broeder Mansuetus zegt ook.

Die puilende harige vleesklomp zie ik in zijn onderbroek. Meer visioenen komen me voor ogen als obscene prenten die Gustave Doré kon hebben getekend. De eerwaarde broeder verlustigt zich met sadisme en vernedering. De eerwaarde broeder befrunnikt, betast, bekijkt de bevallige knaap. De eerwaarde broeder dwingt de blonde leerling zijn penis in de mond te nemen. De eerwaarde broeder penetreert de uitverkoren schooljongen met zijn vinger, met zijn tong, met zijn prakker in de veel te nauwe opening en er komt bloed. De eerwaarde broeder schiet zijn klodders in het gezicht van de ons toevertrouwde pupil. Daar denken wij bij aan de goedertierenheid van onze heiland wiens lichaam wij dagelijks nuttigen en aan het voorbeeld van onze oprichter. Wie het durft verder te vertellen gaat naar de hel. Ik blijf in de windingen van de knoop knijpen, nagels in het binnenvlees van mijn handen, de pezen in mijn polsen zijn touw. Drift van verontwaardiging, terwijl drift niet tot mijn aard behoort. Jouw wàt? hoor ik Tito zeggen. Jouw aard? Zoveel als een made. Word maar eens wèl driftig, zegt Patricia. Besluit. Besluit.

Ben je vanaf nu telefonisch broeder Germisch ontheven van je taak als surveillant. Ook van je taak als hulpkoster. Oneerbiedig met gewijde voorwerpen en heiligschennis zoals broeder Hyacintus ons heeft gemeld. En dokter Rengeling. Van hier in het dorp van het andere geslacht Patricia. Zijn wij tot de slotsom. Beraden oordeel. Met een gebaar als bij het kaarten werpt hij de papiertjes voor zich neer. Verzamelt ze weer in een hand, beweegt ze waaierend langs zijn kin. Oordeel dat wij je niet langer kunnen handhaven hier in ons pensionaat en onze gemeenschap. Je gehoorzame onderdanigheid aan god en onze regel en je oversten in dienstbaarheid met handen en voeten betreden heb jij die Bonaventura. Daarom onze wijze Germisch en ook broeder Mansuetus zeer zeker tot oordeel gekomen beslissing oplossing. De smetteloze reputatie van onze school. Zijn wij van oordeel. Voor ons iedereen en de jongens en jou. Wanneer ook weer Amadeo?

Stilte. Het gonst. Men zweet. Zijn ogen gaan weer naar dit naar dat. De heilige Franciscus bekwezelt de wolf. Wankel ik? Nee. Alleen het gevoel, maar zonder angst, dat ik nu zelf onder witte lakens onzichtbaar word gemaakt. Als ze er maar niet van uitgaan dat ik me opnieuw ter recollectie in hun gevangenis zal laten opsluiten. Deze gedachte, vastbesloten, was er al voor ik op Benedictus' deur klopte.

Over vijf dagen, roept Amadeo. Paasmaandag. Bremen.

Eenstemmig van oordeel, spreekt Benedictus. Ook ter bescherming van ons instituut en de jongens en jou beter het beste. Wij zenden onze zonen uit over de wereld om het zaad te zaaien. Bedoel. Oplossing als jij je krachten en talenten Bonaventura gaat inzetten in onze missiegebieden. Bittere nood aan krachten en talenten in onze missiegebieden meldt onze medebroeder Monulfus nu overste in Fakfak. Nieuw-Guinea. Wat nog over is van onze oost nadat die peloppers de rest van ons hebben gestolen. Die ken je nog wel Monulfus broeder aardrijkskunde voorganger van meneer Woltgens. Vanuit Bremen zenden wij Bonaventura je per vrachtboot handen uit de mouwen bij de overtocht naar Fakfak. Daar zullen onze medebroeders je.

Fukfuk, denk ik. Tegen wie heeft deze ruiende kuifkapoen het, langs mijn hoofd tegen twee kamers pratend, tegen mij? Heet ik Bonaventura? Zie mij staan met mijn handen als om de reling van een vrachtboot. De witte zee. Soms was de hemel erboven rood als eierdooiers. Bremen? Toen ik er was met mijn Orbea Opal bestond de stad voor driekwart uit oorlogspuin. Ik ga daar niet opnieuw heen met twee oppassers aan mijn ellebogen. Besluit. En mij krijgen ze niet in Fakfak aan het andere eind van de aarde ver van jou vandaan om daar de arme zwartjes voor wie wij melkdoppen en postzegels verzamelen het onheil te verkondigen. Besluit. Hij praat maar door, ik hoor hem wel en ook Amadeo die weer in de deur is verschenen voor de tweede praatstem, maar ik weiger er verder naar te luisteren. Ik knijp zo krachtig in de galgknoop dat het in mijn oren begint te suizen of daar sluisdeuren voor het geluid worden geschoven. Haar tong in mijn oor. Morgen. Ik ben al bij volgende besluiten. Ik zal die durven nemen. Ik heet niet Bonaventura, mijn naam is Eldert Haman de opstandige, ik maak geen deel meer uit van jullie organisatie. Bij deze gedachte is het of ik tevoorschijn kom in een spiegel waarin ik mezelf in geen jaren heb gezien. Een ovale spiegel als op een kleerkast ergens. Daar stap ik uit en ben ik ik. Kast vol normalemannenkleren, zegt Patricia, die de broeken, overhemden, truien van haar uit de wereld verdwenen man afdraagt, al zie ik haar zonder kleren maar met de kralenketting van mijn moeder. Onze liefde is begonnen. Zo krachtig knijp ik dat de windingen uit de knoop losschieten en het geluid mijn oren weer vult. Ik moet het boetekoord naar mijn middel omhoog sjorren want het zakt af, wat de andere twee bruinhemden niet ontgaat, wel dat er opeens een knoop in ontbreekt. Wat geeft het allemaal nog, ik wil dit uniform niet meer aan. Ik ben een roomse Luther. Zie mij hier staan, ik kan niet anders. Mezelf aan het ontknopen.

Was eerst passage geboekt voor Eliseus uit ons hoofdhuis in Germisch, klinkt het geluid van Amadeo. Jij Bonaventura reist onder de naam Eliseus. Is al geregeld zonder probleem, de gezagvoerder is katholiek.

Er komt wit in mijn hersens, eindeloos horizonloos. Ik kijk, zonder dat er een spier in mijn gezicht vertrekt, naar de een, naar de ander. Gaan jullie je Jezus maar zelf begraven. Ik heb het lijk daarstraks gewassen, het kan zo nederdalen ter helle.

Je kunt gaan Bonaventura. Verdere instructies krijg je van Amadeo.

Dat boek had ik te leen, zeg ik nog. Meneer Woltgens zou het graag terug hebben.

Benedictus stempelt met zijn vuist opnieuw een bons op de rode omkafting en laat er een vochtplek op achter. Zorgen wij voor. Schuift Umbrië met de nagel van zijn pink naar Amadeo. Nog iets Amadeo? Het plaaginsect neemt de afgehandelde papiertjes van hem over en legt een nieuw papiertje voor hem neer. Dat Hyacintus daarjuist weer was binnengekomen met een klacht over medebroeder Olaf. Straks, zegt Benedictus. De ouwe is zichtbaar afgemat.

In de gang loop ik over de witte tegels, ontheven van mijn taken. Rochus die gebogen achteruitlopend de dweil met brede bogen heen en weer beweegt groet mij niet. Ik hem ook niet. Onder de secondenklok, zestien uur zeventien, zie ik de speelplaats. Voetballen in de hitte. Wil van Lanschot die niet met zijn vriend Mark Freelink mag praten praat met Mark Freelink, dwingend gesticulerend, in de dode hoek naast de gymzaal, niet te bespieden vanuit het rechterraam tweede verdieping schoolgebouw. Verboden plek dus. Hij durft, zo goed als vogelvrij als hij is. Mark, brekelijk albastwit als het engeltje boven zijn bed, schone kleren, beide schoenen aan, knikt, zegt iets terug, knikt. In zijn ene bruine schoen zit een zwarte veter, dat merk ik op als ex-surveillant. Guido Weytjens komt erbij, wat in ieder geval in orde is met het kostschoolreglement dat contact tussen twee jongens verbiedt, altijd ten minste met zijn drieën om gore praatjes uit te wisselen. Wil toont Guido de paarse achterkant van zijn been. Guido reageert met een stap achteruit en roept iets, wat ik vanop deze afstand achter het raam natuurlijk niet kan verstaan. Tienduizendmiljard bommen en granaten, de grote kraakvis zal hem kraken die basjiboezoek! Ik weet dat hij verwerpelijke stripboeken leest. Ik zag altijd alles door de vingers, maar nu heeft Remigius het overgenomen. Die schreeuwt en koestert het hout in de binnenborstzak van zijn kloostervacht. De clubactiviteiten zijn voorbij, nu begint de studie en daarna, van vrijdag verplaatst naar vandaag, staat de leerlingen het doucheritueel te wachten, want morgen komt hoog kerkelijk bezoek, het lichaam moet schoon, alles wordt gecontroleerd.

Niets meer te doen, ik heb er niets meer mee te maken. U loof ik die mijn schepper zijt die met uw liefde mij geleidt. Psalm zoveel. Schiet me te binnen, we zingen het weleens. Wie is die u? Mijn schepper is hij niet, hij mag zijn liefde houden, tot hiertoe heeft hij mij verkeerd geleid, zoals er in de oorlog helden waren die moffen die de weg vroegen opzettelijk de verkeerde richting heen leidden. Risicovolle verzetsdaad tegen de overmacht. Ik heb een grotere verzetsdaad in gedachten. Besluit. Ik denk aan bommenwerpers. De scholieren moeten worden gespaard, een paar goede mannen uit de broedergemeenschap ook. Bommen op dit instituut. Bommen op het hele instituut roomse kerk.

Nu is het donderdag voor pasen, witte donderdag.

Eerst begaf onze heiland Jezus Christus zich per ezel door de menigte die hem met hosannageroep palmtakken toezwaaide en kledingstukken op straat uitspreidde voor de hoeven van het dier. Dat was afgelopen zondag. Vandaag treedt hij aan, hoera, het licht der wereld, de ware wijnstok, de toverdoener, zoon van god en koning, religiestichter en charlatan, om van brood te zeggen dat het zijn lichaam is en dat wij dat moeten eten. Wij herdenken heden de instelling der eucharistie, het sacrament des altaars. Alle hens gebiecht om dit deelachtig te mogen worden? Dat zal wel of zal wel niet. De grootste schurken biechten niet wat ze blijven uitrichten en verzadigen zich toch met het lichaam des heren.

Ik sta achteraan bij de gebeurtenissen, waarvoor de broederschap twee uur eerder is opgestaan, de leerlingen een uur eerder. Domitianus heeft met een paar helpers de rode loper uitgerold tot aan de straat, nadat buiten alles was geveegd en schoongespoten. Iedereen, ik zowaar ook, heeft van Casimir een boekje gekregen, vers uit zijn drukkerij, stinkend naar inkt, waarin het verloop der plechtigheden is te volgen. De leerlingen vormen een dubbele haag van de hoofdpoort tot de kapel, knieën geboend, hoofden gekamd door broeder kapper Emebertus, iedereen een strakke scheiding aan de rechterkant, het uniform in de puntjes, de broek heeft onder de matras gelegen om de plooi erin te persen. In de toren begint de klok te tingelen, die over een paar uur naar Rome vliegt. De fanfare is komen aanmarcheren met Limburg dierbaar oord.

Daar zijn de auto's. Daar is monseigneur eminentie zijne hoogwaardigheid de bisschop, hij wurmt zich uit de voorste zwarte glimmende haai. Korter van postuur dan zijn staatsieportret suggereert, gezwollener ook en ouder. In zwart gewaad met paarse knoopjes van kin tot schoenen met zilveren gespen, een paarse sjerp over de maagstreek met afhangende befranjerde stroken opzij. Hij trekt een meterslange paarse mantel achter zich aan, die op de achterbank onder zijn gewicht in kreukels is geraakt. Eminentie puft met bolle wangen, ook zijn gezicht is klam beslagen door de al zware ochtendhitte. Met zijn paarse handschoentjes schikt hij zijn gouden borstkruis met rode stenen en lijkt voorover te wankelen. Uit een tweede haai is tegelijkertijd zijn vicaris, ook met paarse knoopjes, tevoorschijn gekropen, die vader bisschop de staf aanreikt waarmee hij zich overeind kan houden. Tevens bij zich heeft hij een plat voorwerp, dat hij uitklapt en simsalabim een gouden mijter blijkt te zijn. Die zet hij de bejaarde kerkvoogd op het verschoten haar waar al een paars kalotje op rust. En kijk daar staat hij als getransponeerd uit de middeleeuwen. Nu nog een witte baard en hij is het, minzaam wuivend, minzame blik in de bril. Zo mogen fotografen van de krant hem met hun bloemvormige blitzapparaten vereeuwigen. Op straat zijn dorpelingen toegestroomd. Dat de bisschop zou komen heeft in de streekkrant gestaan, het knipsel met portret hing op het prikbord. Jij staat niet tussen de mensen, liefste. Eminentie zou je hebben toegenijgd en gezegend.

De fanfare zwijgt. Eduardus zwaait een arsis, het jongenskoor zet in, vader bisschop verwelkomend met een lied waarvan de tekst in het boekje staat. Klapt in de handen gij volkren alle en, hier waren de g's zeker op, zinkt uw zank van vreukd. Inmiddels wordt hij begroet. Er treedt een medebroeder naderbij die ik nooit eerder heb gezien, zakt op een knie voor eminentie neer en kust diens gouden ring met rode steen aan de handschoenvinger. Wie is dat?

Wiro is naast mij komen staan, met Lebuinus van de bakkerij. Wiro trekt zijn schouders naar zijn oren. Lebuinus die langer in het klooster is weet: Dat is Gabriël, onze broeder provinciaal uit Germisch. Dat ik die ook nog te zien krijg. Een gezond blozende energieke veertiger, blond gras boven op de schedel, opzij en van achter opgeschoren, coupe bloempot zoals iedereen van ons, en met een stalen oogopslag waarin gehamerd fanatisme smeult. Hij kan een van de dertienjarige soldaatjes zijn geweest, in de laatste oorlogsdagen aangetreden voor de Führerbunker, die van de bevende Hitler nog een kneepje in de wang kregen. Meine Ehre heißt Treue. Bliksemcarrière in de monastieke wereld. Hij wist zich het gelaat met een eendere zakdoek als wij allen er een hebben, waarbij het boekje uit zijn handen fladdert. Hij heeft zich omgedraaid en lijkt alle aanwezigen tegelijk aan te kijken. Mij dus ook. Kijk jij maar.

Dan knielt en kust Benedictus. Dan Mansuetus, vandaag in een pij die over zijn bolheid heen tot de sandalen reikt waar anders zijn schriele beentjes vanaf de kuiten zichtbaar zijn, het schoolhoofd op zijn deftigst. Harig zwetend zwijn in onderbroek, zo zal ik aan hem terugdenken. Je hoort voor het gerecht te worden gebracht, wat niet zal gebeuren. Zo'n vrome man.

Monseigneur heeft de treetjes naar de hoofdpoort weten te beklimmen, voorzichtig voorzichtig maant de vicaris, en betreedt de galerijgang waar zijn staf met de krul bij iedere twee stapjes op de tegels tikt.

Als hij voorbij is stoot Wiro mij aan. Wij hebben het gehoord, zegt hij. Ik zal je missen kerel. Wij allemaal wel.

Allicht heeft iedereen het gehoord, besef ik, Amadeo zal het hebben rondgezoemd. Bonaventura wordt uitgezonden naar onze missie in Fakfak. Na telefoonberaad met die daar. Zie je mij al door de oerwouden struinen, mij daar een weg doorheen wringend met een hakmes, in een door zingende papoea's geroeide holle boom de kampongs af? Moet ik de inboorlingen Duits gaan leren? Ik schud suggestief gedecideerd mijn hoofd naar Wiro.

Hoezo nee? vraagt hij.

Ik zeg: Wat ik bedoel. Nee. Ik zie me daar niet onder een tropenhoed met een kruis in mijn hand Jezus Christus' leugenheil verkondigen dat mij gestolen kan worden. Dit houd ik maar voor me.

Wiro: Wat dan?

Daar antwoord ik niet op. Hier, ik steek hem mijn gesloten hand toe en vul de zijne met alle sigaretten die ik heb opgespaard. Ik kan ze niet voor Tricia meenemen heb ik met spijt bedacht en wil ze niet in mijn cel achterlaten.

Wiro vergeet zijn stem te temperen, Tjemig! roept hij, wat verloren gaat in de geluiden.

Tussen de leerlingen die zich achter de bisschop aansluiten, zien we Wil van Lanschot, scheiding in het haar waar hij nooit een scheiding draagt, rug tot een bochel getrokken, gezicht naar de vloer. Die kwam gisteren zowat midden in de nacht de slaapzaal op geklost, zegt Wiro. Ik zag natuurlijk dat zijn chambrette leeg bleef, maar ben hem niet gaan zoeken na jouw verhaal. Had van 's middags tot voorbij elf in de put gezeten. Helemaal van streek en zwart met witte strepen over zijn wangen van het janken. Ik staar voor me uit en denk dat valt me alsnog tegen van Wil. Zal ik Wiro vertellen wat ik nog meer weet van Wil van Lanschot, eergisternacht op Wiro's slaapzaal? Verslag van niet durven, zoals ik zelf zevenenzeventig dagen niet heb gedurfd en tot op dit moment mezelf vastberaden sta te houden. Mansuetus gaat hem van school sturen, zegt Wiro nog. Mansuetus is een gore schoft, zeg ik terug. Daar schokt Wiro's hoofd ontsteld van achteruit. Zo spreken medebroeders niet over elkaar. Mijn besluit is dat ik niet langer medebroeder ben.

Bij het langslopen richt Wil zijn gezicht naar mij, zijn ogen een seconde in de mijne. Ik kan niets meer voor je doen, gaat door me heen. Ik zie hem voorovergekrampt verdersjokken. Dag Wil, denk ik. Had ik mijn duim naar hem moeten opsteken?

We moeten verder, zegt Lebuinus met een rukje aan Wiro's mouw. De bakkerij zorgt voor vlaaien op tafel voor de bisschop en de broeders en op het bord van iedere leerling komt een nonnenvot. Ik zorg dat je een groot stuk krijgt, belooft Wiro. Als dank je wel. Het hoeft voor mij allemaal niet meer.

Voorbij de secondenklok wordt eminentie opgewacht door Sneef in misgewaden zonder kazuifel en door nog iemand, een priester, want hij draagt een stool om zijn nek, symbool van het juk des heren. Dat moet de eerwaarde Glaudemans zijn, herder van de dorpsparochie. Goed doorvoed middelbaar gluiphoofd waarin een slappe wat scheefgetrokken mond is getekend. Ook hij moet worden aangeklaagd. Jeugdmisbruik door de geestelijkheid moet al eeuwen aan de gang zijn en zal in stilte doorgaan, iedereen weet het maar houdt de lippen dicht want vreest de Gestapomacht van de kerk. Van onaantastbare onheilige dogmapaus, driehoog met goud bekroond op zijn sedia gestatoria boven het bange plebs verheven, tot onbeduidende kostschoolbroeder of -zuster. Ook de geniepige vrouwenbrigade van Christus, hoorde ik van Patricia, weet van ongewenst voelen, wreedaardig opensperren, knijpen, insteken, sarren, vernederen en dreigen met hellestraf als de meisjes het verdervertellen. In de boog boven de deur naar de kapel staat Extra ecclesiam nulla salus, dat er geen heil is buiten de kerk. Heil, dat woord alleen al, dat bestaat uit schaapse onderworpenheid en zwijgen. Daarna gaat iedereen naar de hemel.

Aan het hoofd van de processie loopt Hyacintus te zwoegen met het kruis aan een stok boven zijn verkleurde hoofd. Die taak zou hij mij hebben gelaten. Aan de ene kant naast hem Andries Treijerhave, aan de andere kant Klaas Bentinck, de koperen wierookvaten zwaaiend die ik nog heb gepoetst. Met andere koorknapen die volgen dragen ze de rode togen en de speciale superplies voor hoogdagen met de kostbare stroken Brugse kant van onder. Ik heb ze niet hoeven klaar te hangen. Broeder koster zal de altaarjongens bij het laatste toezicht van voor en achter hebben beklopt en beaaid. Een paar potige leerlingen torsen een vaandel. Dat met de scheur is provisorisch opgelapt, alleen wie het weet ziet de beschadiging nog. Enige meters hierachter schrijdt monseigneur met zijn sleep die de vicaris van de gangvloer tilt. Alle andere jongens zijn al in de kapel, giechelig verbaasd vanwege de ingeduffelde heiligenbeelden en omdat het grote kruislichaam niet meer in de lucht hangt, waarvandaan het neerziet op de menigte. Dat ligt, door mij gewassen, achterover op de altaartrap. Straks moet het weer omhoog, ik zal er niet bij assisteren. Ook verbazing omdat mijn plaats in de kapel, voorin, op de bidstoel met zicht op zowel het altaar als de leerlingen, opnieuw wordt ingenomen door Remigius, mijn missaal voor zich, waarin ik de lintjes al had klaargelegd bij witte donderdag. Ooit komt hij het bloemblaadje erin tegen.

Het orgel jubelt voordat het tot pasen zal zwijgen. De hoge bezoeker neemt onder het baldakijn plaats op de troon die niet meer wankelt, de stof op de zitting blijft intact.

Ik sta achterin bij de wijwaterkom, voor mij de bidruimte volgepropt met zon en hitte, plechtstatigheid, nerveuzigheid, ik zie me staan, nog steeds als de dood en met regelmatig die rilling over mijn rug, maar ik houd me stevig, ik durf niet wat ik moet gaan durven, maar ik zal. De onderste knoop heb ik niet opnieuw in het koord rond mijn leest gedraaid en nu Glaudemans voor het altaar is gaan staan om een preek af te steken begin ik de volgende los te wikkelen.

In een onderdialect van het Limburgs dat iedereen maar moet verstaan declameert de pastoor: De herfst blaast op den horen, en 't wierookt in het hout. Hij pauzeert, steekt dan van wal: Dit, hoogwaardige eminentie, eerwaarde broeders, beste jongelui, is een regel uit een gedicht van de beroemde katholieke Vlaamse schrijver Maurits Timmermans, die een paar jaar geleden van ons is heengegaan. Diep betreurd. Na ons tientallen mooie boeken te hebben geschonken, waartussen ook een over het leven van Sint Franciscus.

Benedictus knikt, hij heeft het niet gelezen maar weet dat het in de recreatiezaal in het leeskastje staat. Men ziet hem zitten op een van de door mij klaargezette stoelen op het priesterkoor tegenover heer bisschop, waar ook Gabriël zich heeft neergelaten en Mansuetus, die twee fluisteren tegen elkaar, in gezelschap van de oudsten van de broedergemeenschap. Het hoefden er maar elf te zijn, begrijp ik nu, de twaalfde discipel is Lambertus in zijn rolstoel. Die werd woest bewegend met hoofd en ledematen opgereden, het nat uit zijn mond weggeveegd door Johannes Vianney. Handen devoot in zijn schoot is Bulletje naast hem gaan zitten, naast Plechelmus, naast de parkieten, naast Laurentius.

’t Hout, herhaalt Glaudemans. Het hout. Weer een pauze. Daarna roept hij met galmend volume: Welk hout?

Ik zie het achterhoofd van Wil van Lanschot en anderen bewegen. De pastoor hoeft het niet te komen uitleggen.

Bedoeld wordt het hout dat onze verlosser, betoogt Glaudemans, naar de knekelberg heeft moeten sjouwen. Het kruishout! Pauze. Op zijn schouders. Gods zoon die zijn vader had gesmeekt niet zo smartelijk te hoeven lijden. Zijn kapotgeslagen rug. Waar hij drie keer onder bezweek. Dàt hout! Onschuldig als een lam. En toen aan vastgeklonken werd. Met nagelen! En overeind gehesen. Daar hing hij! Neem het ons niet kwalijk riep hij nog naar de vader. Wij weten niet wat wij doen. Wat langere pauze. Jezus, herneemt hij met een zwaai van zijn arm omhoog. Om ons van onze zondelast te verlossen. Zelf zonder zonden. Aan dàt hout. Schandehout. Hier wijst hij voor zich omlaag, want daar ligt het op de treden aan zijn voeten. Dat hout van pijn! roept hij.

Een paar leerlingen kijken elkaar aan. De laatste knoop valt uit mijn koord.

O! Dat vloekhout! kermt Glaudemans. Onze heer Jezus die ons zo lief heeft gehad. Laat de kinderen, lieve jonge snaken zoals jullie, tot mij komen, had hij nog gezegd. Daar hing hij. Zijn armen open als wilde hij ons, jullie, nog omhelzen en goeddoen. Maar dat ging niet meer. Die spijkers! Dat vermaledijde martelhout! Wat hebben wij hem aangedaan! Weer seconden zwijgen waarin hij zijn hangende onderlip over de bovenlip vouwt. De finale klinkt: Wij moeten u danken god, en doen dat ook diep geknield met voorovergebogen rug voor het lijden van uw geliefde zoon Jezus. Ondergaan voor onze schulden. Mea culpa! schalt hij als een herfsthoorn. De wierookvaten hangen links en rechts van het onttakelde altaar aan standaards te walmen.

Stilte. Het gebruikelijke gekuch van opluchting wanneer de predicatie voorbij is.

Nu?

Ik wacht nog heel even.

Op het oksaal boven mijn hoofd begint het orgel weer, ingetogen, zacht, zoals het mij geruststelt in mijn zenuwen. Dan Mark Freelink die begint te zingen, eerst met een dun stemmetje schuchter, dan openwaaierend tot waterhelder geluid. Pange, lingua, gloriosi, zingt hij. Wil van Lanschot draait zijn acnegezicht van het altaar weg en kijkt naar boven. Achteromkijken in de kapel is verboden. Remigius strekt zijn nek. Ook Mansuetus zie ik met een schokje zijn rug rechten en opkijken naar de herkomst van de stem. Markje. Denk ik dat? Ik zie het blonde frêle ventje in gedachten. Blijf er met je poten af, zegt Patricia. Ik wel. De kop van Mansuetus is verstard, verkrampt. Ziet hij Mark Freelink daar op het zangkoor waar hijzelf altijd over de balustrade in de diepte zit te loeren, boekje opengeslagen, potloodje gereed? Lingua is tong in het Latijn. Pange is de aansporende wijs van pangere, Latijn voor bevestigen. Bevestig, tong, glorieus, betekent wat Mark zingt. Wij zijn op de hoogte, Mansuetus. En van de handelingen der andere apostelen om je heen. Ooit zullen tongen het bevestigen, maar wanneer is ooit, over hoeveel pausen die ook op de hoogte zijn maar hun tongen, gloriosi, hebben afgebeten. Hou het stil. Zwijg. Wees vroom. Wir haben es nicht gewusst.

Het lied is nog niet uit of er ontstaat beweging rondom het altaar. Van vader bisschop wordt door de vicaris de mantel afgepeld als het vleugelschild van een lieveheersbeest. Mijter af. Handschoenen uit. De staf is hem al eerder afgenomen. Over de paarse knopjes heen wordt hem een albe aangetrokken waarvan hij de mouwen meteen naar zijn schouders optrekt, goeie god wat is het warm. Sneef heeft naast eminentie gezeten, op een gewone stoel, niet op het podiumpje maar ernaast op de plavuizen, waar ik op mijn buik met gespreide armen het kloosterleven ben in geschoven. Hyacintus reikt hem de door mij misbruikte emmer, daar drijft iets in als de bol van een pollepel, zelf houdt hij een zilverige schaal tegen de zwoegende borst, zo'n schaal als ik ken uit de keuken en vaak heb afgewassen, over zijn arm een gewone huishoudhanddoek, niet een van naast het fonteintje.

Bisschop, Sneef, Hyacintus steken de door Wil van Lanschot gestofzuigde loper over naar de twaalf broeders. Deze schuiven de sandalen van de voeten die door eminentie zullen worden gewassen in de nederigheid en naar het voorbeeld van onze heer Jezus Christus, die neerknielde om de voeten van zijn kompanen te wassen alvorens aan het avondmaal zijn lichaam aan te bieden. Ook de voeten van Judas? Ook de voeten van Judas. Ook die van Mansuetus? Ik zie hem zijn varkenshoef naar de ring met de rode steen uitsteken, die eminentie nu aan de blote vinger is gestoken. Eminentie die op beide knieën voor hem zit giet er water over, dat in de schaal wordt opgevangen. Eminentie droogt de voet af. Eminentie buigt zich diep terneer en kust de voet die hij met beide handen heeft omvat. Gijlieden zijt rein, sprak de mensenzoon van god tijdens de voetwassing tot zijn getrouwen. Doch niet allen.

Nu.

Ik begin te lopen. Ik loop. Zie je mij? Het middenpad door naar voor. Blind van de zon, lichtexplosies in het binnenst van mijn hoofd, ik adem niet, mijn hart klopt niet, ik zie niets terwijl ik zie dat alle leerlingen en Remigius het hoofd naar mij wenden, iedereen wendt het hoofd naar mij, en ik hoor niets, al begeleidt Eduardus de gebeurtenissen met orgelgeluid. Tussen de kruiswegstaties en de onzichtbaar gemaakte beelden door. Daar loop ik. Zie mij durven. Als de dood. Om de communiebank heen het priesterkoor op waar Sneef vader bisschop bij de arm overeind helpt naar de volgende voet. De geestelijkheid draait zich naar mij, er komt iemand naar me toe, naast me, de vicaris geloof ik, die gedempt tegen me begint te praten geloof ik.

Opzij van de loper waar ik drie jaar geleden ben begonnen, laat ik het knooploze koord van mijn middel glijden en stap eruit als uit een strop. Ik trek het scapulier van mijn schouders en laat het vallen. Benedictus of iemand anders zegt hardop iets. Hoor ik niet. Speelt het orgel nog? Weet ik niet. Voorover sjor ik de pij over mijn hoofd, als ik hem loslaat zakt hij uit mijn handen door de knieën als een vrouwenjurk. Moet ik er gebeden bij opzeggen? Ben je gèk Bonaventura? Een paar apostelen zijn overeind gekomen. Lambertus brabbelt als een baby, schopt, wiekt, zevert. Ook achter me in de kapel moeten jongens zijn gaan staan. Het hoort allemaal niet bij de liturgie van witte donderdag. De kiel die aan me plakt, waarin ik mijn zweet ruik, scheur ik als een vlies van mijn lijf. Ik? Ik ja, nu bijna naakt voor het altaar. Sandalen uit. Ik hoef er maar uit te stappen. Ook de kloostertijd lever ik weer in door het horloge af te doen en op de kleren achter te laten. Licht, overal wit licht, besprenkeld met de kleurtjes van de gebrandschilderde ramen. In een ervan is afgebeeld dat Franciscus op het zonbegoten marktplein van Assisi in Umbrië zijn kleren uittrekt. Ik volg hem na in zijn exhibitionisme. Ook toen was er een bisschop bij. Ook de broek uit om helemaal naakt en bij mezelf te zijn? Ik houd hem aan, had ik van tevoren besloten, ik stuur hem ze wel terug in een pakketje per post. Ansichtkaart erbij? Vader bisschop zal mij wel niet met zijn mantel bedekken, zoals toenmaals Franciscus' naaktheid door een toevallig passerende eminentie met een pluviale werd omhangen. Is het nu doodstil? Eén, hooguit anderhalve minuut zal het hebben geduurd. Al ben ik nu zonder die benauwende kleren, het gevoel blijft dat ik ze zonder gewicht blijf dragen, de kapel is de hel, de hitte vlamt tegen mijn huid. Iemand zegt iets. Hoor ik. Hoor ik niet. Tegen mij? Woorden. Aan het eind daarvan Bonaventura. Zo heet ik niet.

Zie mij zoals ik het open tabernakel mijn rug toedraai, op blote voeten zwetend als een rubberboom, nog steeds blind al zie ik alles, en doof al hoor ik de stemmen, het gestommel, het rumoer en daar het orgel doorheen. Over het middenpad tussen de banken door, waar de leerlingen mij verstomd verbijsterd aanstaren, loop ik terug, niet rennend, niet sloffend, gewoon zoals ik altijd loop, naar het andere eind van de kapel, verbaasd over mijn kalmte opeens. Ik heb het gedurfd. Ik ben bezig het te durven. Kloosterling legt pij af en loopt kerk uit. Mijn besluit zou algemeen moeten worden nagevolgd.

Halverwege, mijn voeten blijven bij iedere stap aan het marmer plakken alsof de kerk me nog wil weerhouden, is er opeens die jongen. Met nogal wat gerucht komt hij voor de andere jongens langs de bank uit:

Wil van Lanschot. Schuift zijn zweethand in de mijne, begint rug recht met me mee te lopen op zijn ijzertjes, die ene kous weer niet omhoog en niet tevreden met het duinpad dat Emebertus in zijn haar heeft getrokken wrijft hij het met zijn andere hand door elkaar. Zo gaat een nonnenvot aan je neus voorbij, is alles wat ik denk. Nog een jongen rommelt de bank uit, ergens anders. Blijf op je plaats Jonkergouw, hoor ik Reginaldus snauwen. Dave Jonkergouw dus. Dan Guido Weytjens. Jozef Kloosterboer. Ook Klaas Bentinck loopt zomaar het altaar af, trekt onderweg het superplie met het kostbare kant uit waar hij achteloos overheen loopt en knoopt het rood van zijn lijf. Wat zijn wij van plan Bentinck. De stem van Mansuetus, hard genoeg boven het orgel uit. Bentinck zegt zelfs brutaal iets tegen de gevreesde terug waarbij hij zijn neusinhoud optrekt, wat een varkensgeluid maakt, grômm. Knor! roept iemand. Ahûmm! doet iemand. De lont is in de opstand. Gaat daar de voetenwassing gewoon door, de rug van eminentie toegekeerd geweest naar mij en wat ik heb veroorzaakt, Hyacintus al doende mijn afgelegde kloostergoederen bijeen te frommelen om ze buiten bisschoppelijke blik naar de sacristie te dragen? Dat wordt weer dagenlang ziekbed. Ik kijk niet om, niet om me heen, mijn ogen op de dubbele hoofddeur van de kapel die openstaat. Daar is de uitgang. In de middelste wending van de trap tussen oksaal en kapelvloer huppelt Mark Freelink naar ons toe. Hij lacht, zoals hij weleens lacht met zijn bleke smoeltje, dat niet zo mooi zal blijven. Wil van Lanschot laat mijn hand los. Het pact kan worden geratificeerd. De hal door naar de hoofdpoort die ook open is gebleven. Domitianus is er niet. Al was hij er wel.

Ik, Eldert Haman, zie je mij liefste, verschijn met orgelspel aan de hemel in mijn blote magere ribbenkast in de gevel boven aan de rode loper en blijf doorlopen. De fanfare staat nog aangetreden, er rochelt een toeter. Boon. Wat doe je. Dat is Wiro die achter me aan komt en mijn schouder aanraakt.

Wat ik doe. Rechtsaf de straat in. Wit. Het witte licht van mijnheer broeder zon in mijn ogen. Zonlicht bestaat uit alle kleuren en straalt wit. Door mij heen. De mensen die er nog staan om vader bisschop straks ook weer naar buiten te zien komen houden op met praten en gaan voor mij opzij. Wil van Lanschot en Mark Freelink en nog een knaap zijn voor mij uit gerend, kijken nog naar me om met uitbundige bewegingen van armen en benen. Andere ontvluchte desperado's verdwijnen naar andere richtingen, joelend, zoals het joelt in mij, bevingen over mijn hele rug. In al het wit knalt nog het wit van een fotoapparaat drie meter recht voor me.

Patricia, OPEN, zegt: Waar bleef je nou zo lang.

Zutendaal, 2012-2014

Het œuvre van Jeroen Brouwers

ROMANS

1967 *Joris Ockeloen en het wachten*
1977 *Zonsopgangen boven zee*
1979 *Het verzonkene*
1981 *Bezonken rood*
1984 *Winterlicht*
1988 *De zondvloed*
1990 *Zomervlucht*
2000 *Geheime kamers*
2007 *Datumloze dagen*
2011 *Bittere bloemen*
2014 *Het hout*

VERHALEN

1964 *Het mes op de keel*
1968 *De toteltuin*
1973 *Zonder trommels en trompetten*
1977 *Klein leed*
1981 *Et in Arcadia ego*
1983 *Verhalen en levensberichten*
1985 *De sprong*
1991 *Anaïs Anaïs*
1996 *De vervulling*
1997 *De zondvloed (uitgegumde fragmenten)*

1998 *De verliefden*
1999 *Kalenders*
2000 *Op de Middelburgse kermis*
2001 *Palingen*
2003 *Het leven, de dood*
2005 *Warme herfst*
2010 *Liefste in de verte*

DRAMA

1980 *Zonder onderschriften*
1994 *De vervulling* gevolgd door *De kleine dood*
2009 *Een nieuw requiem*
2011 *BDE (bijna-doodervaring)*

ESSAYS

1979 *Kladboek*
1979 *De Nieuwe Revisor*
1980 *Kladboek 2. De Bierkaai*
1982 *De spoken van Godfried Bomans*
1982 *Alleen voor Vlamingen*
1982 *Es ergo sum*
1983 *De laatste deur*
1985 *De levende stilte van Stig Dagerman*
1986 *Hélène Swarth: haar huwelijk met Frits Lapidoth, 1894-1910*
1987 *De schemerlamp van Hélène Swarth*
1988 *Sire, er zijn geen Belgen*
1989 *De versierde dood*
1989 *Het tuurtouw*
1991 *Kladboek 3. Het vliegenboek*
1993 *'Naakt in verblindend licht'*
1993 *Twee verwoeste levens*

1994 *Steeds dezelfde zon*
1994 *Kladboek 4. Het circus der eenzaamheid*
1994 *Vlaamse leeuwen*
1995 *Oefeningen in nergens bij horen. De schrijver en filosoof Jean Améry 1912-1978*
1995 *Adolf & Eva & de Dood*
1996 *Het aardigste volk ter wereld. W.F. Hermans in Brussel*
1996 *Kilometer(s)*
1997 *De rode telefoon*
1998 *Een beroemde naamgenoot*
1999 *De zwarte zon*
2000 *Utopia*
2001 *Wie begrijpt ooit wat?*
2010 *Hamerstukken. Alle polemieken en korzeligheden*

FEUILLETONS

1996 *Feuilletons*
1996 *Extra Edietzie* (Feuilletons herfst 1996)
1997 *Satans potlood* (Feuilletons zomer 1997)
1998 *Alles is iets* (Feuilletons lente 1998)
1998 *Terug thuis* (Feuilletons winter 1998)
2001 *Papieren levens* (Feuilletons 6)
2005 *De schemer daalt* (Feuilletons 7)
2009 *Sisyphus' bakens* (Feuilletons 8)
2012 *Restletsels* (Feuilletons 9)

AUTOBIOGRAFIE

1969 *Groetjes uit Brussel*
1978 *Mijn Vlaamse jaren*
1987 *Kroniek van een karakter. Deel 1 (1976-1981) 'De Achterhoek'*
1987 *Kroniek van een karakter. Deel 2 (1982-1986) 'De oude Faust'*

1987 *Miniatuur van wanhoop*
1993 *Het is niets*
1997 *In memoriam patris*
1999 *Al dat papier*
2004 *Stoffer & blik*
2006 *In het midden van de reis door mijn leven*
2007 *Correspondentie 1980-1986* (briefwisseling tussen Jeroen Brouwers en Gerrit Komrij)

BLOEMLEZINGEN

1975 *Zachtjes knetteren de letteren. Literaire anekdoten*
1986 *Hij is reeds aan de overzijde. Necrologieën van schrijvers*
2001 *Zachtjes knetteren de letteren. Literaire anekdoten* – herziene & uitgebreide editie

OVER JEROEN BROUWERS

2000 Gwennie Debergh (red.), *Brouwers in Brussel*
2010 Jeroen Brouwers 70 jaar. *De Parelduiker 1-2*
2015 Johan Vandenbroucke, *Jeroen Brouwers. Het verhaal van een œuvre* (nieuwe, bijgewerkte editie)